# 春の夢

宮本輝

文藝春秋

# 目次

# 春の夢

# 一

夕暮の道に桜の花びらが降ってきた。桜の木などどこにも見あたらない商店街のはずれだったので、井領哲之は、それが誰かのいたずらで、自分の体めがけて撒《ま》き散らされた小さな汚物みたいな気がして、頭上のあちこちをかすかな怯えのまじった目であおいだ。

商店街からの一本道を行くと踏切があった。踏切を渡ると、道は曲がりくねり始め、いつのまにか小さな川に沿って進んでいた。十分ばかり歩いたところで、川は右に曲がっていき、またまっすぐの道が前方の生駒《いこま》山に向かって伸びていた。酒屋があり、雑草の生い茂った空地があり、店を閉めてもう何ヵ月もたったような喫茶店の看板が、冬に逆戻りしたみたいな冷たい風にあおられて音をたてていた。そこからアパートまではまだ二十分もかかった。

雑貨屋と床屋が並んでいるところを右に折れて、安普請の新興住宅が密集している一角に、井領哲之の借りたアパートが建っていた。彼は友人の運転してくれる小型トラックに荷物を積んで、ついさっき大阪の福島区から、この大東市のはずれのアパートに引っ越してきたばかりであった。

　アパートの持ち主は敷金と前払いの家賃と引き換えに部屋の鍵をくれた。荷物といっても古ぼけた座机がひとつ、小型テレビ、冷蔵庫、母が嫁入りのときに持ってきたという年代物の桐の簞笥、蒲団が一組、あとは自炊に最小限必要な食器やフライパンや鍋などで、トラックから二階の部屋に運ぶのに、十五分もかからなかった。

　友人は仕事があるからと言ってすぐに帰っていき、哲之がひとりで、荷物を片づけ始めたとき、室内に電球がひとつもないことに気づいた。彼はアパートの持ち主の家に行って、電球はないのかと訊いた。

「前の人が出ていきはるとき、持っていきはりましてん。すんませんねェ」

　アパートの持ち主は、ごみごみした住宅地の中にちっぽけな美容院を営んでいる四十過ぎの女で、口には出さなかったが、電球は自分で買ってつけてくれと言わんばかりに、客の頭をブラッシングしながら、それきり哲之を見ようともしなかった。電球などは持ち主がつけるべきではないかと思ったが、いかにも吝嗇《りんしょく》家らしい女主人の顔つきを見て、哲之は仕方なく駅まで歩いて、六十ワットの電球を二個と、六畳の部屋に灯す蛍光灯を一個買って帰って来たのである。

　陽はほとんど落ちて、室内にはうっすら青味がかった夕暮の色がひろがっていた。

彼は衣類を入れたダンボールの箱から、誕生日のプレゼントとして陽子から貰ったテニス帽を捜し出し、まずそれを掛けておくところをつくろうと思った。

哲之は電球をねじ込んでスウィッチをひねった。明かりは灯らなかった。蛍光灯をセットしてスウィッチを入れたが、それもつかなかった。哲之は部屋を出たところの壁に取りつけてある電気メーターを見た。電力会社の札がぶらさがっていた。哲之はまたアパートの女主人の経営する美容院まで行った。

「電気がつけへんのですけど……」

女主人は、ちらっと哲之を見て、

「いやっ、忘れたわ、電気会社に連絡するのん。メータのとこのスウィッチ、切ったままやねん」

と言った。

「今晩、真っ暗な中で辛抱せんとあかんのですか」

哲之は腹が立ったが、穏やかに言った。

「あとで、ローソク持って行ってあげますさかい、ひと晩辛抱してちょうだい」

哲之は暗い部屋に帰り、畳の上に坐り込んで、仕方がない、とにかく家賃七千五百円だからなと思った。女主人は一万円を譲らなかったが、学生だから何とかしてくれという哲之の頼みで、しぶしぶ七千五百円にまけてくれたのである。建って十年以上たつ六畳一間の黴《かび》臭い部屋であった。

　彼は部屋の中を見廻した。共同便所ではなく、ちゃんと部屋の奥に便所がついているだけ、まだましだなと思った。部屋の隅に座机を置き、その横に箪笥を並べた。蒲団を狭い押し入れにしまい、台所に食器類の入ったダンボールをひとまず置くと、ペンチや釘や、カナヅチの入っている道具箱を出した。哲之は短い釘を捜したが、部屋の中はもう真っ暗で、五センチ以上の釘しかみつからなかった。

　箪笥を少し動かして、座机とのあいだに隙間をつくると、壁と壁とのあいだに露出している四寸角の柱に手さぐりで釘を打った。彼は目見当で力一杯打ちつけた。部屋が揺れ、釘を打つ大きな音が響いた。哲之はその釘にテニス帽を掛けて、暗闇の中で煙草を吸った。すると女主人がやって来た。

「あんまりあっちこっちに釘を打ったりせんといて下さいねェ」

　そう言って細いローソクを五本手渡してくれた。そして、

「ガスは出るようにしといたけど、ここらはプロパンガスやから、それ用のレンジでないとあきまへんでェ」

　と言って、さっさと帰っていった。哲之の持って来たレンジはプロパンガス用ではなかった。それも新しく買わなくてはならないのか。彼はローソクに火をともし、ズボンのポケットから紙幣を出してかぞえてみた。電球を買って、ついでに駅前の

中華料理店で夕食をすませたので、母から貰った金は四万七千円に減っていた。

哲之はローソクの火を消し、アパートを出て、公衆電話を捜した。どこにもなかった。雑貨屋の入口にあったはずだったが、まだ七時前だというのに店はもう閉められていた。彼は通りがかった女に、公衆電話はないかと訊いた。教えられた道を行ったが、やっと電話ボックスが見えたのは、すでに十五分以上も急ぎ足で歩いたころであった。その十五分もの道のりで、彼はひとりも人に出逢わなかった。しかも街路灯ひとつ灯っていないのである。ここはほんまに大阪かいなと、哲之は背を丸め、両手をズボンのポケットに突っ込んで歩きながらつぶやいた。彼は電話に出て来た陽子に、

「ここは、ゴースト・タウンや」

と言った。

「あした、学校に来る？」

陽子が心配そうに訊いた。

「あしたは、アパートで寝てる。あさってからアルバイトやから……」

と、哲之は答え、それからアパートまでの道順を教えた。陽子は黙っていた。しばらくして陽子は小声で言った。

「あした、私、行くね」

「……うん」

「何か買《こ》うて来て欲しいもんある？」

「プロパン用のガスレンジがいるんや。小さな安物でええよ」

電話を切ると、こんどは母の勤めているキタ新地の料理屋のダイアルを廻した。いまがいちばん忙しい時間だから、取り次いでくれるだろうかと心配したが、料理屋の若い女店員は愛想よく、調理場にいる母を呼んでくれた。母は哲之からの電話を待っていた様子で、夕食はすませたのかとか、足らないものはないかとか、つらいだろうが、学校にだけはちゃんと行くようにとか言ってから、

「必ず、毎日電話をかけといでや。お母ちゃん、お昼の十二時には、電話の前にいてるさかい」

とつけ足した。

「そんなにきっちり十二時にかけられへんときもあるがな」

「きっかり十二時でのうてもええ。そやけどお昼には絶対電話をかけること。わかったか……？」

「……うん」

哲之は、一点の灯もない寒い道を帰りながら、早く大学を卒業してしまわなければならぬと思った。ことしは、四課目の単位を落とし、卒業出来なかった。これ以

上の留年は許されない。夏には就職を決めて、来年卒業しなければならない。就職したら、毎月一万五千円を、三年間、浪速実業金庫という会社に払いつづける約束を果たさねばならないのであった。

父が死の直前に振り出した約束手形は五枚あった。そのうちの三枚は、相手がこちらの窮状をみかねて破棄してくれた。井領さんには、生前お世話になりましたからと言う相手もいたし、さんざん厭味を言ってから、哲之と母のうなだれた姿を見て、結局あきらめてくれた相手もいた。だがあとの二枚の手形の取り立ては執拗だった。一枚は浪速実業金庫に廻り、一枚は手形ブローカーに廻った。浪速実業金庫からやって来た担当者は、六十をとうに過ぎたと思える温厚な男で、

「たいした額やおまへんさかい、月賦で払《はろ》てくれませんやろか」

と言った。たいした額ではないといっても、五十四万円で、いまの哲之と母には大金だった。

哲之は母に内緒で浪速実業金庫にまで出向き、自分はいま学生で、来年就職する予定であるから、それから何年間かにわたって払わせてもらえないかと、その老人に頼んでみた。話は成立し、その間の利子は計算しないこととして、覚え書のようなものに判を捺《お》した。

もう一枚の、手形ブローカーに渡った三十二万三千円の六ヵ月手形が問題だった。

話し合いとか、こちらの事情など通用しない相手で、夜中に訪れて、明け方近くまで、すごんでみせたり、優しく哀願したり、あの手この手で三ヵ月間、哲之と母の住む家に通って来たのである。

母はそのうち気がふれたようになり、夜になると全身を震わせ始め、押し入れの中に入って朝まで出てこなかった。哲之はその間、友人の家を転々と泊まり歩いていた。

一週間前、それまでひとりで訪れて来た男は、三人のやくざ者と一緒にやって来、玄関の戸を蹴り倒してあがり込んでくると、押し入れの中で震えていた母をひきずりだし、金を支払わなければ息子の片腕を一本貰って行くと脅したのだった。

あくる日の朝、母と哲之は家財道具をまとめ、家主にわけを話して、尼崎の伯母の家にひとまず身を隠した。夫に先だたれ、年金と近くの自動車部品メーカーでパートとして働いて得るわずかな金で生活し、小さな借家でひとり住まいしている伯母は、その手形ブローカーが哲之と母の居場所をつきとめて自分の家に押しかけて来はしまいかと心配していた。哲之と母は相談の末、とりあえず別々のところに別れて住んで、やくざから逃げようということになった。知人の紹介で、母はキタ新地の〈結城《ゆうき》〉という料理屋に住み込みで働くことが決まり、哲之は大東市に住む大学の後輩の口ききで、アパートのひと部屋を借りたのである。

哲之は、やつらのことだから、大学の校門のところで終日待ち伏せをするかもしれないと考えて、五日前から始まった新学期の講義に一度も出席していなかった。ここまできたら、もう断じて払うものか。逃げて逃げて逃げまくってやる。哲之はそう心を決めていた。

哲之はアパートの自分の部屋に帰り着くと、マッチをすった。ローソクに火をつけて、さっき柱に打ち込んだ釘に掛けてあるテニス帽を見つめた。哲之はテニス部の選手だったが、父が死ぬ少し前にテニスをやめた。もうそんな余裕などないことを知ったからだった。テニス部の仲間は、退部を申し出た哲之を引きとめてくれ、籍を残しておくから、テニスをやりたくなったらいつでも遠慮せずテニスコートに来いと言ってくれた。哲之はローソクの火がゆらめいている狭いアパートの一室に横たわり、いつまでも、陽子がプレゼントしてくれたフランス製のテニス帽を見ていた。

部屋の中は、火の気がなく寒かったので、彼は早々に蒲団を敷くと、もぐり込んだ。隣の部屋から咳が聞こえ、しばらくして電話のベルがなった。隣は電話があるのか。哲之はあしたケーキか酒かを持って隣室の住人に挨拶に行き、電話番号を教えてもらい、自分にかかってくる電話を取りついでくれるよう頼んでみようと思った。自分にかかってくる電話は、母と陽子からしかないはずで、それならば、せいぜい週に一、二回だろうから、相手も迷惑がらずに使わせてくれるかもしれないと考えたのだった。哲之はローソクの火を吹き消した。そして、あした陽子が来ると思った。久しぶりに、ふたりきりになれる。

哲之は、三年前、大学の構内で初めて陽子を見たときのことを思い出した。陽子は入学して来たばかりの新入生で、哲之は二回生だった。暖かい日で、陽子は白いブラウスを着て水色のジョーゼットのスカートをはいていた。とびぬけて美しいという娘ではなかったが、表情に、どんな娘にも見られない独特のふくよかさがあった。満ち溢れている清潔感とひかえめなのびやかさが、哲之の目をいつまでも陽子に注がせた。

「あいつ、可愛いなァ」

哲之が傍らのテニス部の仲間のひとりに言うと、

「早い者勝ちやぞォ。ラグビー部の山下が狙ってるし、空手部にも三人ほど、あいつに惚れてるやつがおる」

そんな返事が返ってきた。

「俺、あんな娘《こ》が好きやなァ……」

「早いこと口説けよ。お手並、拝見させてもらいやしょう」

哲之は食べかけのラーメンを置くと、学生食堂に入って来た陽子に近づき、うしろから肩を叩いた。振り返った陽子は怪訝《けげん》そうに哲之を見つめた。

「テニス部に入りませんか」

と哲之は言った。陽子は顔を赤らめて、そんな気はないと申し訳なさそうに断わった。

「テニス部に入れというのは口実で、じつはフランス語のノートを貸してほしいんです。ぼくは二回生ですけど、フランス語の単位を落として、こともういっぺんフランス語を受けんとあかんのです。ところがフランス語の講義にはいっぺんも出たことがない。頼みます。これからずっと、フランス語のノートを写させてくれませんか」

ありふれた、何とも下手くそな近づき方だなと、哲之は喋りながら自己嫌悪に陥っていた。けれども陽子は快くノートを貸してくれた。

二週間後、ふたりは梅田の喫茶店で待ち合わせをして、それから映画を観た。何日か後、陽子の家に遊びに行き、食事を御馳走になった。その夜、駅まで送って来た陽子の唇に自分の唇を合わせ、薄いブラウスの上から乳房をまさぐった。

哲之は、あした、きっと自分たちは蒲団の中でひとつになるだろうという予感がした。哲之はまだ女を知らなかったし、陽子も、哲之に乳房を触れさせるだけで、それ以上のことは許そうとしなかった。

哲之は、食べ物やケーキやガスレンジを持って、知らない町の長い道を歩いてくる陽子の姿を空想した。陽子を哀しいめにあわせたりしてはいけないと思った。陽子は、下司《げす》っぽい部分を、ただのひとかけらも身に帯していなかったし、まったくと言っていいくらい、世間ずれしていなかった。哲之は、陽子の何も身にまとっていない姿を見たかった。「あした、私、行くね」。陽子の言い方は、何かを暗示していた。哲之は心の中で裸の陽子を抱いた。そうやって眠った。

翌朝、目を醒ました哲之は、部屋の鍵を外して、また眠った。次に目を醒ましたとき、陽子が蒲団の横に坐って哲之の顔を見おろしていた。逢いたくてたまらなかった陽子が来た。陽子は俺を起こさずにじっと寝顔を見ていたのだ。そう思うと、哲之はたとえようもない幸福感に包まれて、陽子と見つめ合っていた。彼は蒲団の中から手を差しのべて陽子の頰を撫でた。陽子が笑った。

「私、来たよ」

と陽子は子供をあやすみたいにささやいた。

「いつ来たの?」

「二十分くらい前」

「起こしたらよかったのに」

「なんで、こんなに哲之のことが好きなんかなァって考えてたの。哲之、ハンサムでもないし、汚ない靴履いてるし、私に何にもプレゼントしてくれへんのに」

「俺、ハンサムやぞォ」

「見ようによってはね……。哲之の顔はかわってるのよ」

陽子は色が白く、目の下に少しだけそばかすがあった。

「どこがかわってる？」

「口で言われへんくらいかわってる」

「気持の悪い顔なんやなァ……」

くすっと笑うと陽子は自分の頬にあてがっている哲之の手を握った。

「哲之の顔、好きよ」

陽子は自分から抱きついてきた。陽子の頬は冷たかった。

「八時に家を出たのよ。武庫之荘の家からここまで二時間もかかってんから」

陽子は哲之の唇を柔らかく嚙みながらささやいた。それからなじるように言った。

「寒いのに、ストーブもあれへん」

哲之は陽子を蒲団の中にひきずり込むと、長いあいだ、自分の手で陽子の頬や背や肩を強く撫でさすってやった。哲之は蒲団から出て、顔を洗い、歯を磨き終えて振り返ると、驚いて陽子を見つめた。陽子は服を脱ぎ、小さな下着一枚の姿で背中を向けて蒲団の上に正坐していた。陽子は両の手で乳房を隠し、首だけ廻して哲之を見た。陽子は満面に恥じらいをたたえて、かすかに微笑んだ。哲之が陽子の表情の中でいちばん好きな、あどけなさと、どこかに淡い色香を放つ微笑であった。哲之が横に坐ると、陽子は、

「……寒い」

と言いながら横たわり、蒲団をかけてくれとささやいた。哲之は、すでに陽子が身にまとっているものを自分から脱いだというのに、強い羞恥心に襲われて、正坐したまま無言で陽子の顔を見ていた。彼はそんな自分に気づくと、パジャマを脱ぎ、下着も取って全裸になった。

まだカーテンもつけていない窓からは、午前の陽光が眩しく差し込んでいた。暗くしてくれと陽子が言った。哲之はカーテンの代わりに、蒲団を包んでいた大きな布を窓のところに持って行き、押しピンでとめた。部屋に鍵をかけて、暗くなった古びて汚ない部屋に敷かれた男臭い蒲団の中で、怯えと、いつもよりいっそうふくよかな微笑とがないまぜになった表情で自分を待っている陽子に目をやった。

ふたりとも初めてだったから、ぎごちなくて、うまくいかなかった。陽子の体が暖まってきたのが、哲之にははっきりとわかった。掛け蒲団はいつのまにかふたりからはがれて、足元で裏返ってしまった。

「もっと体を柔らかくさせせんとあかんねんで」

哲之が何度言っても、陽子は体をこわばらせていた。

その瞬間、陽子は哲之に強くしがみついて泣いた。カーテンの代わりに窓を覆っていた布が落ち、春の光が部屋中を満たした。ふたりはつながり合ったまま、じっとしていた。部屋には何ひとつ火の気はなかったが、哲之の背は汗ばみ、陽子の肌も熱く火照《ほて》っていた。春の光を浴びた陽子は、暗がりの中ではどうしてもゆるめようとしなかった全身の力を抜いて、ぐったりと哲之に身をまかせ始めた。哲之は、誰もいない暖かい花ざかりの野辺の中で、陽子を抱いているような錯覚にかられたのだった。

ふたりはそれから三時間近く、蒲団の中で抱き合っていた。

「お母ちゃん、哲之のことを好きやて言うてたわ」

「お父さんは？」

「あんまり、ええようには思てないみたい……」

「俺に陽子をくれるかな」

「……さあ」

哲之はもう一度、陽子の体をひらかせた。そして、春の光に照らされている陽子を見おろし、陽子は何と美しい娘だろうと思った。陽子は最初のときより、さらに烈しく哲之にしがみついた。そしてまた泣いた。

「そのたびに、泣くつもりか？」

「泣いてしまうねんもん……」

哲之は、人をこれほどまでに愛しく感じられたことはなかった。陽子は自分の体の奥に手を触れて離そうとしない哲之の手をそっと外させると、柱に掛かっているテニス帽を見て訊いた。

「ラケットはどうしたん？」

「友だちに売った。三本とも売ってしもた」

「もうテニスはやめたん？」

「あしたから、ホテルのボーイをするんや。おふくろも働いてるし、もうテニスどころやあれへん」

「あのテニス帽、大事にしてね」

「うん。夏になったら、毎日かぶるよ」

陽子は哲之に向こうを向いていてくれと言ってから下着をつけ、服を着た。それから買ってきた肉や缶入りのポタージュ・スープを使って、料理をつくった。哲之がガスレンジの金を払おうとすると、陽子は微笑みながら言った。

「お母ちゃんが買うてくれてん。引っ越し祝いやて……」

「引っ越しと違うでェ。夜逃げや。いや、朝逃げかな」

食事をすませると、ふたりはアパートを出た。駅までの長い道を歩き、片町線の古ぼけた電車に乗って京橋まで出て、そこで大阪行きの環状線に乗った。大阪駅に着くと、駅の横のホテルのコーヒーショップに入った。陽子は口数少なく、ただ哲之の顔をときおり盗み見ては、コーヒーを飲んでいた。哲之は、来年就職したら、三年間毎月、父の借金を払わなければならぬことを話した。

「借金を払い終えるまで、結婚でけへんぞ」

と哲之は言った。陽子は何か言おうとして口をつぐんだ。

「いま、何を言おうと思たんや？」

哲之が訊くと、陽子はそのふっくらした頬に掌をあてがって、目を落としたまま、

「私、もういますぐにも哲之と結婚したい」

とつぶやいた。きょう、初めて哲之を自分の内に迎え入れた陽子は、どこかしょんぼりとはしていたが、肌には常よりも艶が増し、目はうるみがちに光っていた。大きな会社の課長を父に、ひとり娘として育った陽子は、一見優しそうで、何もかも許してくれそうなゆったりとしたものを感じさせたが、哲之が手を焼くほど頑固なところも持っていた。いったん言いだしたらきかない、そんなところがあって、ふたりは逢えば、つまらないことでけんかをしたが、哲之は陽子のそんな性格がわかってくるにつれて、その陽子独特のふくよかさと弾力の中でぽつんとひとつ固い

芯みたいに存在している頑固さまでが、自分にとって大切な、あるやすらぎを与えてくれるもののように感じられてきた。

「私も卒業したら就職するもん……。一緒に働いたらいいでしょう？」

哲之と陽子はコーヒーショップを出て、阪急電車の改札口へのエスカレーターに乗った。三宮行きの普通が出るところだった。陽子はひと電車遅らすと言ったが、哲之に走れ走れと促されて、何度も手を振りながらホームへの階段を駈けのぼっていった。

時計を見ると九時だった。ふと、母との約束を忘れていたことに気づいた。毎日、必ず昼に電話をかけるよう言われたのに、きれいさっぱり忘れてしまっていたのだった。ちょうどそのころは、蒲団の中で急速に体温を高めて、まるで刷毛でごくうっすらと油を塗ったようになった陽子の白い裸体を抱きしめていたのである。

哲之は〈結城〉に電話を入れようかと考えたが、仕事中にあんまり電話がかかってくると、母が悪く思われるかもしれないと考えて、そのまま国鉄の大阪駅へとつづく道を歩いていった。環状線で京橋まで行くと、片町線のホームへの暗い階段を降り、時刻表を見た。二分ほど前に電車は出てしまって、次の電車まで三十分も待たなければならなかった。彼はベンチに坐って煙草に火をつけた。閑散としたホームで、体の弱い母のことを思った。

線路の向こう側に並んでいる広告板の隙間から、京橋駅の前の繁華街が見え、〈立ち呑み処〉と書かれた赤ちょうちんが揺れていた。哲之にせきたてられて、何やら心を残しながらホームへの階段をのぼっていった陽子のうしろ姿が浮かんだ。哲之はいつも陽子と別れたあと、しばらくしてから、その陽子の別れぎわの顔やら動作やらを思い出して、寂しい、しずんだ気持になるのだった。

哲之はベンチから立ちあがり、急ぎ足で階段をのぼり、駅の改札口を出て、その〈立ち呑み処〉の赤ちょうちんに向かって歩いた。労務者風の男たちが、ピーナツやスルメをあてにコップ酒を飲んでいた。どこか遠くから歌謡曲が聞こえ、ドブの臭いが漂っていた。

「二級酒」

と哲之は言った。

鉢巻をしめた店主が、

「あては何にしまひょ」

と訊いた。

「酒だけでええ」

彼は熱燗《あつかん》のコップ酒を、時計を気にしながら喉《のど》に流し込んだ。こんな飲み方をしたら、駅に着くころに気分が悪くなるのではないかという気がしたが、次の電車を乗りすごすと、また四十分も待たなくてはいけないのである。

　哲之はコップの酒を飲み干して金を払い、また切符を買って環状線のホームを歩いて片町線のホームへの階段を降りた。五分ほどして電車がやって来た。電車は京橋、鴫野《しぎの》、放出《はなてん》、徳庵《とくあん》、鴻池新田《こうのいけしんでん》、そして哲之の降りる住道《すみのどう》と停まって、さらに奈良と大阪の境あたりまで行くのである。大阪で生まれ育った哲之は、京橋から向こうにこんな変わった駅名のつづく線が伸びていることをつい最近まで知らなかった。彼はがら空《す》きの金気《かなけ》臭い車輛の隅に坐って、足元に落ちているスポーツ新聞の見出しを読みながら、どこか遠くの異国に向かっている思いにひたっていた。住道駅までは三十分近くかかった。

　線路に沿ってつづく商店街は、もうほとんどの店がシャッターを降ろしていたが、いかにもいなかのならず者といった連中が、あちこちにたむろして、家路を急ぐ人たちに虚ろな視線をあびせていた。まだそこからアパートまで三十分かかった。一気に飲み干したコップ酒がまわってきて、冷たいのに湿りを含んだ風が不快だった。哲之は自分の吐く息に、強いアルコールの匂いを感じた。アパートに近づくにつれ、寂しさがつのった。雨が降ってきた。

　アパートの階段をのぼり、鍵をあけようとしていると、隣室の住人が出て来た。五十前後の痩せた女だった。哲之は、きのうから隣に住むようになったものですと言って、自分の名を名乗った。電話の件をきりだそうかと思ったが、酒臭い息をして頼み込むのはまずいと感じて、簡単な挨拶だけにしておいた。女はまともに哲之の顔も見ないまま、そそくさと部屋の中に消えた。口元の寂しい、陰気そうな女であった。

蛍光灯のスウィッチを入れると、明かりがついた。アパートの女主人は電気会社に連絡して、メーターのところのスウィッチをちゃんと入れておいてくれたのだ。

「あたりまえや。俺は敷金も払《はろ》たし、家賃も前払いで渡してあるんや」

誰もいない部屋に立ちつくして、哲之はひとりごとを言った。裸の陽子がもぐり込んでいた蒲団は敷かれたままになり、陽子のつくった料理の残りが冷蔵庫の上に置いてあった。彼は冷蔵庫のコンセントを差し込み、座机の上で残り物を食べた。

パジャマに着換え、蒲団にうつぶせて匂いをかいだ。陽子の匂いは消えていたが、枕カバーに、かすかに口紅がついていた。哲之はそれに自分の唇をすりつけた。しばらく蒲団にうつぶせてじっとしていた。階段をあがってくる足音が聞こえて、哲之は耳を澄ました。強い不安感が体を硬くさせた。あの手形ブローカーが、もうこのアパートをみつけだしてやって来たのではなかろうかと思ったのである。足音は隣の部屋の前で途絶え、何やら話し声が聞こえ、すぐに階段を降りていく足音が響いた。安堵感が、哲之の心に、陽子の体の感触を甦らせた。一回目は何やら不安で心もとなかったが、二回目の快感は何と素晴らしかったことだろう。陽子の体の中はあんなに熱く柔らかいのか。哲之はまた固くなって来た自分の性器を敷き蒲団に強く押しつけた。

彼は寝そべったまま、首だけ動かして、柱に掛けてあるテニス帽を見やった。彼は起きあがり、帽子をとると、マジックインキで、裏側に、FROM YOHKO と書き入れた。そしてその白い帽子を釘に掛けようとした。その瞬間、彼は、びっくりしてあとずさりした。一匹の小さな蜥蜴《とかげ》が柱にへばりついていたのである。

しばらく立ちつくしていたが、哲之は恐る恐る柱に近づき、目を凝らして蜥蜴を見た。そして、わっと悲鳴に近い叫び声をあげて、うしろの壁ぎわまで下がった。蜥蜴は、きのうの夕刻、哲之が暗がりの中で手さぐりで打った長い釘で胴体の真ん中を貫かれていたのだった。哲之がもう一度近づくと、蜥蜴は手足やしっぽを動かしてもがいた。哲之はそのまま坐り込んで、生きながら柱に釘づけにされてしまった蜥蜴を長いこと見つめていた。

## 二

蛍光灯の、目に沁みるような光が、かえって蜥蜴の体を黒ずんで見せていた。やい、もりでもいもりでもなく、間違いなく蜥蜴であることは哲之にもわかった。その小さな爬虫類《はちゆう》の縞模様は、哲之が子供のころ、石垣の隙間とか草むらとか畦道で見たものと同じだった。

　哲之が、顔や体を動かさずにいると、蜥蜴もまたもがくのをやめてじっとしていた。しかし哲之が少しでも顔を近づけたりすると、どうにかして逃れようと、首や手足やしっぽを烈しく動かすのである。それで、哲之は蜥蜴を怯えさせないように、そろそろと押し入れのところに横歩きして行き、音をたてずに襖《ふすま》をあけ、道具箱の中から釘抜きを出した。彼は釘抜きを持ってまた蜥蜴の前に立ち、さてどうやって釘をぬいたらいいだろうと考えた。

　蜥蜴は頭のほうを上にして、柱の真ん中にやや斜めになった格好で打ちつけられていた。釘は確か五センチほどの長さだったから、蜥蜴の体を貫いて、それからまだ三センチくらい柱の中に入っているだろう。哲之はそう考えながら、釘抜きをどの角度からこの可哀そうな生き物に近づけようか思案していた。

　哲之は、よく死ななかったものだと思い、あるいは釘を抜いたら、蜥蜴の腹に丸い穴があいて、そこから内臓がこぼれだし、それがいまかろうじて生きている蜥蜴にとどめの痛苦を与えることになるやもしれぬと、まだ茫然としたままの心の内で思い巡らせた。

釘抜きを持つ手の力をゆるめ、哲之は座机の上に腰を降ろして、放っておいても、そのうち死んでしまうだろうと思った。釘の太さは直径五ミリ程度だったが、人間の体に譬《たと》えれば、電柱を突き立てられたのと同じようなものではないか。腹の傷で死ぬか、餓死するか、いずれにしてもそんなに長く生きているはずがない。哲之は、蜥蜴が死ぬのを待とうと決めて、釘抜きを道具箱にしまった。だが、蜥蜴もろとも柱に打ちつけた釘の頭に、陽子から貰った大切なフランス製の帽子を掛けるわけにはいかず、といって、そのまま放置しておくことも出来なかった。

彼は白いタオルを釘に掛けてみた。しかしそれだと、タオルから蜥蜴の頭だけがはみ出して、まるで女の子が人形に蒲団をかぶせて遊んでいるような、そんな錯覚にかられるのだった。哲之はふと思いついてタオルを取ると、台所の隅に置いたままのダンボール箱の中から、平べったい木製の小皿を一枚出した。そして道具箱をさぐって錐《きり》を取り出し、小皿の底の真ん中の部分に穴をあけた。穴は釘の頭よりも小さかったので、ナイフで長い時間かかって大きく拡げた。哲之はそっと小皿を蜥蜴にかぶせた。釘の頭を、あけた穴に通して柱に張りつけるようにすると、ちょうどうまい具合に蜥蜴を覆うことが出来た。

哲之は柱と小皿とのあいだにわずかな隙間を作った。蜥蜴が窒息してはいけないと考えたからであった。ところがすぐに、窒息してくれたほうがいいのだと思い直した。哲之はセロテープで、小皿と柱とのあいだに隙間が出来ないよう、念入りに目張りをし、穴のところにも幾重にもセロテープを貼った。こうしておけば、あしたの夜までには、蜥蜴は完全に死ぬに違いないと思った。彼はすっぽりと茶色い小皿で密閉されてしまった蜥蜴に話しかけた。

「のろまなやつやなァ……。なにをぼんやりしとったんや。俺は部屋が真っ暗で、お前がそこにいてることなんか、ぜんぜんわからんかったんやぞォ。人間が近づいたら、さっさと逃げて行ったらええのに」

蜥蜴の敏捷な身のこなしを頭に描きながら、哲之は自分もなぜそこに蜥蜴がいたことに気づかなかったのかと思った。釘を打ったときのことを思い浮かべてみたが、固い柱に打ちつける感触だけが甦ってくるだけで、知らぬまに蜥蜴の体に釘を打ったというような気配は何ひとつ感じられなかったのである。可哀そうなことをしてしまった。哲之は暗い気持になって、いやというほどセロテープを貼りつけてある小皿を見あげ、

「俺は、何が嫌いや言うて、爬虫類が一番嫌いなんや」

と言った。

目覚まし時計を見ると一時だった。哲之は手と顔を洗い、歯を磨いてパジャマに着換えた。ひどく疲れを感じた。明かりを消し、敷きっぱなしにしてあった蒲団に

もぐり込んで目をつむった。コップ酒の酔いはとうに醒めて寒気が襲ってきたが、彼は体を丸く縮めると、眠ろう、眠ろうと胸の内で何度もつぶやいた。やがて眠りに落ちたが、すぐに目が醒めた。

目を醒ましたとき、彼はほんの少ししか眠らなかったことに気づいた。べつに時計を見たわけではなく、頭の芯の痛みと体の重さが、眠りの短さと浅さを教えてくれたのである。彼は起きあがって豆電球を灯し、目覚まし時計に目をやった。一時間とちょっとしか眠っていなかった。

蒲団にくるまったまま、哲之は、蜥蜴を覆っている木の小皿を見つめた。そこに、自由を奪われた小さな生き物がいると思った。ひどいめにあわせたのはこの俺だ。哲之は知らなかったとはいえ、自分が蜥蜴に与えた苦しみに対して、深い懺悔《ざんげ》の気持を抱いた。ひと思いに殺してやったほうがいいのではなかろうか。何時間も、柱と小皿とで密閉された闇の中で生かされたまま、やがて確実に失くなっていく酸素を懸命に吸い込もうとしている蜥蜴の姿が脳裏にちらつき始めたのだった。パジャマの上にセーターを着ると、哲之は台所に行って、ガスレンジの栓をひねり、火をつけた。ストーブがなかったので、ガスレンジの火で部屋を暖めようと考えたのである。

やがて部屋が暖まってきた。哲之は押し入れの中に首を突っ込み、道具箱からこんどはカナヅチを出した。哲之は自分が幾重にも、柱と小皿との隙間に貼り合わせたセロテープをはがしていった。それから小皿の底にあけた穴と、そこに通した釘との隙間をうずめた何片かのセロテープを爪先ではがした。一時間以上も密閉された狭い空間にいたのだから、あるいはもう窒息死してしまったかもしれない。そうであってほしいと念じつつ、哲之は小皿を柱から離した。

蜥蜴は動かなかった。哲之はほっとして、手に持ったカナヅチを蒲団の上に放り投げた。もしまだ生きていたら、カナヅチで頭を叩きつぶすつもりだった。哲之は座机に腰かけ、自分の膝に両肘《りょうひじ》を立てると、背を丸めて頬杖をついた。陽子はどうしているだろうと思った。暖かい蒲団にくるまり、体をほかほかにさせて、むにゃむにゃ言いながら眠っているだろう。

彼は、自分と陽子が知り合って、ちょうど三年になろうとしているのだと、指を折って計算した。知り合ったとき、陽子が十八歳で、自分は十九歳だった。この三年間、哲之は逢うたびに、陽子を欲した。だが一度もそんな自分の心のうちを口に出したことはなかった。同じ大学の仲間の中には、幾組かの恋人たちがいて、いとも簡単に体の関係を持ち、そしていともあっさりと別れて、すぐに別の相手と腕を組んで歩いていた。自分が強引に求めたら、いや強引でなくとも、求めさえすれば、陽子はとうに体をあずけてきたことだろう。自分も陽子も、いつもふたりでいるときは、そのことを思いつづけていたのに、三年間も、互いに口に出さなかったのだ。それがきょうは……。

　哲之は時計の針が三時を廻ったのを見て、そうか、もうきのうのことだと気づき、自分から身につけているものを取って、蒲団にもぐり込んだ際の陽子の顔を思い浮かべた。陽子は、もうずっと前から、そうすることを決めていたのに違いない。陽子は力一杯勇気をふるいおこして、この汚ない粗末なアパートの一室で裸になったのだ。

　夢みたいに過ぎてしまった至福の行為と、陽子のふくよかな微笑が、豆電球の光の底に、蜃気楼《しんきろう》のように映し出されてきた。大学を卒業したら、俺は一所懸命に働こうと、哲之は己の胸に誓った。陽子を幸福にしよう。その思いが、哲之の心をいっそう暗くしずませた。こんなに幸福なことが起こったというのに、自分はどうして元気がないのだろう。哲之は不思議な気がした。遠くに、哀しい不幸なことが待ちうけているような予感がするのだった。その予感は三ヵ月ほど前から、彼の中に生じたもので、理由のない漠然としたものであったが、絶えず心のどこかで居坐っていた。

　いつか母に、大学を卒業したら、大杉陽子という娘と結婚するのだと言ったことがあった。そして梅田のデパートの前で待ち合わせして、陽子を母に紹介したのである。父が死んで一ヵ月くらいあとのことだった。母は値段の高いことで知られている寿司屋にふたりをつれて行き、御馳走してくれた。貧しい母は、その寿司屋で、大切に取っておいたへそくりの大半を失ったが、そんなことはいっさい口にせず、

「ええ娘《こ》やなァ……。そんなに特別べっぴんさんやないけど、品があって可愛らしいわ」

と言った。しかし結婚すると息巻いている哲之に、

「陽子さんの御両親が、うちみたいな家に、娘をくれはるやろか」

とささやいて、もし結婚出来なくても、そんなことでやけを起こしたりしないようにとさとした。

哲之はそのときの母の笑顔を思い出しながら、煙草を吸った。ガスレンジの火による熱気が部屋の上部に漂っているせいか、煙草のけむりは哲之の頭のあたりに浮かんで、昇りも沈みもせず、濃い霧が静かに流れるように、部屋中にたゆとうていた。

釘を抜き、息絶えた蜥蜴をどこかに捨てに行こうと、哲之は釘抜きを出してきて、柱の前に立った。釘の頭に釘抜きの溝を差し込み、力まかせにテコを押さえつけようとした瞬間、蜥蜴が全身をばたつかせた。哲之は慌てて釘抜きを釘の頭から外し、まだ生きていた蜥蜴を見つめつづけた。何という生命力だろうと、うんざりした思

いで見つめていたが、さっき蒲団の上に放り投げたカナヅチを持つと、蜥蜴の頭めがけて打ち降ろそうとした。だが出来なかった。なにやら恐ろしくなってきたのだった。彼は初めて、目を凝らして仔細に蜥蜴の体を観察した。

背は緑色を帯びた暗褐色で、部屋の暗さがそれをにび色に変えていた。しっぽは青かった。胴体の両脇に、鼻のあたりからつづいている黒い幅広い線が走り、それが黄色とも青色ともつかない細い縞に縁取られていた。背中から脇腹にかけて黄白色の線が五本ほどあって、そのうちの三本はしっぽの真ん中あたりまで伸びていた。釘が打ち込まれた部分の周辺はかすかにへこんでいて、すでに蜥蜴の肉が釘に癒着しはじめたことを暗示していた。

「もうええかげんに、くたばってくれよ」

哲之は声を出して蜥蜴に言った。

「殺すのは簡単やけど、気持が悪いんや。十メートル先に蜥蜴がおっても、俺は逃げだすぐらいなんやぞォ。それが、俺のこの狭い部屋の中で生きてるなんて、考えただけでも鳥肌がたつがな」

喋っているうちに、哲之の体には本当に鳥肌がたってきた。

「悪いことをしたなァ。ごめんな……」

そう言って、哲之は再び小皿で蜥蜴の体を覆った。もうセロテープで密閉する気にはなれなかった。いくらなんでも、二、三日もたてば死ぬだろう。ガスレンジの火を消して、部屋の窓をあけ、空気を入れかえた。

哲之が、梅田にある大きなホテルの事務所に着いたのは、指定された午後五時きっかりだった。少し早めに行くつもりだったが、片町線の電車に乗り遅れて、次の電車を三十分も待ったので、危うく遅刻するところだった。島崎という人事課長が、ボーイ・キャプテンと印された名札を胸につけている青年を呼んで、哲之を紹介した。

「きょうからアルバイトに来てくれる井領くんや。五時から十時までが仕事時間や」

すると、磯貝晃一という名のボーイ・キャプテンは、

「十二時まででないと困りますよ」

と島崎に不満そうに言った。島崎は角張った顔を哲之に向けて、

「家が遠いんや。最終の電車が、ええと、何時やったかな?」

と訊いた。

「十一時三分です」

哲之が答えると、島崎は何度も頷いて、

「十時に仕事を終えて、服を着換えて、環状線で京橋まで行ったら、そのぐらいの時間になるわなァ。アルバイトやから、そのへんは考慮したってよ」

肩と袖とズボンの脇が、それぞれ二本の金のモールで飾られたベージュ色のボーイ服を着た磯貝は、ちらっと上目遣いに哲之を見ると、黙って事務所を出て行きながら、ついてこいというふうに顎《あご》をしゃくった。細い薄暗い通路には、食べ物の臭気と、暖房のせいではない異様な熱気が充満していた。

「なんでこんなに熱いんですか」

と哲之は訊いてみた。磯貝という、哲之より少し年長に見える痩せた青年は、通路の左右の壁を手の甲で叩いて、

「ここがグリルの調理場で、こっちがランドリーや。ここは冷房が届かへんから、夏は地獄や」

と言った。通路の突き当たりに重い鉄製の扉があった。そこが従業員のロッカールームで、磯貝は哲之のために用意してあったボーイ服を、部屋の奥の大きな箱から出して、ほれっと言いながら投げて寄こした。

「ちょっと小さいかなァ……」

ボーイ服に着換えた哲之を見て、磯貝はしばらく思案していたが、どうせアルバイトなのだから、そのくらいは辛抱しろと、無愛想につぶやいて、誰も使っていな

いロッカーを開き、

「これを使《つこ》うたらええ。ちゃんと鍵をかけときや。このホテルにも盗っ人がおるからな」

と言った。幾つかのチェーン店を持つこのホテルは、二年前に古い建物をこわして、豪華な二十四階建てに改築したのだが、哲之は、裏に廻れば殺風景で汚ないものだなと思った。きっとこれから、何やかやと意地悪な態度をとるだろう。そう思いながら、磯貝の容姿を窺《うかが》った。顔色が悪く、唇に赤味がなかった。だが髪の毛をきちんと整えて、背を伸ばして立っている姿は、金モール付きのボーイ服としっくり合って、どことなく凛々《りり》しく感じられた。哲之は自分の服をロッカーにしまい、鍵をかけた。

「いちおう、ホテルの中を全部見といてもらう。ボーイは全部で八十人いてるんや」

「へえ、そんなにいてるんですか」

哲之の言葉に、磯貝は初めて笑みを浮かべた。

「ボーイいうても、色々な係があるんや。ぼくらはページ・ボーイというて、泊まり客を部屋に案内したり、客の荷物を運んだり、車の手配をしたりするのが仕事や。これは社員が十人、アルバイトが井領くんを入れて三人。それから宴会係が三十人。

これもホテル用の配膳師がいてて、忙しい時期にはアルバイトが来よる。グリルに十五人。コーヒーショップに十五人。コーヒーショップには他にもう五人、アルバイトがいてる。最後に、地下のバーの四人や。いま言うたのは全部男で、他に三十人の女の子がいてる。客室係、グリルのウェイトレス、コーヒーショップのウェイトレス、それに宴会係や」

「そしたら、男女合わせて百十二人ですか。磯貝さんは、その百十二人のキャプテンですか？」

するると、磯貝は首を横に振って、

「ページ・ボーイのキャプテンや」

と答えた。そして突然きつい目で哲之を睨んだ。

「アルバイトのやつは、責任感があらへん。どうせアルバイトやと思て仕事をしてるんや。俺は社員もアルバイトも区別せえへんから、そのつもりでおってや」

磯貝は、曲がりくねった薄暗い通路を歩いて、フロントの奥の事務所に出る扉を押した。そして〈フロント主任〉と印された名札を付けた男に哲之を引き合わせた。哲之が挨拶をしても、男は顔も見ず、予約カードをチェックしながら、「よろしく」とどうでもいいように言った。哲之はフロント主任の名札を見た。中岡峰夫と漢字とローマ字で書かれてあった。

磯貝はロビーに出て、クロークの横にある部屋に哲之を案内した。哲之と同じベージュ色のボーイ服を着た若者が、テーブルの上に寝そべったり、椅子に凭《もた》れ込んで煙草をふかしたり、花札をしたりしていた。

「きょうからアルバイトで働いてくれる井領哲之くんや。みんな、よろしくね」

ページ・ボーイたちは一斉に哲之を見たが、みんな無言だった。哲之は、意地悪な連中ばかりではなかろうかと思い、決してけんかなんかせず、言われた仕事をして働きさえすればいいのだと肚《はら》を決めた。

磯貝は哲之をともなって、エレベーターで二階にあがった。二階は宴会場だった。非常用の階段をあがれば早いのに、磯貝は一階一階エレベーターを使った。三階も宴会場で、四階は会議用の大きな部屋が並んでいた。五階から二十三階までが客室、そして二十四階にグリルと中華料理店があった。ざっと案内されただけなのに、そのつどエレベーターのやって来るのを待ったので、ロビーに降りて来たときは六時を過ぎていた。

「二、三日で井領くんの名札が出来るから……」

そう言って、磯貝はフロントから少し離れた場所に立った。

「起立の姿勢で立つんやでェ。だらしない格好で立っとかんようにな」

磯貝は、しばらく自分のすることを見ておくようにと哲之に言った。泊まり客がフロントで宿泊カードに住所や氏名を書き込んでいた。フロント係が部屋のキーを持って「ボーイさん、ご案内して下さい」と言った。磯貝はてきぱきとした身のこなしでキーを受け取り、客の旅行バッグを持つと、

「六階の二千五百号でございます」

と言った。そして哲之を手招きした。哲之は磯貝と客のあとを追った。エレベーターが開くと、どうぞと言って客を先に入れてから、目的の階のボタンを押し、もう一度念を押して、

「六階にご案内いたします」

と磯貝は張りのある声で客に言った。六階に着くと、客を先に降ろし、素早く先頭に立って海老茶色の長い絨毯《じゅうたん》の上を進み、二千五百号室のドアをあけて、入口のスウィッチを入れた。それから客を先に部屋に入れ、荷物を机の横の台に置くと、バスルームのスウィッチを入れ、ドアを開いて、

「こちらが、バスとトイレになっております」

と説明した。

「ルームサービスは六番のダイアルをお廻し下さいませ。他にご用がございましたら、フロントにご連絡下さい。ダイアルは一番でございます」

客に部屋のキーを渡しながら、どうぞごゆっくりおくつろぎ下さいと、磯貝は頭

を下げた。そして部屋を出た。

「こういうふうに案内するんや」

「何階の何号室かというのは、どうやってわかるんですか。六階の二千五百号室や」

「キーを見たらわかる。六―二五〇〇とあったら、六階の二千五百号室や」

「二十二階の千三百二十四号やったら、二十二―一三二四となってるわけですか」

「そうや。そやけど部屋に、五百以下の番号はないんや。五百から五百九十九までしかない」

磯貝は、次はひとりでやってみるようにと言った。エレベーターを待つあいだに、磯貝は小声でささやきかけてきた。

「チップをくれる客がいてる。原則としては受け取らんことになってるけど、ありがとうございます言うて、さっともろてしまいや」

そして、哲之を横目で見やって、微笑んだ。

「チップ、くれる人もいてるんですか？」

と哲之は訊いた。

「いてるよ。百円玉を三つとか、五百円札を一枚とか、いろいろやけど、多い日は、一日のアルバイト料より多いときもあるで」

それはありがたいと哲之は思った。フロントは一番忙しい時間だった。

「ボーイさん、ご案内して下さい」

という声が聞こえた。並んで立っていた磯貝が哲之の背を押した。哲之は、さっき磯貝がやったのと同じように、素早くフロント係からキーを受け取り、客のボストンバッグを持った。キーについたプラスチックの四角い棒には十一―二五六二と刻まれていた。哲之は大きな声で、

「十一階の二千五百六十二号でございます」

と言って、エレベーターの前に行き、客を先に乗せ、十一階のボタンを押した。それから、

「十一階にご案内いたします」

と自分でも奇異に思えるくらいの大声で言った。初老の男の客は、少し驚いたように哲之を見て、

「元気がいいねえ」

と言った。哲之は緊張して黙っていた。エレベーターから出ると、正面の壁に標示してある番号を見た。右を差す矢印と左を差す矢印があり、右側には二千五百～二千五百四十九、左側には二千五百五十～二千五百九十九と標示されていた。哲之は部屋番号を確認して左側の廊下を歩いて行った。廊下の左右に部屋があるので、哲之はそれぞれの部屋のドアに印された番号を見逃さないように注意して進んだ。

部屋の鍵をあけ、室内の明かりを灯し、客を入れてから荷物を置くと、バスルームのドアを開いて、磯貝が言ったのと同じ言葉を客に伝えた。そしてキーを渡しながら、

「ルームサービスは」

と言ったところで、言葉が出なくなった。何番のダイアルを廻すと磯貝が言ったのか忘れてしまったのだった。

「えーと、ルームサービスは……」

客は笑って、

「六番だろう？　フロントは一番だ。何度も泊まってるから知ってるよ」

と言った。

「すみません。きょう、初めてこの仕事についたものですから」

哲之が頭を下げると、

「新米か。俺のほうがこのホテルには詳しいわけだな」

客はそう言いながら、ズボンのポケットから何個かの百円玉を出して哲之の手に握らせた。哲之は、ありがとうございますと、また頭を下げた。

「チップの貰い方はうまいもんだぜ」

客は笑った。どうぞごゆっくりと言って、哲之は部屋を出た。誰もいないのを確

かめてから、掌の中の硬貨をかぞえた。四百円あった。哲之は嬉しくなった。五時から十時まで、何人の客を案内するか見当もつかなかったが、そのうち五人の客がチップをくれたら、二千円近くにはなるだろう。貧しい哲之には、このうえなくありがたい金だった。

十時までに、その日は二十組の客を案内した。チップをくれたのは最初の客と、やくざっぽい男につれられた最後の若い女だった。その男はかなり酔っていて、部屋に入るなりベッドに倒れ込んだのだが、ルームサービスのダイアルやフロントのダイアルを女に説明していると、

「そんなこと教えてもらわいでも知ってるわい。電話の横に書いてあるやないか」

と怒鳴り、

「もうええから、早よ出て行け」

そう言って靴の先で哲之の膝を蹴った。部屋を出て歩いて行くと、うしろから女が小走りで追って来て、

「ごめんね。あいつ、アホやねん。これ取っといて」

と千円札を握らせたのだった。女はどこかのバーのホステスみたいだったが、表情や体つきに少女のようなものがあった。

実際に仕事をしたのは、六時過ぎから十時までの四時間で、その間一度だけ磯貝

が休憩を取らせてくれた。だがロッカールームに帰って来た哲之の足は痛く、体中がぐったりして、口をきくのもおっくうになっていた。立ち仕事は疲れるとは聞いていたが、これほど疲れるとは思っていなかったので、哲之は服を着換えると、しばらくロッカールームの隅に置いてある椅子に坐り込んでいた。

重い鉄の扉で閉ざされたロッカールームは深閑として、哲之は独房に閉じ込められているような錯覚に陥った。蜥蜴の色模様が心をよぎった。もう死んだだろうか。哲之は立ちあがり、ロッカールームの明かりを消して、熱気に満ちた狭い通路をとぼとぼ歩いて行った。

柱に釘づけにされた蜥蜴のいる部屋に帰って行く気にはなれなかった。けれども、あの蜥蜴はまだ生きていて、どうにかして自分の背中を貫いている太い釘から逃れる術《すべ》はないものかと考えているのではなかろうか。そんな思いが、ちらっと哲之の中に生じた。俺の帰りを待っているのではないか。釘を抜いてくれ、お願いだから、この釘を抜いてくれ。蜥蜴が叫んでいるような気がした。

哲之はコンクリートの階段を昇り、従業員用の出入口から表に出た。ちょうどホテルの裏側にあたる場所で、調理場やランドリーの空気を送り出す排気孔がすぐ横にあった。哲之は息を止めた。きらびやかに装った人間の汚れた本質。幸福ぶった人たちが隠し持っている不幸。巨大なホテルの裏側から猛烈な勢いで音たてて噴き出ている悪臭が、哲之の頭に一瞬そんな言葉を思いつかせた。

彼は大阪駅への道を、雑踏にもまれながら、とぼとぼと歩いた。早く死にやがれ。心の中で蜥蜴に向かって叫んだ。俺はお前が死ぬまで釘を抜きもしないし、ましてや殺したりもしないぞ。お前が死ぬまでじっと待つんだ。だから、あきらめてさっさとくたばりやがれ。

哲之は公衆電話のダイアルを廻した。ずっと電話のかかってくるのを待っていた、陽子のそんな弾んだ声が聞こえた。

「仕事、出来そう？」

「簡単や。ホテルのボーイなんか……」

「初めてやから疲れたでしょう」

「アルバイトの一日目は、いつでも疲れるよ」

「お風呂に入って、ゆっくり寝たら、元気になるよ」

「きょうは中沢の部屋に泊めてもらう。もうあの片町線に乗って、それからまだ三十分も夜道を歩く元気はないねん」

陽子はしばらく黙っていたが、やがて、

「中沢さんの家に着いたら、また電話かけてね」

と言った。

中沢雅見は、本町のビジネス街のど真ん中に住んでいた。哲之とは高校時代からのつき合いだった。父親が貸しビル業を営んでいて、八階建ての中沢ビルというのを持っている。松屋町に中沢第一ビルがあり、そこに両親や兄弟が住み、本町の中沢第二ビルの八階の小さな一室に、中沢だけがひとりで住んでいるのだった。哲之とおない歳で、同じ大学に通っていたが、二浪したのでまだ三回生だった。中沢に電話をかけると、いつものように口数少なく、

「十五分したら、裏のドアをあけとくわ」

という返事が返って来た。地下鉄のホームに立ったとき、また蜥蜴の声が聞こえた。釘を抜いてくれ、釘を抜いてくれと、蜥蜴は叫んでいた。

三

地下鉄の改札口を出て、地上からの空気が烈しい勢いで吹き降りてくる誰もいない階段を、肩を落として緩慢にのぼって行くと、井領哲之は夜更けの御堂筋を南に向かって歩いた。外資系会社の巨大なビルの角を東に曲がってまっすぐ進んだ。ラーメン屋の屋台が一台、灯の消えたビルの群れの一角に停まっていた。

中沢第二ビルの隣には、三階建ての古いコンクリート造りのビルがあり、建物と

建物とのあいだに、人ひとりがやっと通れるくらいの隙間がある。この小便臭い隙間を通って右に曲がると、中沢第二ビルの裏に廻ることが出来る。表玄関の大きなシャッターは九時に降ろされてしまうので、哲之が中沢雅見のもとに行くときは、あらかじめ電話をかけて、裏の小さなくぐり戸の鍵を外しておいてもらうのである。

哲之は金属製の小さな扉を閉めて鍵をかけると、エレベーターの前に行った。エレベーターの電源は切られていた。哲之は、いつもは非常用の階段をのぼって行くのだが、今夜はとても八階まで自分の足でのぼる気力はなかった。エレベーターの電源スウィッチは、中沢の部屋の隣の、管理人室にあるのだった。哲之は一階のフロアにある赤電話で、もう一度、中沢の部屋に電話をかけた。

「いま、下に来てるんや。エレベーターのスウィッチを入れてくれよ」

「階段を使えよ。運動のために」

「きょうは、そんな元気あらへん」

「酔うてるのか？」

と中沢は訊いた。

「ええから、エレベーターを動かしてくれ」

いらいらしてきて、哲之は電話口で怒鳴った。しばらくすると、エレベーターのランプの灯がついた。八階で降りると、パジャマ姿の中沢が立っていた。中沢は管理人室に行って、エレベーターのスウィッチを切ると、眠そうな目をぼんやり哲之に向けて言った。

「機嫌、悪いんやなァ」

「何か食べるもんないか？」

「酒とビールしかない」

中沢の部屋の扉をあけた途端、モダンジャズの旋律が、さっき地下鉄の階段をのぼっていたときに吹き降りていた風のように、哲之に襲いかかった。ステレオのセット、何百枚ものレコード盤、古ぼけた振り子時計、レコードとステレオに関する何百冊もの雑誌、大きな地球儀、小型のテレビ、冷蔵庫、ベッド。それに枕元の「歎異抄」。

見慣れた中沢の部屋のちらかり具合が、哲之をふいに寂しくさせた。彼は冷蔵庫をあけて、卵を二個とバターの入った容器を取り出し、中沢に手渡して、

「得意のチャーハンを作ってくれ。晩飯、食うてないんや」

と言った。まったく食欲がなくて、磯貝がくれた従業員食堂用の券はボーイ服のポケットに入ったままだった。中沢は顔を振って、目に落ちてきた長い髪を耳のほうに寄せると、炊飯器の中をのぞき、

「これ、お前に食わせたら、あしたの朝の分がなくなるがな」

と言った。

「あしたはあしたで炊いたらええやろ」

哲之は中沢のベッドに横たわり、煙草を吸った。中沢がコップに酒を入れて、無言で哲之の顔の近くに差し出した。バターの溶ける音を聞きながら、哲之はゆっくりと冷や酒を飲み下していった。

「あの管理人のお爺さん、まだ入院してるのか?」

哲之が訊くと、中沢は巧みな手つきでフライパンをあつかいながら、

「爺さん、死によった」

と答えた。哲之は体を起こして、中沢のうしろ姿を見つめた。

「いつや?」

「三日前や。これで、夜、将棋の相手をさせられんでもすむわ」

「冷たい言い方やなァ……。歎異抄を読んで、おかしな悟りでも開いたのか」

中沢はちらっと哲之を見て、

「しょうがないやろ。人間は死ぬことになってるんや」

そう言って、出来あがったチャーハンを皿に盛り、スプーンをそえて哲之に手渡した。

管理人として雇われていた老人に、哲之はよく馬券を買ってくれと金を預けられ

たことがある。阪急電車の梅田駅から大学のあるS市に行く哲之に、ついでだからちょっと寄って買っておいてくれと、わずかな金を数字の書き込まれたメモ用紙と一緒にポケットにねじこむのである。場外馬券売り場は大阪駅の裏にあったが、哲之は一度も老人に頼まれた馬券を買わなかった。

老人の予想は一度も当たったことはなく、そのわずかな金は、いつも哲之の屋台での飲み代に変わった。哲之は、老人の買う馬券が入ったらどうしようとは一度も考えたことがない。少ない小遣いのほんの一部で、堅い馬券にしか手を出さないその老人には、当たり馬券を手中にする勝負強さなど決してありはしないと思っていたし、もし入っても老人の張り金なら、配当金は何とか払える程度の額に違いないと計算していたからだった。

「新しい管理人を雇うまで、俺がその仕事をせなあかん。朝、七時に起きて、シャッターをあけるんやぞォ」

中沢はレコードの音量を落とすと、自分も酒を飲み始めた。

「アルバイト、きついんか？」

「いや、これまでやったアルバイトの中では楽なほうやな」

「そのわりには、疲労困憊《こんぱい》いう顔をしてるがな」

中沢は、チャーハンを頬張っている井領哲之の横顔を窺いながら言った。

哲之は、蜥蜴のことを中沢に話してみようかと思ったがやめた。中沢は興味を示さないだろうという気がしたし、何よりも疲れていたからだった。中沢が興味を示すのは、モダンジャズに関する話題だけで、ときには三日も四日も、このビルの八階の部屋に閉じこもって、レコードを聴いていることがあるくらいだった。ステレオの装置も、中沢が自分の手で何ヵ月もかかって組み立てたもので、アンプもレコードプレーヤーもスピーカーも、それぞれ別々のメーカーのものを使っている。アンプならどこそこのメーカーの何型、プレーヤーは……、という具合に、その部分部分で最もいい物を集めて組み立てたのである。

「何か聴きたいレコードはあるか？」

と中沢に訊かれて、

「レディ・ジェーンをかけてくれ」

哲之は別段聴きたくもなかったがそう答えた。

「レディ・ジェーンか、昔、はやった曲やなァ……。俺ももう長いこと聴いてない」

中沢は八百枚以上あるというレコード盤の中から、すぐにレディ・ジェーンをみつけ出し、プレーヤーのターンに載せた。哲之がチャーハンを食べ終わり、コップに半分ほど残っていた酒を飲み始めると、何度も耳にしたことのあるサックスの低い静かな旋律が流れてきた。

　曲に聴き入りながら、哲之は部屋の隅に坐り込み、壁に凭れたまま、虚ろな目を宙に注いでいる中沢を見つめた。きっとジェーンという女は娼婦だったのだろうと思った。仕事を終えたレディ・ジェーンが、再び服を着て男のいる部屋を出、人通りのない夜道を帰って行くさまを心に描いた。あっちを向いていてくれと言って、蒲団のうえに横坐りしたまま、下着をつけ始めた陽子を、哲之はそっと盗み見たのだが、そのときの、可憐でありながらどこか退廃的でもあった陽子の身のこなしが、レディ・ジェーンの姿と重なった。するとまた柱に釘づけにされている蜥蜴が心をよぎった。

「ジャズて、デカダンやなァ……」

　哲之がつぶやくと、中沢は曲が終わるのを待って立ちあがり、アンプのスウィッチを切ってから、

「人間がデカダンやからなァ。俺はデカダンでない音楽は信じへんのや」

と言った。哲之は電話を使わせてくれと中沢に頼んだ。

「定期便か……」

　中沢は無表情に言って、空になったコップに酒をつぐために台所のほうに行った。

陽子は、電話をかけてくるのが遅いと言って哲之をなじった。しかし、すぐにい

つものゆったりした口調に戻り、あしたの英語学の講義は私がかわりに出席しておく。哲学概論の講義は山下さんに代返をしてもらうよう頼んでおいたと説明した。陽子は英語学の出欠は、教授が講義の最後にひとりずつ出席カードを配っていく。陽子はそこに哲之の名と学生番号を記入するのである。

「山下さんには二百円払うのよ。もう一年留年されることを考えたら安いもんやけど……」

と陽子は言った。笑っている様子が電話口から伝わってきた。

「来週から授業に出るよ」

陽子はしばらく黙っていたが、やがて心配そうに、

「つかまったらどうするの？」

と言った。取り立て屋が大学の校門で待ち伏せていないか心配しているのだった。

「あいつらにみつかったら、もうしょうがないやろ。肚を決めるよ」

「肚を決めるて……」

哲之はきょうホテルで働きながら、逃げ隠れ出来ても、どうせ二、三ヵ月のことだろうと考え、いっそ早いこと決着をつけようと決めたのである。三十二万程度の金で、人殺しをするほど、やつらも馬鹿ではないだろう。半死半生のめに逢わされても、びくびくと逃げ廻っているよりはましだ。そう肚を決めたのだった。

陽子は、ホテルのアルバイトで、哲之と逢えなくなったのが哀しいと言った。哲之は傍らにいる中沢のてまえ、愛情の言葉を陽子にささやいてやれなかった。それで黙っていた。

「次の日曜日、休みをとるから……」

こんどは陽子が黙り込んだ。自分のほうから哲之のアパートに行くという言葉が出せないでいる、そんな気配を感じて、

「持って来て欲しいもんがあるから、遠いけど、また足を運んでくれよ」

と哲之は言った。陽子は、持って来て欲しいものがいったい何であるのかすぐに理解した。

「うん。遠いけどね」

哲之が電話を切ると、中沢はまたレコードをかけた。静かな曲であった。

「けなげな世話女房やな」

中沢はぽつんと言って、ベッドにもぐり込んだ。本棚の下に長いソファが置いてあって、そこがいつも哲之の寝る場所だった。毛布と蒲団がソファの上にいつも積まれている。哲之は中沢のパジャマを借り、それに着換えると、自分でソファの上に寝床を作り、横たわった。横たわったまま、またコップの中の酒を飲んだ。

それから三日間、哲之はホテルでのアルバイトが終わると本町のビル街にある中

沢の部屋に泊まった。四日目の土曜日、彼は仕事を終えてボーイ服を脱ぐと、急いで自分の服を着た。そして小走りで環状線のホームに向かった。うまく行けば、最終の長尾行きではなく、その前の、十時四十六分の住道《すみのどう》行きに乗れるかも知れないと思った。

哲之はもう何日も風呂に入っていなかった。アパートには風呂はなく、駅のほうに少し戻ったところにある銭湯に行って髪の毛や、脂の浮いた体を洗い、下着も取り換えたかった。アパートに帰ってからでは遅くなってしまうので、彼は昼のあいだに、下着を買い、ホテルの客用のタオルと石鹸を、客室係の若い娘に頼んで貰っておいたのである。京橋駅に降りてホームの時計を見ると十時四十五分だった。哲之は全速力で階段を駈け降りた。住道行きの電車はすでにホームに入っていた。車内に駈け込むと同時にドアが閉まった。

電車はのろのろと走った。放出《はなてん》でかなりの乗客が降り、鴻池新田でほとんどが空《す》きの状態になった。窓から覗《のぞ》くと、遠くに新興住宅地らしい明かりが見えた。

駅に着いて、商店街を抜け、同じ電車から降りた何人かの勤め人風の男たちが、それぞれ一本道からつづく細い路地に曲がって行ってしまうと、暗い夜道には哲之だけが残された。シャッターを降ろした酒屋の角を左に曲がり、アパートの並ぶ一角をすぐにまた左に折れると、銭湯の暖簾《のれん》が見えた。

哲之は念入りに体を洗い、少しのぼせるくらい長く湯につかって、新しい下着をつけると、やっとくつろいだ気持になって、大きな鏡に映っている自分の顔を見つめた。心もち頰が落ちて、目つきがきつくなっているような気がした。体重計に乗ってみると、二キロ減っていた。

春風になぶられながら、アパートまでの暗い道を帰って行くうちに、何か身構えるような気持になってきた。いくら何でも、もう蜥蜴は死んでいるはずであった。けれども、哲之は心のどこかで、蜥蜴がまだ生きているような予感を抱いたのである。

四日間留守にしていたアパートの狭い部屋の中は、春風よりも冷たかった。彼は明かりをつけると、柱を見た。釘の頭が見え、そこにかぶせてある茶色い小皿が光っていた。哲之は、そっと近づき、釘を通してある小皿の底の穴のわずかな隙間から中を覗いたが、真っ暗で何も見えなかった。彼は思い切って、勢いよく小皿を柱から外した。

哲之は大きな溜息をつき、両方の掌で自分の頭をかかえ込んだ。蜥蜴は釘で打ちつけられたまま、ゆっくりと動いたのだった。見つめているうちに、哲之の額に汗が滲んできた。蜥蜴は赤く細長い舌を出したが、その舌は柱にへばりついたまま動かなかった。哲之は蜥蜴はどうやって水分をとるのだろうかと考えた。犬や猫のように、舌でぴちゃぴちゃと舐《な》めるのだろうか。

彼は台所に行き、小さなスプーンに水を入れると、出来るだけ蜥蜴から体を離し、手をいっぱいに伸ばして、それを蜥蜴の舌のところに差し出した。蜥蜴はじっとしていた。ときおり瞬きをするだけで出した舌を引っ込めようともしなかった。

哲之があきらめてスプーンを蜥蜴の顔から離そうとした瞬間、蜥蜴の舌は水を舐めた。犬や猫と同じように、舌を使ってスプーンの中の水を飲んだ。哲之は右腕がだるくなると、スプーンを左の腕に持ち変えて、蜥蜴が乾きを癒すまで水を与えつづけた。やがて蜥蜴は赤い舌を口の中にしまって、そのまま動かなくなった。

哲之は蒲団を敷くと、そこに横たわり、じっと蜥蜴を見つめつづけた。もう小皿で覆うことも忘れて、蜥蜴と、その胴体を貫いている釘に目をやっていた。そのうち、眠ってしまった。夜中に一度目を醒ました哲之は、起きあがって電気を消すと、再び深い眠りに入っていった。

眩しい朝陽に顔を照らされて、哲之が目をあけたのは十時を少し過ぎたころだった。光は部屋いっぱいに満ちて、蜥蜴をも照らしていた。哲之は蒲団の中で、煙草を吸い、うつぶせになって枕に耳を押しあて、陽子のやって来るのを待った。

彼は蒲団の中でパジャマを脱ぎ、下着も取ると、素っ裸になった。哲之の心には、あの陽子の弾力に富んだ裸身のことしかなく、陽子が部屋に入って来たら、物も言わず蒲団に引っ張り込んで、最後までひとことも口をきかず乱暴に目的を果たしてやろうと思った。陽子はどんなふうに、そんな自分を迎え入れるだろうか。部屋に満ちている春の光が、哲之には自分の欲情の照り返しのように思われた。

彼は、あっと叫んで素っ裸のまま起きあがった。陽子は、蜥蜴をそのままにしておくわけにはいかないということに気づいたのだった。陽子は、釘づけにされた蜥蜴を見たらきっと驚くだろうし、その理由を訊くにきまっている。なぜ釘を抜いて逃がしてやらないのか。そう質問されたら、どう答えたらいいのか、哲之にはわからなかった。気味が悪いので、死ぬのを待っているのだと言えばよさそうなものだったが、そう答えてしまうだけでは片づかない何物かが、自分の中にひそんでいるような気がしたのである。

彼は小皿の底の穴に釘の頭を通して蜥蜴を覆い、その上からテニス帽をかぶせた。部屋の鍵をあけ、裸のまま顔を洗い歯を磨いた。階段をのぼってくる足音が聞こえた。哲之は慌ててタオルで顔を拭くと、蒲団の中にすっぽりともぐり込み、じっとしていた。ドアがあき、鍵をかける音がした。陽子はいったん台所に行って何かを置いてから蒲団の横に坐った。

「もうじき十一時よ」

哲之は黙っていた。陽子がそっと蒲団をめくったと同時に腕をつかんでひきずり寄せ、力まかせに蒲団の中につれ込んだ。

「やっぱり狸寝入り」

哲之は陽子を組みしだくと、素っ裸であることを教えるために、陽子の手を自分の下半身に導いた。陽子は白いブラウスにオレンジ色のカーディガンを着て、黄色のスカートを穿いていた。陽子の身につけているものを全部取りさってしまうまで、随分時間がかかった。それがすむと、哲之は優しく陽子を抱いた。

二時間近く、ふたりは蒲団の中にいた。

「腹が減った」

それが哲之の口から出た初めての言葉だった。陽子は哲之の首に両腕を廻して、微笑みながら、

「朝早ように起きて、サンドウィッチを作ってきたの。お母ちゃんには、友だちとピクニックに行くて嘘をついたのよ」

と言った。それから、哲之の唇に自分の唇を押し当ててから聞こえるか聞こえないかの小さな声で言った。

「わざと口をきけへんかったんでしょう」

「うん」

「なんで？」

「陽子が怒るかどうか試してみたんや」

「嘘や……。怒れへんこと、わかってるくせに」

確かに嘘であった。哲之は陽子を、あたかも犯すように扱ってみたかったのである。

「そしたら、なんでやと思う？」

陽子は口紅の取れてしまった唇を哲之の鼻の頭に這わせると、

「そやけど、私、楽しかったよ」

そう言って顔を赤らめた。

「週にいっぺん、こうやって俺のアパートに来る？」

陽子は頷いて、向こうを向いていてくれとささやいた。哲之は陽子に背を向けて寝そべると、柱にかかっているテニス帽を見やった。ときおりそっと首を廻して、下着をつけている陽子の姿態を盗み見た。うなだれて下着を穿いている陽子の、首から肩にかけての線には、やはり哀しげで退廃的なものがあった。

「誰にも見られてないのに、なんでそんなに恥かしそうに服を着るんや？」

哲之が訊くと、

「自分に恥かしいの」

という陽子の言葉が返ってきた。そしてすぐに枕を頭にぶつけられた。

「やっぱり見てたんやないの」

「ちょっとだけや」

「私、下着を穿いてるのを見られるのが一番恥かしいのに」

陽子の作ったサンドウィッチを食べると、哲之はアルバイト先で起こった幾つかの出来事を話して聞かせた。喉のあたりまで、蜥蜴のことが出かかるのだが、哲之は結局最後まで黙っていた。

哲之は以前と同じように、陽子を送って大阪駅まで出た。住道駅まででいいと陽子は言ったが、哲之は何となく別れがたかった。阪急電車のホームにつづく地下道の中の喫茶店に入ると、ふたりはまたそれから二時間近く話をしていた。話が途切れると、黙って見つめ合い、どちらかが口火を切るまで、お互い微笑み合いながら待っていた。

「きりがないね」

と陽子が言った。

哲之は改札口を通って、神戸線のホームへのエスカレーターをのぼって行く陽子を見送り、近くの大きな本屋に入った。〈自然科学〉と示された本棚の前に立って、蜥蜴に関する本を捜した。「日本爬虫類図鑑」を手に取ってページをくってみたが、幾種類かの爬虫類の写真が載っているだけで、知りたい事柄は記されていなかった。

何冊かの本を漁《あさ》っているうちに、哲之はやっと目的のものをみつけた。「日本の爬虫類」という本で、終わりのほうに〈トカゲの飼い方〉の項があった。思っていたよりも高い本だったが、哲之はそれを買った。

日曜日の夜だったが、平日よりも人の数は多く、駅のコンコースもホームも人間で溢れていた。京橋駅に着くと時計を見て階段を走り降りたが、電車はやってこなかった。平日と休日では列車のダイヤが違うのだった。哲之は三十分以上もベンチに坐って電車を待った。陽子のことばかり考えた。あんなに優しく美しい娘が、自分のことを愛してくれている。その思いは彼の痩せた胸を熱く膨らませた。陽子のためにも、母のためにも、そして自分のためにも、俺は絶対に就職を決めて、大学を卒業してしまわなければならぬと思った。

哲之は、遅い速度で進んで行く片町線の古びた電車の座席に坐って、本の包装紙を解き、〈トカゲの飼い方〉の項を読んだ。

――トカゲを飼うのには、小さな（三十センチぐらい）木の箱で間に合うが、もっともよいのは魚を飼うのに使う水槽である。ふたは金網で作ったほうがよい。箱の中にすこし湿った土を敷いて、その上に板や木の皮の切れ端を置く。土をかためないように気をつける。トカゲは土の中にもぐったりするのが好きだからである。水入れとしては、低くて浅い皿がよい。トカゲはこれをみつけると、皿の縁に前足をかけて、犬のように舌で水をなめる。いつも皿の縁まで水を入れておく必要がある。

えさとしては、サシやクリムシがもっともいいのである。これは釣り道具屋で買える。そのほかに、クモ、コオロギ、ハエ、小さなアリなどもえさになる。個体によってミミズを食べるものもいる。いっぺんに食べるだけをやれば、夏のあいだは二日に一度、冬には七日に一度で充分である。トカゲは太陽の光も必要であるから、朝、あるいは夕方の光線が、箱の中の半分くらいを照らすようなところに箱を置くとよい。日のカンカン照るところに置けば、ガラス張りの箱の中は猛烈に熱くなるから、トカゲはすぐに死ぬ。朝夕の光を浴びせても、いつも少しは日陰があるようにしなければならない。そうすれば、トカゲは自分で日を浴びたり、陰にかくれたりして、体温を調節するのである。こうして世話をしてやれば、飼い主にたっぷり満足感を与えてくれるような、丈夫で活発なトカゲを飼うことが出来るであろう――。

その項の最後には、室内で飼育する際の注意点も書いてあった。赤外線ランプをすえつけて、日光の代わりをさせるのだという。これがないと餌の食べ方が悪くなるとあった。

「室内で、柱に釘づけにされてる蜥蜴は、どうしたらええんや」

と哲之は心の中でつぶやいた。そして、なんと自分は本気であの蜥蜴を飼うつもりなのだと気づいた。彼は本のページをめくり、何匹かの蜥蜴の写真に見入った。「若いトカゲには背に三本の金の筋がある」と書かれてある箇所に目をやって、本を閉じた。哲之は、やっぱり殺してしまおうと思った。カナヅチで、こつんと頭を叩いたら、それで終わりだ。簡単なことではないか。

電車から降りて夜道を急ぎながら、気がつかずにしたことだとはいえ、本当に可哀そうなめに逢わせてしまったと思った。そして、太い釘を打たれ、飲まず食わずで放置されて、よくも何日も生きてきたものだと思った。よっぽど生命力の強いやつなのだろう。哲之はふいに立ち停まった。アパートの自分の部屋に入るのが恐ろしく感じられたのである。蜥蜴だけでなく、あの釘までが、何やら得体の知れぬ生き物のような気がしたのだった。

四

その日は忙しかった。外国人の団体客が百六十名も、同時に空港から観光バスでホテルに到着したのである。ホテルの正社員であるページ・ボーイは、中年以上の夫婦連れで占められている外人客を各部屋に案内する仕事に廻り、哲之たち三人のアルバイト学生は、三台の大型の観光バスから荷物を降ろす作業に廻った。

あらかじめ、部屋の割りあては準備していたものの、百六十名もの外人客と、他の泊まり客がフロントの前に立って案内を待っているのを見ると、とても十人のページ・ボーイではさばききれない様子で、ボーイ・キャプテンの磯貝晃一の苛だたしげな動きが、重いトランクを荷台に積み込んでいる哲之の目に映っていた。

「よう、これだけ重たいトランクを、ひとりで二つも三つも運べることやなァ……」

アルバイト学生のひとりが息を弾ませて哲之に言った。実際、ひとつひとつの大きなトランクは、いったい何が入っているのかと思うくらい重かった。

「アメリカ人と俺らとでは、腕力が違うんやなァ」

と哲之は答えた。

片手ではとても持ちあげることは出来ないので、両手でひとつずつ運んでいると、磯貝がやって来てきつい口調で言った。

「そんな悠長なことしとったら、らちがあけへんやないか。お客さまは部屋に入ったら、まず何よりもくつろぎたいんや。そのために、トランクの中の着換えを待ってはるんやぞォ。君らのやり方やったら、何時間かかるかわからんやないか」

すると、いつも正社員のページ・ボーイたちと何かにつけて言い争う癖のある田

中というもうひとりのアルバイト学生が、

「トランク以外の荷物も含めて、全部で三百個以上あるんですよ。それをたった三人でバスから降ろして、ひとつずつ名前を照合しながらロビーに集めてから、各部屋に運ぶんです。それを三十分でやってしまえっちゅうんですか。そんなこと出来るはずないでしょう」

と顔を紅潮させて言い返した。磯貝はむっとしたように田中を睨むと、

「要領よくやったら、いまの倍のスピードで仕事が出来るんや。君らのやり方を見てたら、まるで遊んでるみたいやないか」

そう言ってかすかに吊りあがった目を注ぎながら、二、三歩、田中に歩み寄った。田中はいったん荷台に載せたトランクを両手で持ちあげ、声を荒らげた。

「それなら、これを片手で運んでみい。俺かて要領ようふたつずつ運びたいわい。お前、やってみせてみい。片手で持ちあげてみせてくれよ」

哲之は田中の肩を叩いてなだめようとしたが、すぐにかっとなる性格の田中は、哲之の手を振りほどくと磯貝の胸ぐらをつかんだ。

「たった三人しかいてないアルバイトの連中にしんどい仕事を押しつけやがって。ひとりかふたり、お前の子分をこっちに廻したらどうやねん」

「フロントでも人手が足らんで右往左往してるんや。まずお客さまをさばくことが

先決やからなァ」

そして磯貝は、自分の胸ぐらをつかんでいる田中の手をほどこうとした。

「それなら、ページ・ボーイ全員で客をさばいといてから、あとでまた全員で荷物を運んだらええやないか。そのほうがよっぽど要領がええのと違うか」

「ホテルの玄関口で、従業員がもめてたら、お客さまに笑われる。手を放してくれ」

と磯貝は声を震わせて言った。そして、やっと手を放した田中に磯貝は説明した。

「飛行機が遅れたから、チャーターした観光バスも予定より一時間以上も遅れてホテルに着いたんや。そやからバスの運転手が、早いこと車庫に帰りたがって、荷物を降ろすのをせかしてるんや」

「ほな、せめてキャプテンのお前だけでも手伝え。案内の手配はフロントの連中がやりよるわい。このトランク、二個持って、ロビーに運んでみい」

田中はこれまでの積もり積もった不満をいちどきにぶちまけるように、磯貝に迫った。

「しんどい仕事をアルバイトの連中に押しつけるのは、きょうだけやないぞォ。お前ら、まとめて前歯の二、三本折ったろか」

田中は京都の私大の空手部員だった。彼は薄笑いを浮かべると、指の関節を鳴らした。磯貝は助けを求めるように哲之を見たが、すぐに田中に視線を注ぐと言った。

「田中くん。辞めてもらうわ。とにかく君がアルバイトに来てから、もめごとが絶えへん。そんな人を雇うとくわけにはいかん」

田中の目の色が変わったので、哲之は慌てて、ふたりのあいだに入った。哲之が何か言おうとしたとき、田中は、哲之ともうひとりのアルバイト学生にふてくされた笑いを投げかけ、

「ほな辞めさせてもらうでェ。お前らには悪いけど、ふたりでこの荷物を運んでくれ」

そう言い残してロビーの中に入って行こうとした。だがすぐに踵《きびす》を返して戻って来た。

「四、五日したら挨拶に来るでェ。山口と高倉にそない言うといてくれ。あのふたりには、お返しせなあかんことが、ぎょうさんあるんや」

山口も高倉も正社員のページ・ボーイで、何かにつけてアルバイト学生をいじめる連中だった。観光バスの運転手が、運転席から怒鳴った。

「おい、何をやってんねん。早いこと荷物を降ろしてくれ」

田中が去ってしまって、仕方なく哲之はバスの中に入り、まだ半分以上残っている荷物を降ろす作業にかかった。磯貝はロビーの中に姿を消し、しばらくしてバス

のところに戻って来た。そして、哲之ともうひとりのアルバイト学生が運んでくる荷物を受け取り、それを荷台に載せる作業を始めた。

「あと五つです。もうちょっと待って下さい」

煙草を吸っている運転手に哲之がそう言ったとき、よろけるように荷台に倒れ込んだ磯貝の姿が見えた。バスから駈け降りて磯貝の傍らに行くと、哲之は、

「どうしたんですか？」

と訊いた。磯貝は額に汗を浮かべ、両手で胸を押さえて荒い息遣いをしていた。唇が青かった。もうひとりのアルバイト学生が、慌ててロビーに走って行った。

「大丈夫や。荷物を、降ろして、しもてんか」

途切れ途切れに苦しそうに、磯貝は言った。すぐに人事課長の島崎が小走りにやって来、

「磯貝くんに重たい荷物なんか運ばせたらあかんのや」

と哲之を叱った。

「はあ……」

哲之はどういう意味なのかわからぬままその場に立ちつくしていたが、バスの運転手の、

「おい！　まだかい」

という業を煮やしたような怒鳴り声で車内に入り、再びトランクをひとつずつ運び始めた。最後のトランクは特別重く、両腕を使っても持ちあげられなかった。それで車内の通路をひきずって運び、やっとの思いで作業を終えた。

観光バスがホテルの玄関口から去って行ってしまってからも、磯貝は荷台に坐り込んで胸を押さえていた。島崎が、従業員の仮眠室につれて行ってやるようにと哲之に命じた。

「階段をのぼらせたらあかんで。エレベーターを使いや」

と島崎は言った。

仮眠室は、三階の〈孔雀の間〉という、このホテルでもっとも大きな宴会場の横にある従業員用の通路の突き当たりにあった。常時、三十人の社員が仮眠出来るように、三段ベッドが蚕棚のように並んでいる。奥のどこかのベッドで誰かが眠っているらしく、軽いいびきが聞こえた。磯貝はベッドに横たわり、目を閉じた。唇に少し赤味がさしてきて、苦しげだった息遣いもおさまったようだった。

「医者に来てもろたほうがええんと違いますか？」

と哲之は声を忍ばせて訊いた。磯貝は無言で首を横に振った。そして、

「いつものことや。もうおさまったから、しばらく静かにしてたら大丈夫や」

と言った。それからしばらく何事か思案していたが、やがてためらいがちに口を

開いた。

「中岡には、きょう俺がまた発作を起こしたことは黙っといてくれよな」

「中岡……？」

「フロント主任の中岡峰夫や」

「ああ……、あの人」

哲之は、初めてこのホテルで働くようになった日に挨拶をしただけで、それ以来一度も言葉を交わしたことのない、どこか冷たい表情を持つ若いフロント主任の顔を思い浮かべた。ふと、磯貝の口から出た「また」という言葉が気になり、

「何か持病があるんですか？」

と尋ねてみた。磯貝は黙っていた。話題をそらすように、哲之に話しかけてきた。

「井領くんの家は、何か商売でもしてるの？」

「親父は商売をしてましたけど、会社がつぶれたのとほとんど同時ぐらいに死にました。そやから、お袋はいまキタの新地の料理屋で働いてます」

磯貝は元気を取り戻した様子だったので、哲之は仕事場に戻ろうとベッドの端から腰を浮かしかけた。すると磯貝は、

「中岡には絶対に内緒にしといてくれよな」

ともう一度念を押した。哲之は浮かしかけた腰をベッドの端に再び降ろし、

「なんで中岡さんに知られたらあかんのですか？」

と訊いた。

「あいつと俺とは歳も一緒で同期入社なんや。そやけどあいつは大学出で、俺は高校しか出てない。初めは、あいつも俺もページ・ボーイの仕事につかされたんやけど、すぐに差がついてしもた。あいつは英語が喋れるからフロントに入って、あっという間に主任になってしまいよった。そやのに、あいつ、妙に俺にライバル意識を持ってるんや。優越感やと思てたら、どうもそうとは違うみたいや」

「なんで、そう思うんですか？」

「俺のちょっとしたミスを、ことさら問題にしよる。もっともっと差をつけたろと思てるんやろ」

奥のベッドでいびきをかいていたのは、コック見習いの新入社員だった。突然慌てた様子で起きあがり、急ぎ足で仮眠室を出て行った。コックに夜勤はなかったから、おおかた、こっそりとさぼっているうちに眠り込んでしまったのだろうと哲之は思った。哲之は、言いたがらない事柄を、ことさらほじくり出そうとするのは良くないことだと思いながらも磯貝に言った。

「磯貝さん。心臓が悪いんでしょう？」

ベッドに横たわったまま、形のいい鼻梁《びりょう》に指を当てて、磯貝は目をあちこちに動かした。

「子供のころから悪かったんや。医者は手術をせなあかんて言うてるわ」

哲之にホテルの内部を教えるため、磯貝は一階から二十四階まで案内してくれたことがあった。エレベーターがなかなかやってこず、いっそ非常用の階段をのぼれば早いのにと不審に思ったのだが、なるほど磯貝はそのために階段をのぼりたくなかったのか。哲之は、磯貝くんに重たい荷物なんか運ばせたらあかんのやと言った島崎課長の言葉の意味をやっと理解した。

「俺のは、心臓弁膜症やから、手術をしたら直るそうやけど……」

「それなら、思い切って手術したらええのに」

哲之がそう言うと、磯貝は笑顔を向けて、

「人のことやと思て、簡単に言うなよ」

とつぶやいた。哲之は、磯貝の笑顔を初めて見たような気がした。

彼は仮眠室を出てロビーに降りると、事務所の島崎課長のところに行った。

「もうおさまったみたいです」

書類に目を落としていた島崎は角張った顔をあげて、

「そう、そらよかった」

と言った。それから仕事に戻ろうとロビーに向かって歩きだした哲之を呼び停めた。

「ちょっと話があるんやけど」

机の上の書類を片づけてから、島崎は幾分がに股の脚をせかせかと動かして、地下の従業員食堂に行った。自動販売機から缶入りコーラをふたつ買い、テーブルに坐って哲之にも坐るよう促した。

「井領くんは、来年、大学を卒業するんやったな？」

「ええ、その予定ですけど」

「どんな会社に就職したいと思てるのかなァ？」

「まだ考えてません。就職試験を受けても落ちるかも知れませんし」

島崎は食堂には自分と哲之以外誰もいないのに、急に声をひそめて身を乗りだした。

「いっそ、このままうちのホテルに就職したらどうや」

「ホテルにですか……」

「ホテルマンは、いやか？」

返答に困って哲之は勧められるままにコーラを飲んだ。

「この二ヵ月、ずっと井領くんの勤めぶりを見て来て、ぜひ大学を卒業したら、うちで働いてもらいたいなァと思たんや。近ごろのアルバイト学生には、ちゃらんぽらんが多いけど、井領くんは折り目も正しいし、よう働いてくれる。お客さまの中に、ときどき井領くんを賞める人もおるんやで」

「はあ……」

客に賞められるようなことをした覚えはないのに、と哲之は思った。

「来年、うちのホテルでは大学卒を十名、高校卒を二十名採用する予定や。どうや、もういっそ早いこと就職を決めてしもたら……」

「採用試験も受けへんうちから、そんなこと決められるんですか？」

島崎は実直そうな顔に、得意げな笑みを浮かべて言った。

「ぼくが推薦したら、一発で決まりや」

それが癖らしく、島崎は煙草のフィルターを舌の上に載せて舐め廻してから火をつけた。

「あの磯貝くんも、ぼくが入社させてやったんやで」

島崎は、磯貝と自分とは同じ町の出身なのだと説明した。

「磯貝くんのお父さんはお医者さんで、京都の丸太町で耳鼻科を開業してはったんや。ぼくの家はその裏通りにあってなァ、小さいころの磯貝くんをよう知ってるんや」

それから島崎は、また声をしのばせて、

「あの子ぐらい可哀そうな子はないでェ」

と言った。

磯貝耳鼻咽喉科はよく繁盛していて、やがては長男である磯貝晃一が跡を継ぐものと誰もが思っていた。ところが思いもかけない災禍が一家を襲った。医者仲間と北陸に旅行に出かけた父親がどうしたはずみか駅のホームから線路の上に落ち、そこへ特急電車が猛スピードで入って来た。

「ところが、それだけやないんや」

島崎は小声で話をつづけた。父親が事故死して一年もたたないうちに、母親までが電車にはねられて死んだ。桂にある親戚の家に用事が出来て出向いた母親はその帰り道、無人踏切に立って、河原町からやって来る梅田行きの阪急電車の通り過ぎるのを待っていた。何を急いでいたのか、電車が通り過ぎると、まだあがっていない遮断機をくぐって踏切を渡ろうとした。母親は同時に梅田から河原町へと疾走して来る電車に気がつかなかった。

「何かのたたりみたいやろ？」

と島崎は言って、そこで言葉を区切った。彼はもう一本煙草を抜き出し、またフィルターを舐めた。

「そのとき、磯貝くんはまだ高校一年生で、妹は小学校の六年生や。彼は伯父さんに引き取られて、妹はまた別の親戚に引き取られたんや。長いこと別々の生活がつづいたけど、ことしの二月にやっと豊中にアパートを借りて、兄妹が一緒に暮らせるようになったんや。あんなことがなかったら、磯貝くんはいまごろ、お父さんの跡を継いで、お医者さんになってたやろ」

腕時計を見て島崎は立ちあがり、就職の件はよく考えてみてくれと言い残し、ひとりさっさと事務所に戻って行った。

食べ物の匂いの染みついた従業員食堂には、自動販売機が三台そなえつけられ、各テーブルの上に丸いプラスチック製の箸立てが、ぎっしりと薄茶色の箸を詰め込まれたまま置かれていた。〈食器は必ずきれいに洗って所定の場所に戻して下さい〉と書かれた大きな紙が貼ってある。哲之は頬杖をついて、ぼんやりその貼り紙に目をやっていた。

仕事熱心には違いないのだが、つんとした表情の中に、絶えずさぐるような目の光を放っている磯貝を、哲之はあまり好きではなかった。世の中、そんな不思議なこともあるのだなと、哲之は島崎人事課長から聞いた話を思い出しながら思った。そのうえ、磯貝自身も、手術をしなければならないほどの宿痾《しゅくあ》を心臓に持っている。しかし、自分には関係のないことだ。哲之はそう考えて、誰もいない従業員食堂を出ると、ロビーへ行った。

外人客の荷物は玄関横のロビーの隅に置かれてあった。数は五十個くらいで、ページ・ボーイたちが大半をすでにそれぞれの持ち主の部屋に運んだらしかった。E・H・トーマスと書かれたカードのついたトランクが五つあった。彼はそれを荷台に積むと、フロントに行き、

「E・H・トーマスさまのお部屋は何号室ですか」

と訊いた。中岡主任は、哲之を一瞥《いちべつ》もしないまま、宿泊者カードをめくり、

「十二階の二五八八や」

と言った。哲之が荷台を押してエレベーターのところに歩みだしたとき、中岡は背を向けてカードをチェックしながら「井領くん」と呼んだ。中岡は背を向けた格好で、

「はい、わかりました、と言わなあかんやないか」

どこか刺《とげ》のある口調でそう言った。

「ああ、すみません。うっかりしてました」

中岡はやっと哲之のほうを向いて、いかにも邪魔臭そうな仕草で傍《そば》に来るよう手招きした。

「何ですか？」

「一時間も、どこでサボっとったんや。仮眠室か？　それとも従業員食堂か？」

「サボってたんと違います。島崎課長に話があると言われて、ふたりで従業員食堂に行ってました」

「どんな話やねん」

背ばかり高く、肉づきの良くない中岡は、カッターシャツの首廻りが大きくて、シャツと首とのあいだに指が二、三本も入るかと思えるくらいの隙間があった。手の長さに合わせてカッターシャツを買うと、首廻りが合わなくなるのだと同僚にこぼしているのを、哲之は以前耳にしたことがあった。哲之は黙っていた。中岡に答えなければならない義務はないと思ったのだった。細くて長い中岡の首には、そのために異様に大きく見える喉仏がぴくついていた。中岡は指で前髪の乱れを整えると、

「磯貝のやつ、また発作を起こしたんやろ？」

そう言って薄笑いを浮かべた。

「あいつ、中岡には内緒にしといてくれて言いよったやろ？」

「発作て何のことですか？」

中岡はちらっと哲之を見て、いかにも無視するように背を向けてから、

「早よ、仕事に戻れ。一時間なんぼで雇われてるんやからな」

と言った。ホテル内に後継者問題に関する抗争があることを、誰の口からともな

く耳にしていた哲之は、中岡のぞんざいさが、それとどこかでつながっているような気がした。

哲之がアパートに帰り着いたのは、十二時少し前だった。彼は部屋の明かりをつけて、

「キンちゃん」

と呼んだ。哲之が蜥蜴につけた名前であった。

いつものように、スプーンに水を入れ、キンの鼻面に差し出した。キンはすぐにスプーンの中の水を細い舌を使って飲んだ。水を与えてから、冷蔵庫の上に置いてある四角い木の箱の蓋を外し、オガ屑の中にいるクリムシをピンセットでつまむと、キンの鼻面に持っていった。長い舌が素早く動いてクリムシに絡みつくと同時に、哲之はピンセットを持っている親指と人差し指の力をゆるめる。最初はそのタイミングが合わなくて、せっかくキンが舌を絡めたのに、畳の上にクリムシを落としてしまうことが多かった。キンが、哲之の手から、クリムシを食べようとするまで二週間もかかったのである。

「お互い、上手になったなァ」

キンが三匹のクリムシを食べ終えると、ピンセットの先でそっと鼻面を叩いて、哲之は言った。

「もうじき夏になるぞォ。夏になったら、この部屋はサウナみたいになる。そやけど窓をあけたまま留守にするわけにはいかんしなァ……」

キンはしっぽを左右にくねらせて、何度も瞬きをした。ティッシュ・ペーパーで、柱についたキンの排泄物をぬぐい取り、哲之はやっと畳の上にあおむけに寝転んだ。彼はキンの背を貫いている釘を見つめ、

「そうなったら、キンちゃん、俺が帰ってくるまでに暑さで死んでしまうかもしれんなァ」

と言った。哲之はふと、自分はいつまでこの蜥蜴を飼いつづけるつもりなのかと考え、死んだら死んだで仕方がないではないかとも思った。

「キンちゃん。夏になったら釘を抜いたるよ」

そう言ってみたが、すでに釘はキンの内臓に癒着して、体の一部になってしまっているだろう。釘を抜いたら、せっかく癒えた大きな傷を、再びキンの体に与えることになる。哲之は、どうしたらいいだろうと思い悩んだ。

「きょうは、荷物運びばっかりやったけど、チップは千五百円あったんや。外人客は、日本ではチップはいらんと教え込まれてるから、あれだけ重たいトランクを運んでやっても、サンキューのひとことだけや。そのかわり、新婚さんが三組とも五百円くれよった」

自由を奪われた、物言わぬ青光りする小さな生き物に、哲之は話しつづけた。

「磯貝さんと較べたら、俺なんかしあわせなほうや。俺、磯貝さんがそんな哀しいめに逢《お》うて来た人やとは思えへんかった。いやなやつやと思てたんや」

そのときドアをノックする音が聞こえた。哲之ははっとして身を起こした。体のあちこちに力が入り、不安が胸を苦しくさせた。もう一度ノックの音が聞こえ、

「井領さん」

という男の声がした。それは、決して忘れることの出来ない、独特のしゃがれ声であった。立ちあがるとドアの前に立ち、はいと返事をした。

「小堀や。あけてくれまへんか」

小堀はドアがあくと、勝手に部屋に入ってきた。ひどい近眼で、薄茶の度の強いレンズの奥に一重《ひとえ》の長細い目をしばたたかせていた。

「捜しましたでェ。急に逃げだしやがって、すぐにみつけたろと思たけど、さっぱり行方がわかれへん。それでもまあ、やっとここへ辿り着いたけどなァ……」

小堀はあぐらをかいて坐り、立ちつくしている哲之に、

「坐れよ」

と言った。哲之が坐るまで、小堀は白地に赤いストライプの入ったブレザーを着たままだったが、哲之が坐るとそれを脱いだ。

「お袋さんは、どこにおんねん」

「料理屋で住み込みで働いてます」

「ほな、多少の金は出来たやろ。俺もいっぺんにまとめて返せとは言わんがな。三ヵ月待ったるわ。三ヵ月で三十五万円、揃えてくれ」

「三十二万三千円でしょう」

小堀は、舐めるように、縁なし眼鏡の奥から哲之を睨みつけてきた。

「手間をかけさしやがって、居場所をみつけるために、こっちもいらん金がかかったんや」

「そんな金、逆立ちしてもありません。それに、ぼくとは関係のない金です。ぼくは一銭も親父に財産を残してもろたわけでもないから、借金を払わんとあかんという義務はないはずです」

「そんな理屈、二度と言えんような体になるでェ」

「警察に、あんたを恐喝で訴えます」

その瞬間、すさまじい衝撃が哲之の頭の中に無数の火の粉を生じさせた。小堀は立ちあがり、もう一度、哲之の顔面をなぐった。倒れている哲之の横腹を何回も蹴りつけてきた。

「あしたまた来るわ。今度はもうちょっと気の利いたセリフを用意しときや」

小堀はブレザーを肩にひっかけ、部屋から出て行った。

畳の上に血がしたたり落ちた。鼻血と上唇の裏の深い切り傷からのものだった。哲之は立ちあがったが、まっすぐ歩けなかった。台所で顔を洗い、ティッシュ・ペーパーを鼻の穴に詰めて、タオルで畳の上の血を拭き取り、その場に横たわった。鼻血はすぐに止まったようだったが、口の中からの血はいつまでも流れ出ていた。

あいつを殺したらどうなるだろう。哲之は柱に釘づけにされているキンを見つめて、そう考えた。あした来たら、出刃包丁で突き刺してやる。哲之は悔しさと恐怖で体が震えた。どれほど気をしずめようとしても、震えはますます強くなっていった。


眠りは浅く、哲之は夜中に何度も目を醒ました。鼻と上唇が疼いて、胸苦しくなるような不安が間断なく襲ってくるので、彼は目醒めるたびに煙草を吸った。

何度目かのまどろみの際、哲之は夢を見た。自分が蜥蜴になって、草むらや石垣のあいだを這いずりまわっている夢であった。死んでは生まれ、死んでは生まれた。何度も何度も蜥蜴となって生死を繰り返した。何十年、いや何百年もの時を蜥蜴として過ごしつづけた。

夢の中で、哲之はその長い年月の過ぎゆくさまを、はっきり感じていた。いつになったらこの果てしない時間が終わるのだろうと、田圃の畦道で草の陰に隠れて、通り過ぎていく陽子や磯貝や、その他多くの見知った人間を見あげているとき再び目を醒ました。

目覚まし時計を見ると、三時半で、ほんの四十分ほどしかまどろんでいなかったことに気づいた。いま自分は蜥蜴になって確かに何百年もの時をすごしてきたと考えながら、哲之はうつぶせになり、また煙草に火をつけた。たった四十分しか眠っていなかったのかと思ったとき、哲之はふいに、ある陶然とした感情に包まれた。なぜそんな気持になったのか彼にはわからなかったが、何か希望に似たものが、自分の全身を金縛りにしている大きな不安の一角から芽生えてきたように感じた。

たった四十分のあいだに、自分は何百年もの長い時間を蜥蜴になって生き死にをつづけていた。なんという恐ろしい夢だったことだろう。だがその恐ろしい不思議な夢が、なぜにわかに自分の心をのびやかにさせたのであろうか。哲之は煙草の味をゆっくりと味わいながら物思いにひたっていた。煙草の苦味が、上唇の裏の深い傷に沁みた。夢は鮮やかに哲之の心に捺され、消えていかなかった。

灼熱の太陽に背を焼かれていた感触も、草の露に染まり、四肢をふんばってその潤いに恍惚となっていた情景も、一羽のモズのくちばしにくわえられて空高く昇っているときの恐怖心も思い出すことが出来た。飢えと乾きで死に、何か正体のわからぬ生き物に食い殺されて死に、人間の子供たちに棒で打ちすえられて死んだ。何度も何度も死に、何度も何度も生まれた。空恐ろしいくらいの時間が間違いなく過ぎて行ったのであった。だがそれはたった四十分のあいだのことにしか過ぎなかったのだ。その蜥蜴として何百年も生死を繰り返していた自分も、目醒めてこうやって煙草を吸っている自分も、同じ自分だという思いが、哲之の精神に虚ろでありながら、どこか明晰な部分をもたらしていた。

哲之は蒲団から起きあがり、豆電球のスウィッチを入れた。それからキンの傍に行き、壁に体の片方を凭せかけて、キンの背に突き立っている釘を見つめた。目を閉じていたキンが瞬きをして、顔を動かし哲之を見た。そして、長細い舌をちらつかせた。

「喉が乾いたんか?」

哲之は声を忍ばせてキンに話しかけた。

「お前、柱に釘づけにされても死ねへんかったなァ……。なんで死ねへんかったんやろ。キンちゃん、なんで生きてるんやろなァ……」

彼は指先でキンの頭をそっと撫でた。キンの肌はかさかさして湿りがなかった。哲之は台所に行き、コップに水を入れて戻って来ると、指を水にひたした。濡れた指からしたたる水を、キンの顔や背に落としていった。

「キンちゃんは、なんで蜥蜴に生まれたんかなァ……。俺はなんで人間に生まれたんやろ。おい、これには何か理由があるはずやでェ。なァ、なんでやと思う？」

哲之は舌の先で、すでに血は止まってはいるが、ざっくりと割れている唇の裏の傷を舐めた。

「あんなやくざに、俺は絶対に金なんか払えへんぞォ。キンちゃん、こんなめに逢わされても死ねへんかったもんなァ。俺かて負けへんぞォ。鼻が曲がろうが、殺されようが、あんなやつの言いなりになってたまるかい。殺される前に殺したる」

言ってから、哲之はうっすらと笑みを浮かべ、

「そやけど、そんなことして、自分の一生を棒に振られへん。なんぼダニみたいなやくざでも、殺したら俺の一生は終わりや」

と自分の言葉を訂正した。彼は自分がいましがた見た夢をキンに語った。

「俺、こんな不思議な夢を見たのは初めてや。俺、ほんまに、何百年も、キンちゃんとおんなじ蜥蜴になって、死んでは生まれ、死んでは生まれしとったんや」

そう言った瞬間、哲之は、もしかしたら本当に、あのまどろんでいた四十分のあいだに、自分は蜥蜴になって生き死にを繰り返していたのかも知れないと考えた。だが、すぐにそんな自分の途轍《とてつ》もない考えを打ち消した。そんなはずはない、夢であったればこそ、いま自分は眠りから醒めて、こうやって人間としてキンに話しか

けているではないか。

哲之は壁にいつまでも体の片方を凭せかけたまま、青光りするキンの肌に目を注いでいた。そのうち、人間である自分と、蜥蜴になっていた自分と、いったいどっちが夢でどっちが現実なのか区別がつかなくなってきたのだった。どちらも夢のような気がした。そして、どちらも現実であるようにも思えた。

「陽子に、もうアパートに来るなって言うとかんとあかんなァ」

小堀がいつ訪れるかわからないのに、陽子をこのアパートの一室に近づけてはいけない。そう思った。

「陽子、なんで、こんな俺を好きになってくれたんやろ。そのうえ結婚しようっちゅうんやでェ。一生、安サラリーマンで終わるかも知れんのに……」

ガラス窓の向こうの暗闇が、ほんの少し青味がかってきた。哲之はキンの傍から離れ、蒲団に倒れ込んで体を丸めた。昼近くまで、彼は深く眠った。

十二時過ぎまで、蒲団の中で哲之はあれこれ考えにふけった。起きあがり、鏡に自分の顔を映した。鼻も上唇も腫れあがり、とても人前に出られるような顔ではなかった。トーストを焼いてミルクを温め、自分の食事を作った。傷口にしみるので、一枚のトーストとコップ一杯のミルクを胃に流し込むのに、いつもの三倍ほど時間がかかった。

哲之は顔を伏せ、地面に目を落として、駅前の交番までの長い道を歩いて行った。中を覗き込むと、中年の警官が机に坐って書類らしきものにボールペンを走らせていた。哲之はいったん商店街に戻り、思い直してまた交番の前まで行った。

「あのう……」

哲之の声で警官は顔をあげた。

「御相談にのってもらいたいことがあるんですが」

警官はしばらく哲之の腫れあがった鼻と上唇を見ていたが、やがて、

「どういうことですか」

と言って椅子に坐るよう勧めた。哲之は、これまでのいきさつをかいつまんで警官に説明した。

「借金のことは別にして、これは確かな恐喝事件やし、傷害罪も適用されますよ」

警官は制帽を脱ぐと、かなり薄くなった頭髪を両の掌で撫で整えながら言った。

「取り立て屋っちゅうやつは、脅しはするけど滅多に手を出したりはせんのです。しかし、手を出してくれたおかげで、こっちはその小堀っちゅうチンピラをしょっぴくことが出来るわけですなァ……」

「ぼくは、そのあとのことが心配なんです」

「仕返しが怖いということですか？」

「ええ。仲間もいてるでしょうし」

「みんな、それで泣き寝入りしよる。借金の件は、民事訴訟として、法律で解決したらええ。しかし、あんたがこうやって警察に相談に来た以上、それも脅されて殴られたという事実がある以上、警察は腰をあげなあかんわけです。そのチンピラを訴えなさい」

どこかの中学校の校長みたいな感じの人だなと思いながら、哲之はその警官を見ていたが、

「訴えます」

とためらいつつ言った。その途端、自分の顔が青ざめていくのを感じた。警官はお茶をいれてくれたが、熱くて傷に沁みるので、二、三口すすっただけで哲之はぼんやりと、たちのぼる湯気を見ていた。

哲之は交番を出ると、すぐに公衆電話のボックスに入り、アルバイト先のホテルのダイアルを廻した。風邪をひいて熱があるので休ませてほしいと島崎課長に言って電話を切り、アパートへ帰って行った。

夜になり、八時が過ぎたころから、哲之の心臓は烈しく打ち始めた。掌の汗を何度もズボンになすりつけて拭いたが、それはあとからあとから滲み出て来た。鉄の階段を昇って来る足音が聞こえた。哲之は両方の拳《こぶし》を握りしめて部屋の真ん中に正

坐した。ドアがノックされ、哲之が返事をする前に、小堀はすでに部屋に入って来た。

「どうや、ええ返事を考えといてくれたか？」

だが哲之には、その小堀の言葉は耳に入らなかった。張り込んでいるはずの警官が階段を昇って来る音を息を詰めて待っていた。

「なんや、お前。震えてるやないか」

小堀がそう言ったとき、ドアがあいた。昼間の中年の警官と、もうひとり若い警官が立っていた。小堀は口を半開きにして、哲之と警官を交互に見た。中年の警官は部屋にあがると、小堀の肩を叩き、

「恐喝と傷害容疑で逮捕する」

そう落ち着いた声で言って手錠を出した。

「逮捕状はありまんのか」

小堀は血の気の失せた顔をじっと哲之に注いだまま言った。

「見たかったら見せたろか？」

警官は小堀に手錠をかけ、

「何かあったら、いつでも相談に来て下さいねェ」

と哲之に笑顔で言った。

「どうせ、他にもぎょうさん余罪があるやろ。全部泥を吐かせたるさかいな。まあ、五、六年は娑婆には帰られへんでェ」

階段を降りて行きながら小堀に言っている警官の声が聞こえた。哲之はそっと台所の窓を開いて外を覗いた。いつやって来たのか、パトカーが一台停まっていた。哲之は慌てて窓を閉めた。壁に凭れて坐り込み、立てた膝の上に額を押しつけ長いあいだじっとしていた。母はどうしているだろうと思った。

電話では週に二、三回話はしているが、このアパートに移って来てからの二ヵ月間、哲之は一度も母と逢っていなかった。たまらなく母に逢いたかった。人混みの中で迷子になった子供みたいな気持になり、彼は急いで靴を履くと部屋を出た。夜道を小走りで駅に向かっている途中、キンに水と餌をやっていないことに気づき、慌ててアパートに走り戻った。

クリムシを入れてある箱を覗くとオガ屑の中には四匹しかいなかった。その四匹のクリムシをキンに食べさせてから、哲之は四つん這いになって台所をさぐった。冷蔵庫の下からゴキブリの子供が二匹走り出てきたので、コップで封じ込め、ピンセットでつかまえると、それをキンの鼻先に持っていった。これまでは、クリムシとサシを交互に与えるばかりで、ゴキブリなど食べさせたことがなかった。ピンセットに頭の部分を挟まれてもがいているゴキブリの子供を、キンは小さな黒い目で見つめるだけで、いつまでも食べようとはしなかった。

「キンちゃん、ゴキブリや。こんなん嫌いか？」

その言葉に促されるように、キンの舌が素早くゴキブリに絡みついた。ゴキブリの足の一本がキンの口の端から出ていた。キンはゴキブリを飲み下すのに手間どっているようで、一本だけはみ出た足が消え、小さな塊が喉から腹へと移っていくのに随分時間がかかった。哲之はいらいらしながら待っていた。それからスプーンで水をやった。

「よう飲んどけよ。もしかしたら、今日は帰ってけえへんかもわからんからな」

スプーンに残った水でキンの体をまんべんなく濡らしてから、哲之は部屋を出た。閑散とした住道駅で三十分も片町行きの電車を待ち、ほとんど乗客のいない電車の座席に腰をおろすと、こんどは自分が夕食をとっていないことに気づいた。昼、ミルクとトーストを一枚食べたきりで、あとは何も口にしていなかった。どこかで警官が張り込んでいて、いつ小堀がやって来るかと、不安と緊張の中で時間を過ごしていたので空腹など感じなかったのだった。

大阪駅の中央口から地下道に降りた。駅の時計を見ると十一時半だった。五、六人の浮浪者が、それぞれダンボールで囲いを作り、その中に自分の寝場所を作って横たわっている。哲之は急ぎ足で地下道を右に曲がり、桜橋のほうに向かった。

キタ新地の本通りに入ってすぐに、母の勤める〈結城〉という小料理屋の暖簾が目に入った。〈結城〉は左右を大きな雑居ビルに挟まれた木造の二階家で、格子戸のところに藍染めの暖簾を吊っているだけの目立たない店であったが、このキタの新地では老舗《しにせ》の部類に属していて、常連の客筋が良いのと料金の高いので有名な店だった。最初、母は洗い場の係に雇われたのだが、ちょっとした付出し物の味つけが本職よりも上手だという点を買われ、二週間ほど前から、付出し専門の調理人として働くようになっていた。

哲之は〈結城〉から少し離れたところにある花屋の前に立って、閉店の時間が来るのを待っていた。ホステスらしい女をつれた男が、洋蘭を山ほど買っていた。ショーウィンドウ越しに、哲之は男が金を払うのを見ていた。男の革製の財布は一万円札でぶ厚くふくれていた。

最後の客らしい一団が出て行くと、〈結城〉の店内の明かりが消え、かすりの着物を着た若い女店員が暖簾をしまうために出て来た。哲之は女のうしろに歩み寄り、

「井領絹子の息子です。ちょっと母に逢いたいんですけど」

と言った。女は愛想よく中に入るように勧めた。それから店の中に顔だけ入れて、

「井領さん、息子さんが来てはるよ」

と大声で呼んだ。調理場には明かりがついていて、それが灯の消えた店内に拡が

っていた。母は細い体を割烹着《かっぽうぎ》に包んで、濡れた手をタオルで拭きながら出て来た。そして遠慮して表に立っている哲之に言った。

「もうお客さんいてへんさかい、そんなとこに立っとらんと入っといで」

母は哲之が店内に入ると、調理場から顔を出した年配の板前に、

「息子ですねん」

と紹介した。

「石井さんや。キタ新地一番の板前さんやで」

母の言葉で、その石井という板前はうっすら笑みを浮かべて、ぶっきらぼうに言った。

「わしのこと、一番や言うてくれるの、おばちゃんだけやで」

「晩御飯食べたか?」

母はそう訊いてから、顔を曇らせて哲之の顔を見た。それから腕を引っ張って明るい調理場の中にともなった。

「どないしたんや、その顔……」

母は腫れあがっている哲之の鼻と唇に見入っていた。

「こけたんや。アパートの階段で」

哲之は一度も母を騙《だま》せたことがなかった。それで母が何か言おうとしたのをさえ

ぎって、

「晩飯、食べてないねん」

と言った。

「昼にパンを一枚食べたきりや」

その哲之の声が聞こえたらしく、板前の石井が、

「イカの糸造りに豚の角煮、それに赤出しが残ってるでェ」

そう言って、鍋の蓋をあけ、皿に盛るとカウンターの上に置いた。母が御飯をよそいながら石井に礼を述べた。

「おいしいで。ちゃんとお礼を言うて、よばれなはれ」

哲之は石井にも、調理場に入って来たさっきの女店員にも、母が世話になっていることに対する礼を述べた。格子戸があいて、和服姿の濃い化粧をした女が足をふらつかせて入って来た。香水の匂いが漂った。

「おかみさんや」

母は哲之に耳打ちし、

「息子ですねん。ちょっと用事があって来てもろたんですけど、まだ晩御飯食べてない言うもんやさかい板長さんに残り物をみつくろってもらいましてん」

と少しうろたえた口調で〈結城〉の女主人に説明した。

「いやァ、大きな息子はんがいてはるんやなァ」

おかみはちらっと横目で哲之を見た。哲之が、

「御馳走になってます」

そう言ってから、母がお世話になりましてと言いかけると、おかみは哲之を無視して調理場で片づけものをしている女店員にタクシーを呼ぶよう命じた。哲之は四十二、三歳かなと、おかみの歳を推測した。

「横田はん、酒癖が悪なって、かなわんわ。おちぶれるとあないなんねやろか」

石井が白い割烹着を脱いで自分の服に着換えながら、そのおかみに相槌を打っていた。

「店で飲む分は別にして、わざわざ他のクラブにまでつき合《お》うてあげんでもよろしおまっしゃないか」

「そうかて、古いお馴染みさんやし、向こうは商売が左前になったこと隠してるさかい、急に冷とうでけへんがな。ブランデー三杯も飲まされて、酔っぱろうてしもた」

「それまでにお銚子五本あけてはりましたよってに……」

おかみは、化粧も着物の柄も若造りで、若いころはさぞかし美しかったことだろうと思わせる名残りを横顔のどこかに持っていたが、明るいところで正面から眺め

ると、厚化粧の分だけかえって実際の年齢よりも老けて見えているようであった。老獪《ろうかい》なものとあどけないものとが混じった顔の中に、何やら精巧な人形に似た無機質な目があった。

「はよ食べなはれ。冷めまっせ」

おかみに言われて、哲之は赤出しをすすり、御飯を頰張った。おかみの口調には温かいものがなかった。この人からただで店の残り物をよばれたくはないと哲之は思った。彼は食べ終わると、

「お幾らですか」

と訊いた。言い方に気をつかったつもりだったが、おかみはにわかに険しい顔つきになって、

「なんや、あんたお金払う気かいな。うちの板さん、お金貰うつもりで出したんとは違うはずやでェ」

と言った。それから店の前に停まったタクシーに乗って帰って行った。石井も女店員も帰ってしまい、哲之は母とふたりきりになった。

「難しそうなおかみさんやなァ」

「昔、芸者はんやったんや」

母はカウンターの上を拭きながら、ある大手の電鉄会社の名を言った。

「そこの社長のこれで、ここに店を持たしてもらいはったんやて」

哲之は母の立てた小指を見ていた。

「小さいときから水商売の世界で生きて来た人やろ。そのうえ一流どころの芸者から、そんなお大尽のお妾さんになって、新地に店を出さしてもろて……。歳はとってるけど、世間知らずのねんねみたいなもんやねん。旦那が死んでからや、ほんまの商売を始めたんは。それまではお客さんもみんな旦那のつてで来てくれてたんやもん」

「あの人、幾つやのん？」

「私とおない歳や」

「へえっ！　ほな五十かいな」

哲之は、それならばあの厚化粧は、じつに見事に相応の年齢を暴き出しているのだと思っておかしくなった。

「可愛いとこもあるんやけど、お天気屋さんやねん。このごろはお母ちゃんも、もう扱い方に慣れてしもたわ」

母は思っていたよりも元気そうだった。

「お前、痩せたで」

と母は言った。

「何があったんや？」

ひととおり仕事をすますと、哲之の横に坐ってそう問いかけてきた。

「何もあらへん。アパートにいてたら、なんや急にお母ちゃんに逢いたなったんや」

「陽子さん、アパートに来ることあるんか？」

「……うん。ときどき食料を運んで来てくれる」

母の二重の目に見つめられて、哲之はいまの自分の言葉で、母はふたりのことを察しただろうと思った。

「お母ちゃん、あの陽子さんいう娘さん好きやわ。明るいし、優しいし、汚れたとこがどこにもあらへん。ほんまにお前のお嫁さんになってくれるんやろか」

急須に湯を注いでお茶をいれると、母は寿司屋で使うような大きな湯呑み茶碗になみなみとついだ。そして両手で茶碗を包むようにして、茶柱にじっと目を落とした。

「お母ちゃんなァ、お父ちゃんが死ぬ二ヵ月くらい前に、お前と陽子さんとのことを言うたんや。もう結婚するて決めてるみたいやて」

「親父、どない言うとった？」

「初恋の人と結婚出来たためしはない言うて、笑《わろ》とったわ」

哲之は笑顔で母を見た。久しぶりに、本当に久しぶりに、哲之は心なごむひとときを味わっている気がした。

「初恋は中学生のときに無惨に破れたよ」

中学生のとき、野球部のマネージャーをしている女子生徒を好きになった。野球は嫌いだったが、その女生徒を目当てに入部したのだった。

「俺、ライトを守らされてなァ、フライを受ける練習をやらされたんや。その女の子が見てるもんやからあがってしもて、グローブで受けんと、おでこでボールを受けてしもた。その子、転げまわって笑とったわ。その子がマネージャーをしてたのは、ピッチャーをやってた高倉いうやつを好きやったからやねん。それがわかったから三日で野球部をやめたった。先輩にほっぺたを三発殴られた。思い出すたんびにアホらして笑てしまうわ」

表通りからは車のクラクションの音が何度も聞こえて来た。にわかに人通りが多くなり、ざわめきが店を閉めた静かな小料理屋の中に響いた。

「ホステスさんが帰って行く時間や」

母はぽつんと言ってそれきり何を考えているのか、いれたお茶にも口をつけず黙り込んでいたが、やがて、

「ほんまは何があったんや？　隠さんと言うてみィ」

と言った。

「何にもないがな。ほんまにアパートの階段でこけて打ったんや」

「あの取り立て屋、それっきりか？」

「うん。それっきりや。まさかあの大阪の片いなかまで追っかけてくるかいな。あいつが俺やお母ちゃんをみつけるころには、三十万や四十万の金、ちゃんと貯まってるよ」

「べつに払わなあかんというお金でもないけど、お父ちゃんの借金であることは間違いないもんなァ……」

母は哲之に、二階の自分の部屋に泊まっていくようにと言った。戸締まりをし、調理場のガス栓を点検してから明かりを消した。調理場の大きな冷蔵庫の横に、二階へあがる急な階段があった。二階にあがると、狭い板の間にダンボール箱が積みあげられ、その横に襖が見えた。母は襖を開き、部屋に入って蛍光灯のスウィッチを入れた。ちゃんと床の間のある六畳の間で、母の匂いがした。

「俺、勝手に泊まってかめへんのか？」

哲之は部屋の中を見廻して訊いた。

「かめへん、かめへん。おかみさんが店に来るのは夜の七時過ぎや。板前の石井さんが朝の六時に、仕入れた物を運んで来て、すぐに帰りはる」

「ほな、お母ちゃん、朝の六時に起きんとあかんのか？」

「石井さん、鍵を持ってはるさかい、お母ちゃんは寝とったらええんや。目が醒めたときは起きていって、お茶をいれてあげることもあるけどな。石井さんはそれからまた家に帰って寝はるんや。四時に起きて、自分で中央市場に行って、品物を自分の目で選んで来はんねや。石井さんが出勤しはるのは夕方の四時で、店は六時にあけるんやで」

母は押し入れから蒲団を出して、ふたり分の寝床を敷いた。哲之は表通りに面した格子窓のところに腰を降ろし、

「きれいな部屋やなァ」

と言った。

「二年ほど前まで、お客さん用の部屋やったんやもん。ちゃんと床の間まであるやろ」

「なんでいまは使わへんのや？」

「人手が足らんようになったさかい、もう下だけで商売するんやて言うてはったけど、ほんまはだいぶお客が減ったんやろなァ。座敷を使いたがるお客さんも滅多にないよってに、それでもう二階は使わんことにしたんやろ」

「お母ちゃん、お風呂はどないしてんねや？」

と哲之は訊いた。母は小さな鏡台の前に坐り、顔にクリームを塗りながら、

「バスで浄正橋まで行くんや。一軒だけ、古い銭湯があるねん」

「バスで、銭湯に行くのん？」

「浄正橋まで、たったの五分やがな」

母が寝巻に着換え蒲団に入ったので、哲之も服を脱いで部屋の明かりを消すと、下着姿のまま蒲団にもぐり込んだ。

「はよ一緒に暮らせるようになりたいなァ。お前と陽子さんと三人で……」

そうつぶやいてから、母は大きな欠伸《あくび》をした。そしてすぐに寝息をたて始めた。やはり疲れているのだろうと思い、哲之も目を閉じた。

新地の本通りに車の列がつづいている気配が伝わってきた。人間たちの声がますます多くなり、笑い声や誰かを呼ぶ声が聞こえた。哲之は目を閉じて、それらのざわめきに聞き入っていた。蜥蜴になって、何百年も生き死にを繰り返していたあの夢はいったい何だったのだろうと考えた。たった四十分のあいだに、自分は何百年ものの時間を経たのだ。たかが夢ではないかと思ったが、彼はある深遠な世界の縁に立って、不思議な何物かを覗き込んだように感じていた。夢を見ていたときの自分と、目を醒ました自分と、どこがどう違うというのだろう。

哲之は遠い駅の、そのもっと向こうの小さなアパートの暗がりの中で、いまも柱

に釘づけになって生きているキンのことを思った。いつか釘を抜いて自由にしてやらなくてはならない。それもキンが死なないように、出来うる限り傷を与えないように、うまく釘を抜いてやりたい。キンの姿を脳裏に描きつつ、哲之はもう一度、昨夜のあの夢を見たいと思った。

## 五

大学は夏休みに入った。哲之の同級生の中には、すでに就職を決めてしまった者が何人もいた。いざとなったら、島崎課長が勧めてくれるように、アルバイト先のホテルに就職してしまえばいいという思いが、哲之から、真剣に自分の将来について考えをめぐらせたり、希望の職種の会社の採用試験に挑ませたりする意志を奪ってしまっていた。

哲之がいつものとおり五時ちょっと前に、ホテルの裏の従業員の出入口のところまで来たとき、排気孔から噴き出る汚臭を避けるようにしてホテルの建物に沿った歩道に立ちつくしている陽子の姿をみつけた。夏の西陽を全身にあびて、陽子の体の片側は赤く染まり、それが陽子をひどく寂しげに見せていた。陽子は小走りで道路を渡り、渡り終えるとそこで初めて笑顔を見せた。哲之は走ってくる車を縫って陽子の傍まで行った。

「どうしたん?」

哲之の問いに陽子はただ黙って見つめ返しただけだった。ふたりは路地を曲がって、一軒の喫茶店に入った。電話で話をするだけで、哲之が陽子と逢うのは一ヵ月ぶりだった。

陽子は夏休みに入るまではずっと毎日大学の講義に出ていたし、哲之の休みの日には何やかやと用事があるらしく逢う機会がなかったのだった。小堀という取り立て屋の一件以来、哲之は陽子にアパートには来ないように言ってあったから、彼は休日はいつも梅田で逢おうと誘ったが、そのたびに陽子の、母の使いでどこそこに行かなくてはならないとか、従姉に子供が生まれたので、洗濯やら掃除やらを手伝いに行ってやらなくてはならないとかの理由で逢うことが出来なかったのである。

ボサノバの曲が流れる喫茶店の一番奥の席に坐って、哲之はそっと陽子の表情を窺った。そして、

「髪の毛、切ったん?」

と訊いた。

「うん、暑苦しいから切ってしもたの」

「陽子のショート・ヘア、初めて見たなァ」

「私もこんなに短い髪にしたの、中学生以来。哲之、こんなの嫌い？」

「いや、よう似合うよ」

哲之はもう一度、

「どうしたん？」

と訊いた。

「哲之の休みの日には私に用事があったし、私に時間があるときは、哲之は仕事やし……」

この時間は、いつも哲之の一日にとって一番いやな時間だったが、彼は幸福を感じた。腕時計を見ると、大阪駅に着いたときに見たのと同じ四時四十分をさしていた。哲之は腕時計を外し、耳にあてがった。振ったり軽く叩いたりしたが時計は動きださなかった。

「あーあ、とうとうこわれてしもた。安物やからな、こわれるのは時間の問題やったんや」

哲之がそう言って時計をテーブルの上に投げ出すと、陽子はハンドバッグの中から男物の時計を出した。それは陽子の父の持ち物だった古いロレックスで、陽子がねだって自分のものにしたのである。陽子はいつもそれをハンドバッグの中に入れていた。

「これ、貸したげる」

「ホテルのボーイが、こんな上等の時計をはめてたら変に思われるよ」

「そやけど、時計がなかったら困るでしょう？」

そう言ってから、受け取ろうとした哲之の手からさっと時計を遠ざけると、冗談めかした口調で、

「質屋さんに持って行ったりしたらあかんよ」

と言った。哲之は笑いながらロレックスの時計を自分の手首につけた。

「陽子と結婚したら、これ俺のもんになるなァと、前から狙《ねろ》てたんや」

「お父ちゃん、私がくれくれってさんざんねだっても、どうしてもうんと言わへんかったのよ。女が男物の時計を持ってどうするつもりやとか、これは俺の思い出がいっぱい詰まってる時計やとか言うて、なかなか放せへんかってんから」

「ようくれたな」

「新しいロレックスが安く手に入ったから、それでやっと私にくれたの」

「こんな男物の時計、なんでそないに欲しかったんや？」

「もうこんな年代物のロレックスは、捜したって手に入れへんでしょう。それに、なんとなくこの時計を好きやったの」

「こいつは丈夫なことでは世界一やぞォ」

「大事にしてね」

五時半だった。アイスコーヒーを飲み干して、陽子は立ちあがった。その陽子の胸を薄いブラウス越しに見て、哲之は突然烈しい欲情を感じた。それが哲之の表情を暗くさせ、言葉を閉ざさせた。喫茶店を出て陽子が何か言ったが、哲之は黙っていた。陽子の胸や唇や股間に視線を走らせて、あとはそのまま目を歩道に落としていた。

「どうしたん？　何を怒ってるの？」

陽子が小首をかしげるようにして訊いたが哲之はじっと歩道を見つめたまま口を開かなかった。

「またや。いっつもそうやって急に機嫌が悪なるねんから……」

陽子も機嫌をそこねたようだった。ふたりは道路を渡ったところで別れた。哲之がうしろ姿を見送っていると、陽子はふいに振り返って、雑踏の中で〈あかんべえ〉をした。道行く人の何人かが陽子を見つめていた。

哲之はロッカールームでボーイ服に着換え、急いで事務所に行った。

「四十分遅刻やぞォ」

鶴田というページ・ボーイのひとりが事務机に腰をかけて言った。

「すみません」

謝ったが、鶴田は哲之のタイムカードを自分で機械に打ち込み、数字の上に赤エンピツで印を入れた。

「時間なんぼで働いてるんやから、四十分の賃金は引かせてもらうでェ」

それを決めるのはボーイ・キャプテンである磯貝の仕事のはずだった。だが哲之は、はいと小声で返事をしてロビーに出て行った。すると鶴田があとを追って来て、

「当分、俺がボーイ・キャプテンの代理をすることになったからな」

とささやいた。鶴田はいつも、客を部屋に案内して行ったあと、いかにもどこかで仕事をしているふりをして、ホテルの各階にあるボーイの詰所で女の従業員と馬鹿話にふけって時間をつぶしている男だった。哲之はその鶴田のにきび面を見やって、

「磯貝さん、どうしたんですか？」

と尋ねた。

「昼前にまた倒れよってなァ、いまは仮眠室で休んどるわ。課長が、しばらく休ませたほうがええやろ言うて、俺にあいつの代わりをするよう頼みよったんや」

外人の夫婦者を十四階の部屋に案内したあと、哲之は三階の〈孔雀の間〉の裏にある仮眠室に向かった。大きな宴会があるらしく、宴会係のボーイやウェイトレスたちが、忙しそうに皿やコップを運んでいた。ボーイのひとりが哲之とぶつかりそ

うになり、危うく何枚かの皿を落としかけた。ボーイは溜息をついて立ち停まり、哲之に言った。

「おい、ロビーのほうが手がすいたら、こっちを手伝うてくれよ。八百人の立食パーティーの用意を七時までにしてしまわんとあかんねや」

「何のパーティーですか」

ボーイは保守政党のある高名な政治家の名を言った。

「そいつの喜寿の祝賀パーティーらしいけど、どうせおもてむきだけで、ほんまは政治資金集めの会費付きパーティーや」

哲之はフロントと相談し、許可が出たら手伝いにくることを約束して仮眠室への狭い通路を進んだ。そっとドアをあけて中を覗き込むと、ベッドに腰を降ろしている島崎課長と目が合った。哲之は足音を忍ばせて島崎の横に行き、ベッドに並んで腰を降ろした。磯貝は眠っているようだった。

「きょうは、ちょっと慌てたでェ」

と島崎は小声で言った。

「ロビーで倒れよってなァ。救急車を呼ぼうかと思たけど、たまたまロビーに心臓専門の医者がおって、その人が診てくれはったんや。大学の同窓会のパーティーに来てたそうで、医者ばっかり二十人ぐらいおったわ。その中に薬を持ってる人がおって命拾いしたんや」

「お医者さん、どない言うてはりました？」

「早いこと専門の病院で精密検査を受けるように言うとった。昔と違《ちご》うていまは弁膜症の手術は、心臓の手術の中では割合成功率も高いそうや」

ドアがあいて、女のフロント係が島崎を呼んだ。島崎はそのフロント係と話をしてから哲之のところに戻って来、

「ちょっと用事が出来たから事務所に帰らんならん。井領くん、しばらく彼についとったってくれ」

そう言って出て行こうとしたので、哲之は慌ててあとを追った。

「フロントの中岡さんと、ボーイの鶴田さんに、ぼくが課長に頼まれて仮眠室にいてることを説明しといて下さいよ。どこでサボってたんやていやみを言われますから」

島崎は、うんうんと頷いて、いつものせかせかした歩き方で去って行った。鉄の扉が閉じられると、パーティーの準備であわただしい〈孔雀の間〉あたりからの喧噪が途絶え、薄暗い仮眠室の中は物音ひとつ聞こえなかった。

磯貝の顔は、蚕棚状になったベッドの影に覆われて、哲之にはブロンズの首のように見えていた。陽子はこの夏休みをどうやってすごすのだろうと、哲之は磯貝晃

一の目を閉じた顔を見ながら考えた。夏休みは八月いっぱい、デパートの地下の食料品売り場でアルバイトをして、その金で講義の始まる前日まで旅行に行くのが毎年の陽子のスケジュールであった。その一週間ばかりの旅行だけが、哲之と離れて、仲の良い何人かの女子大生たちとすごす唯一の時間で、陽子はそれ以外は、大学の構内でもそれ以外の場所でも、つねに哲之に寄り添っていた。ただ一緒に暮らしていないというだけで、おふたりはもう御夫婦よね、と陽子の友人たちによくひやかされていた。

哲之はふと、なぜ陽子はことしの夏のスケジュールを自分に言おうとしないのだろうと思った。いつもは、夏休みが始まる随分前から、アルバイト先やら、九月の旅行の計画やらを話して聞かせるのに、ことしはいっこうにその件に関して触れようとはしない。去年も、おととしも、陽子は夏休みに入って三日目にはデパートの地下の売り場に立っていたはずだった。ことしはどういう計画なのだろう。夏休みに入って、もう十日も過ぎたではないか。哲之は、歩道に立って自分を待っていた陽子の、西陽を受けた顔が妙に寂しげだったことを思い出した。

「ずっとついとらんでもええでェ」

眠っているものとばかり思っていた磯貝が突然そう言ったので、哲之はぎょっとして顔をあげた。

「きょうは大変やったそうですねェ」

哲之が声をかけても、磯貝は目を閉じたままだった。

「何か重たい物でも運んだんですか？」

磯貝は静かにかぶりを振った。

「階段を走り昇ったとか……」

やっと目をあけて、磯貝は哲之を見た。

「そんなこと、するはずないやろ」

人には他人に話したくないこともあるし、触れられたくないこともある。自分もそうだし、磯貝さんもそうだろう。哲之はそう前置きして、

「こないだ、島崎課長から聞きました。お父さんとお母さんとのこと」

と言った。磯貝はちらっと哲之に視線を投げ、

「あのおっさん、口が軽いからなァ」

そうつぶやいて、再び目を閉じた。

「ぼく、思い切って手術をしたほうがええと思うんですけど……」

「それと、俺の親父やお袋とのことと、何の関係があるんや」

長いことためらったのち、哲之は言った。

「こんな発作を繰り返してるうちに、ぼく、磯貝さんが死んでしまうような気がす

るんです」

「こんな病気で、死んでたまるか。まわりの連中は騒ぎよるけど、俺はもう慣れてしもた。いつでも、しばらく静かにしてたら直るんや」

「ぼくは磯貝さんが電車に轢《ひ》かれて死んでしまうような気がするんです」

哲之は自分の言葉に驚いた。自分の意思とは関係なく、思わず口をついて出た言葉だったが、それが磯貝に対してどれほど心ない言葉であったかに気づき、彼は目を伏せて足元の緑色の絨毯を見つめた。

「いまのは失言です。ぼくは……」

そう言いかけたとき、磯貝は、

「俺もそんな気がしたんや」

と言った。哲之は顔をあげた。

「きょう、アパートを出るのがちょっと遅れたんや。ひと電車乗り遅れたら遅刻するなァと思て、駅まで行ったら踏切の遮断機が降りよった。梅田行きの電車に乗るには、その踏切を渡って改札口に行かんとあかんのや。電車が通り過ぎたとき、遮断機があがりかけたような気がしたから、急いで渡りかけたら、横におった人に『まだ反対から電車がきまっせェ』て怒鳴られた。慌てとって、うっかりしてたんやなァ。反対側からも電車が来てることに気づかなんだんや」

磯貝は、それまで動かさなかった顔を哲之のほうに向けて、何かを思い出すような目を宙に注いでいたが、やがて再び話をつづけた。哲之は初めて、磯貝の、感情というものが露わになった顔を見たような気がした。

「電車を待ってるあいだから、心臓がドキドキしてきよった。俺もいつかきっと、親父とお袋のあとを追うはめになるんと違うやろかと思たら、もうたまらんぐらい恐ろしいなってきたんや。俺だけやあらへん。妹もそうなりそうな気がした。電車に乗ってるときに、ああ、もうあかんと思た。梅田に着いてホテルに歩いて行くときに、もう目の前が白うなりかけとった。しばらくロッカールームで休んでたんやけど、結局、ロビーにあがって来た途端、倒れてしもた……」

しばらくの沈黙ののち、哲之は、磯貝晃一の苦しみをやわらげ、希望をもたらすための、最良の言葉はないものかと、自分の心と頭脳を力限りに巡らせた。

彼は、他人の苦しみを、自分の苦しみのように感じたのは初めてではないだろうかと思った。そして、そのことが不思議に思えた。他人の苦しみを、自分の苦しみとして向かい合えない人間というものを不思議だと思ったのだった。陽子の〈あかんべえ〉の表情が浮かび、キンの姿が浮かんだ。小堀を殺してやろうと、一瞬にせよ考えたことも心に浮かんだ。哲之は、考え考えしながら、喋り始めた。

父が死んで家業は崩壊した。信頼していた父の片腕だった男は、自分や母の知らないうちに会社の金を使い込んでいた。それもじつに巧みに合法的に己のものにしてしまい、気づいたときはあとの祭りで、残ったのは父の借財だけだった。ならず者が押しかけて来て、自分と母を責めたてた。それで自分は大東市のはずれのアパートに隠れ、母はキタ新地の小料理屋に住み込みで働くようになった。けれども、ならず者は自分の居場所をつきとめて、一週間ほど人前に出られない顔になるくらい殴ったり蹴ったりした。あとの仕返しが怖かったが、自分は警察に男を訴えた。男は逮捕されたが、いつその仲間が仕返しに来るかわからない。自分もまたもっと遠いところに引っ越そうかと考えたが、どうしてもそのアパートから出て行けない事情があるのだ。

そこまで喋って、哲之は、いったいこのことが磯貝にとって何だろうと思った。自分は何を伝えようとしているのだ。そう思案にくれて黙り込んだ瞬間、哲之は、磯貝のほうが、もっと不幸というものを知っているではないか。磯貝の味わってきたものと比べたら、自分なんかまだまだしあわせだ。体も健康だし、母も生きている。しかも陽子という、他のどんな娘よりも魅力的な恋人がいる。自分はしあわせだ。自分はしあわせなのだ、と思った。哲之は磯貝を勇気づけようとして、逆に勇気づけられたことを知った。だがそれは一方で、哲之の心のある部分をいっそう沈ませた。

「なんで、そのアパートから出て行かれへんねん？」

と磯貝が訊いた。哲之は、キンのことを話して聞かせた。聞き終えると、磯貝はゆっくりと身を起こし、目を大きく瞠《みひら》いた。

「その蜥蜴、いまも生きてるのか？」

「うん。生きてる。きょう出がけに、水とクリムシをやって来た」

「なんで、釘を抜いたれへんねん？」

「抜いたら、死んでしまうかもしれへんやないか。何遍殺してしまおうと思たかしれんけど、でけへんかったんや。暗がりの中で気がつけへんかったからとは言うても、そんなめに逢わせたのは、この俺やもん」

「蜥蜴が、柱に釘で打ちつけられて、生きてられるもんかァ？」

「現実に生きてるんやから、しょうがないがな」

「それ、ほんまの話か？」

「嘘やと思うんやったら、見に来たらええ」

哲之は言った。磯貝が身を乗り出して、何か言おうとしたとき、ドアがあいた。鶴田が顔をのぞかせてふたりを窺っていたが、磯貝の元気を取り戻した様子を見て、

「磯貝さん、大丈夫ですか？」

と訊いた。言葉だけで、実際には少しも磯貝の体のことなど案じてはいないとい

ったものを如実にあらわしていた。

「うん。もう大丈夫や。迷惑かけたなァ」

「そしたら、井領くんに仕事をしてもらいたいんですけど」

「はい、行きます」

哲之は立ちあがり、無言で鶴田の横をすり抜けて通路を走った。〈孔雀の間〉でパーティーが始まったらしく、エレベーターを待っているとき、閉じられた〈孔雀の間〉の中から万歳を三唱する何百人もの人間の声が轟いた。扉の前では、警護の刑事らしい男がふたり鋭い目を四方に配っていた。いつの間にか鶴田が横に立っていて、エレベーターを並んで待ちながら、

「お前、サボるのうまいなァ」

と絡んできた。

「島崎課長に、磯貝さんがちゃんと元気になるまで、絶対傍を離れんようにと言われたんです」

「たいそうにしやがって。あいつもあないやってサボってるのかもわからんでェ」

哲之は知らぬふりをして、エレベーターの中でも黙っていた。鶴田はいやにしつこく話しかけてきたが、ロビーに降りると、

「ご案内して下さい」

というフロント係の声で、にわかに表情をひきしめ、行こうとした哲之を追い越して、慇懃《いんぎん》に部屋の鍵と客の荷物を持った。中年の裕福そうな男と、水商売らしい和服の女の組み合わせで、そういう客はほとんどが五百円札か千円札をボーイに握らせるのである。だが予想が外れてチップを貰えなかったときは、鶴田は必ずと言っていいくらい、ロビーに戻って来て、その腹いせをアルバイトのページ・ボーイに向けるのだった。

あと十分で勤務時間が終わるなと思いながら、ロビーに立っていた哲之の肩を磯貝が叩いた。そして、

「その蜥蜴、見せてくれよ」

とささやいた。

「ええけど、いつ来ますか？」

「きょうや」

「きょう？」

「今晩、井領くんのアパートに泊めてくれ。かめへんか？」

「そらかめへんけど、体のほうは大丈夫ですか？」

「妹に電話してくるわ。タクシーで帰ろう。俺がタクシー代払うから」

磯貝は、先に服を着換えて、従業員用の出入口のところで待っていた。哲之が道

路に出て手をあげると、すぐにタクシーが停まった。

「住道に行って下さい」

哲之の言葉で、運転手はうしろを振り向き、

「すみのどう……？　それ、どこでんねん」

と言った。

「知りませんか？」

運転手は、申し訳なさそうに頭に手をやり、まだタクシーの運転手になって間がないのだと説明した。哲之も、一度もタクシーで帰ったことはなかったから、どう道順を教えたらいいのかわからなかった。

「とにかく阪奈道路のほうに行って下さい。生駒の山の手前まで来たら、だいたいの見当はつきますから」

車が走り出すと、磯貝が声をあげて笑った。

「タクシーの運転手でさえ、知らんとこやのに、借金取りはみつけよったんやなア」

「プロは凄いんです」

哲之も何やら楽しくなって、一緒に笑った。

もうそろそろ生駒山の麓に近くなってきたのではなかろうかと思ったころ、道の

左側に〈住道駅〉と書かれた表示板と矢印が目に入った。そこからしばらく走ったところに右に折れる道があった。多分このあたりだろうと見当をつけて、哲之は運転手に曲がってくれるよう言った。街路灯一本ない暗い道で、途中に公衆電話のボックスがあった。いつも哲之が母のいる料理屋と陽子の家に電話をかけるボックスだった。車は一度も迷わずに、哲之の住むアパートの前に停まった。

部屋の鍵を外し、ドアを開くと、湿った熱気が溢れ出て来た。哲之は大急ぎで部屋の明かりを灯し、窓をあけ、扇風機を廻した。網戸もあけて、充分に風を通したかったが、このあたりは蚊が多く、うっかり網戸をあけようものなら、夜中に体中を刺されて目を醒ましてしまうのである。哲之はキンを指差し、

「ねっ、ほんとでしょう？」

と言って磯貝を見た。部屋の上がり口に突っ立って、キンを見つめている磯貝の目にはっとし、哲之はそのまま口をつぐんでぼんやり磯貝に目をやっていた。磯貝は口を半開きにして、一見茫然とした表情であったが、目には異様なほどに強い光がこもっていた。それはこの何ヵ月間かの触れ合いの中で、一度も見せたことのない、ある種の狂気に憑《つ》かれた人のものと同質の目であった。

哲之は、そんな磯貝に視線を注いでいるのが、なにかとても失礼なことでもあるような気がして、アパートに帰り着くと早速に取りかかるいつもの行動に移った。

まず冷蔵庫をあけ、氷を出し、コップに入れて水を注ぐ。そしてその氷水を、荒物屋で買って来た霧吹きに移し、キンの体にまんべんなく吹きつけてやる。そうしておいて、扇風機の風を当ててやるのである。夏に入って、風の通らない暑い部屋の中で、九時間近くも放っておかれると、キンの体から水分が奪われて、弱り果ててしまう。だから、哲之が十二時過ぎに帰宅したころには、目を閉じて、柱に釘づけになった体をくの字にぐったりと曲げているのだった。

哲之は何度も何度も、キンの体に霧吹きの中の氷水を吹きつけた。そしていつものとおり、スプーンで水をやった。キンは赤い糸のような舌をくねらせてむさぼり飲むのだった。キンが元気を取り戻すのは、水を飲み終わって十分ほどたってからだった。体に吹きつけられた氷水は、扇風機の風で乾いていくが、それと同時にキンの肌に張りが甦ってくる。くの字に曲げていた体に力が加わり、手足をゆっくりと動かし始めると、哲之はピンセットでクリムシを与えるのである。最初の一匹がキンの口の中に入ったとき、哲之は安堵感と、ほんの刹那の幸福感に包まれるのが常であった。

キンは五匹のクリムシを食べた。哲之が試しにもう一度スプーンの中の水を差し出すと、また四、五回、舌を使って飲んだ。舌の使い方も、初めよりうんと敏捷になっていた。哲之は念のために、もう一度氷水を吹きかけてから、

「これで、ぼくの一日が終わるんです」

と磯貝に微笑みながら言った。それまで部屋の上がり口に立ちつくしていた磯貝が、キンの近くにまで歩み寄り、そっとその青白い顔を近づけた。キンが長いシッポを烈しくくねらせた。

「知らん人間がおるから、怖がってるんです」

哲之の言葉に何の反応も示さず、磯貝はその異様な目の光をキンに向けていた。哲之は、磯貝がキンをまのあたりにしてひどく興奮しているのではないかと思い、また例の発作をおこしはしないだろうかという不安に駆られた。

「凄いなァ……」

磯貝は聞こえるか聞こえないかの声で言った。そしてキンのシッポのあたりの柱の黒ずみを指差して、

「これは何や？」

と訊いた。

「糞です。毎日ちゃんと拭き取ってるんやけど、柱にそのシミが出来てしもて、いつか家主に文句を言われるやろなァと思てるんです」

「俺の手ェからでも、餌を食べるやろか？」

「さあ……」

磯貝は口には出したが、自分の手でキンに餌を与えてみようとはしなかった。彼はそれきり口を閉ざし、そっと手を伸ばした。そして、キンの背に突き立っている釘の先端を指でつまんだ。キンが手足をばたつかせた。けれども磯貝はいつまでも釘の先端をつまんだまま放そうとはしなかった。

にわかに蛙の鳴き声が響き始めた。それは不気味で醜悪な音のかたまりで、哲之の耳には、なんとなく、不幸の始まりを告げる奇怪な生き物たちの呪文のように聞こえた。磯貝は釘を動かそうとした。哲之は慌ててその手の動きを制した。磯貝はやっとキンから視線を外し、自分の手首をつかんでいる哲之に目を移した。

「釘を抜いたれ」

磯貝の言葉には怒りがこもっていた。

「なんで抜いたれへんねや。死んだってええやないか。この蜥蜴、死んだってかめへん、釘を抜いて欲しいと思てるのとちがうか?」

蛙の鳴き声がぴたっとやんだ。隣の、ひとり住まいの陰気な中年女の部屋から、テレビの音が聞こえてきた。

「蜥蜴が、自分で、死んだってええなんて考えへんよ」

哲之は一瞬不機嫌になって、きつい目で磯貝の赤味のない顔を睨みつけた。俺はなにも趣味や道楽でキンを柱に釘づけにして飼っているのではない。この釘が抜けるものなら、お前が抜いてみせろ。哲之は心の中で磯貝に言った。押し入れの奥の道具箱から釘抜きを出して来ると、それを磯貝の前に突きつけ、

「俺はよう抜かん。磯貝さん、抜いてやって下さいよ」

と言った。哲之が怒ったことで、磯貝は自分の怒りをしずめようとするかのように、無理矢理表情をやわらげた。赤ん坊がむずかるみたいに、キンは手足をばたつかせ、身をそらせた。それを見て、哲之と磯貝は柱から離れ、やっと畳の上に坐った。磯貝はいつまでも口をつぐんで、爪を噛んでいた。

「ビール、飲みますか？」

立ちあがって台所に行き、冷蔵庫の中から缶ビールを出しながら哲之が訊くと、

「俺が酒なんか飲んだら死んでしまうがな」

磯貝は虚ろな視線を畳の目に注いだままそうつぶやいて、それから初めて笑みを浮かべた。

「俺、小さいときから心臓が悪かったから、いつ死ぬかもわからん、五分後に死ぬかも知れんし、あしたの朝に死ぬかも知れん。そんなことばっかり考えて生きてきたんや」

磯貝がその次の言葉を口から出したのは、哲之がゆっくりと缶ビールを飲み干してからだった。

「もしも、また生まれてきても、俺はやっぱり心臓の病気を持って生まれてくると思う」

「なんでですか？」

「借金をかかえたまま眠っても、目が醒めたら借金がなくなってたなんてことはあらへん。それとおんなじことのような気がするねん。そやから、自殺したって、そんなこと無意味や。自殺のしがいがないって考えだしてから、どうしてええかわからんようになってしもた。おい、どうしたらええと思う？」

哲之は田圃に面した窓の網戸をあけ、闇の底の蛙の大群めがけてビールの空缶を投げつけた。つかの間の静寂が、哲之のよるべない心を一層寂しくさせた。

「死んだら、それで終わりや。また生まれてくるなんて、そんなことあるはずがないわ」

哲之は素早く網戸をしめて言った。飛び込んできた蚊を両の掌で叩きつぶした。

「死んだら終わりやなんて証拠がどこにある。お前、死んだことあるのか？」

「俺はこの世のことしか覚えてない。生まれてくる前に、別の人生をおくって来てたとしたら、そのときのことを、ちょっとぐらい思い出せるはずやないか。この世は一回きりで、前も後《あと》もあらへん。死んだら、それで何もかも終わりや」

「俺は、絶対、そんなふうには考えられへんのや」

と磯貝が言った。哲之が立ったまま磯貝を見つめると、磯貝はひたむきな目を向けて、傍にあった本を投げつけてきた。哲之は驚いて、飛んできた本を受けとめた。

「俺が投げたから、その本は井領のところに飛んで行ったんや。本が勝手に飛んで行ったんやないで。結果の前には、必ずその原因があるんや。それが物理学の基本やろ。原因のない結果なんて、この宇宙にひとつとしてあるか？　あったら教えてくれ。ライターにひとりでに火がつくか？　種のないところに木が生えるか？　釘が勝手に蜥蜴の背中を貫くか？　この世のいっさいの出来事は原因があるから結果があるんや」

　磯貝の言っていることがよくわからなくて、哲之は本を持ったまま、無言で磯貝の唇ばかり見つめていた。

「なんで人間は、生まれながらに差がついてるんや。それにも原因があるはずや。そしたら、生まれる前に、その原因を作ったとしか考えられへんやないか。そう考えるのが、一番理に適ってると思えへんか？　ある人は金持ちの家に生まれる。ある人は貧乏な家に生まれる。ある人は五体満足で生まれる。ある人は不具で生まれる。あらゆる事柄に原因と結果があるのに、人間だけが、持って生まれたそんな差別に何の原因もないと考えるほうがおかしいやないか。人間は覚えてないだけで、この世以外の人生を、以前に確かに経験してるはずや。それで、いろんな借金をかかえて死んだんや。それから眠って目を醒ますみたいに、また生まれてきた。そやけど、借金は消えてない……」

蒲団がひとり分しかなかったので、哲之は敷き蒲団を磯貝のために敷き、横に掛け蒲団を並べて、その上に寝そべった。そうやって天井を見やったまま、

「いつから、そんなふうに考えるようになったんですか」

と訊いた。磯貝は服を脱いで、ランニングシャツとパンツだけの姿になり、蒲団の上にあぐらをかいた。

「ホテルに就職して、二年くらいたったころからかなァ……」

横縞模様のポロシャツを脱いだために、いつもいささかの乱れもない頭髪の分けめや衿足の部分が逆毛立ち、磯貝の表情からは、職業用に無理に作り出し、おかげでそれがあたかも内面から自然に浮き出ているかのように見える毅然としたものが消えて、不安を宿した心細そうな、哲之がときおり鏡に映った自分の顔から感じるのと同じ怯えに包まれた目つきをさらけ出していた。

哲之はそんな磯貝を見あげて、今夜、自分の部屋に伴ったことを後悔した。哲之は笑いたかった。ホテルのボーイ連中の悪口を言い合ったり、フロント係の、客に向けるおつにすました表情をこきおろしたりして、にぎやかに眠りにつきたかった。そうしなければ、きょうの陽子の、いつもとは違う寂しそうなうしろ姿や、何か隠

し事があるみたいなあいまいな微笑が浮かんで来て、じっとしていられなくなるのだった。

　蛙の大群が、また一斉に鳴き始めた。

「そういう方程式からいくと、死んでもまた生まれてくるというわけですか？」

　そんな話題からは離れたいはずなのに、哲之は他に言葉が思いつかなくて、そう言った。磯貝は、力なく頷き、

「うん。死んでは生まれ、死んでは生まれ、また死んでは生まれてるように思うんや。あの世なんかあらへん。この世に生まれるんや」

と言った。大きな欠伸をしてから、哲之は寝返りをうって磯貝に背を向けた。

「俺、そんなこと、どうでもええわ。そんな夢みたいなこと、本気で議論する気あれへん。もう寝ましょうよ」

　哲之は磯貝に、電灯を消してくれるよう言って目を閉じた。明かりひとつない夜道を行って、陽子に電話をかけたかった。しかし一時半を過ぎていて、陽子の一家はみな眠りについているはずであった。哲之は、朝起きたらすぐに陽子に連絡をとり、どこかで待ち合わせをしようと思った。あぐらをかいたままじっとしている磯貝の気配が伝わってきた。磯貝は立ちあがって電灯を消そうともせず、といってそのまま横たわって寝てしまおうともしないまま、身じろぎひとつせず坐り込んでい

た。哲之は目をあけてキンを見た。磯貝がキンを見つめているのを感じ取ったから
だった。哲之は磯貝のほうに向きなおり、きつい口調で言った。

「俺が寝てるあいだに、キンに何かしたら、承知せえへんでェ」

キンに視線を投げたまま、磯貝は、

「何かて、何や」

とつぶやいた。

「そんなこと言わんでもわかるでしょう？」

するとと磯貝はやっと立ちあがり、電灯のスウィッチを切りながら、

「釘を抜いてほしいのは俺のほうや」

と言った。

「それやったら、思い切って、手術をしたらどうです。弁膜症の手術は、心臓の手術の中では一番成功率が高いそうやて、島崎課長が言うてましたよ」

磯貝が低い声で何か言ったが、蛙の鳴き声にかき消された。

「えっ？　何ですか？　蛙の声がうるそうて聞こえへん」

すると磯貝は哲之の耳元に口を近づけて言った。

「俺が怖いのは手術とは違う」

「何が怖いんです？」

「電車や」

こんどは哲之が起きあがり蒲団の上にあぐらをかき、磯貝を見おろした。

「電車に轢かれて死ぬという借金は、どうやったら帳消しに出来る？」

哲之は腹が立ってきた。薄気味悪さの伴った不快感が走った。

「お父さんとお母さんが電車に轢かれて死んだからというて、磯貝さんまでがそうなるとは限らんでしょう。磯貝さんは循環器の医者にかかる前に、精神科に行かんとあかん。そのほうが先や」

そう言ってから、哲之は再び台所に行き、冷蔵庫をあけた。そしてその場に立ったまま缶ビールを飲んだ。汗が一筋、耳のうしろを伝って肩のあたりに落ちて行った。彼はひと口飲むたびに苦みを増していくビールを時間をかけて胃に流し込んだ。大きなゴキブリが足の親指の上を走った。薄闇の中でもそれがゴキブリであることははっきりわかった。

哲之は流しにあった濡れタオルをそのゴキブリに投げつけ、部屋のほうに行かさないよう足で行く手をさえぎった。ゴキブリは羽をひろげて飛んだ。羽音が哲之の周りを一周した。そして哲之の額にぶつかって床に落ち、冷蔵庫の裏側に逃げて行った。哲之は悲鳴をあげ、慌てて水道の蛇口をひねって、額を石鹼で洗った。

「どうしたんや？」

磯貝の声が聞こえた。哲之は何度も何度も額を洗い、タオルでぬぐってから、

「ゴキブリが飛びよった。俺のおでこにぶつかってきよった」

と言った。くぐもった笑い声が磯貝の口からこぼれ出て、それはいつまでも止まらなかった。

「ゴキブリが怖いんか」

笑いながら磯貝は言った。

「ゴキブリは怖いことなんかないけど、ゴキブリが飛ぶのが怖いんや。ゴキブリが飛んでぶつかって来よったら、俺、もうどうしょうかと思うわ」

「そしたら、蜥蜴が釘づけにされて生きてるのは怖いことないのか」

蒲団に戻り、磯貝に背を向けて、アルコールが血管の中を走り始めたのを感じながら哲之は黙っていた。

「俺は、こんな恐ろしいもん、生まれて初めて見たで。お前が、蜥蜴の体を霧吹きで湿らせたり、ピンセットで餌をやってるのを見てたら、ぞっとしてきた。お前も精神科へ行け。俺だけと違う。どいつもこいつも病人や」

「磯貝さんが見たいというから見せたんや。この蜥蜴が生きてるのを恐ろしいと思うなら、いますぐ俺の部屋から出て行ってくれよ」

磯貝はしばらくの沈黙の後、

「タクシーをつかまえられるとこまでどのくらいあるかなァ……」

と訊いた。哲之は住道駅まで三十分はかかるが、駅に行ってももうこの時間だからタクシーが停まっているかどうかわからないと答えた。

「やっぱり泊めてもらうしかないがな」

「それなら、もう寝て下さいよ。俺はきょうは、原因やとか結果やとか、あの世とかこの世とか、死んでは生まれ、死んでは生まれなんて、ややこしい話なんかしたくないんや。とにかく寝たいんです。人間が死ぬのは、あたりまえや。そんなことどうでもええんや」

それから哲之は、もう何を言われても返事をしないと念を押して目を閉じた。それなのに磯貝は、

「なんで、人間は死ぬんやろ」

と話しかけてきた。哲之はうんざりして三たび起きあがり、磯貝と向かい合って坐った。

「頼むから、そんな話、やめてくれよ。『不如帰《ほととぎす》』の浪子やあるまいし、人間はなぜ死ぬのでしょうなんて訊かれても俺にはわからん」

「不如帰……。お前も古いこと知ってるんやなァ」

磯貝の忍び笑いが蒸し暑い部屋の中に響いた。哲之は笑わなかった。彼は怒りを

込め、声を殺して、ささやき声で怒鳴った。

「人間が死ねへんかったら、この世はいったいどうなるんや。六百八十歳とか千三百六十歳とかの爺さんや婆さんが、うろうろしとったら、気持が悪うて、もう何とかして死にたいと思うぞォ。それに、何をしても死ねへんとなったら、人間には怖いもんがなくなって、ただもう欲望だけのお化けになってしまうがな。世の中、無茶苦茶になるぞ。とにかく死ねへんのやからなァ。悪いことして、手に入れたいものを力ずくで奪い合って……。それやったら、もう人間やないがな。畜生や」

哲之はそんなことを喋っている自分が馬鹿らしくなって、わざと大きく溜息をつき、もうこれ以上は絶対に話に応じないと磯貝に言い含めて、横になった。

「俺、妹が可愛いてなァ……」

磯貝は言った。哲之は知らぬふりをして目をつむっていた。

「お袋までが、親父とおんなじ死に方をしたとき、俺、妹のやつ、気が狂うかも知れんと思た。あいつ、元気を取り戻したのは、やっと最近のことや」

磯貝は哲之の肩を揺すった。

「なァ、井領。俺の妹、美人やぞォ。あれだけきれいな女の子は、そうざらにおらんぞ」

「兄貴の欲目や」

言ってから、哲之はしまったと思った。また話に応じ返して、磯貝の相手をしなければならぬはめになったと思ったが、それきりいつまでたっても磯貝の口からは次の言葉が出てこなかった。

哲之はふと、死が確実に行く手に待ちかまえているからこそ、人間は、何がいったい幸福であるのかを知るのではなかろうかと考えた。死があるからこそ、人間は生きることが出来るような気がしてきたのだった。彼は母の匂いを思い出した。生前の、父にまつわる楽しい思い出が、波のように、心の淵に押し寄せてきた。陽子のふくよかな微笑と清潔な体が哲之を包んでいた。アパートに帰り着いて、キンに餌を与えたあと、パンツ一枚になってビールを飲むときの、心のほどけていくような感覚が甦った。それらはみな、いまの哲之にとっては幸福と呼べるものであった。死があるから、人間は幸福を感じるのだと、哲之は胸の内でつぶやいてみた。そんなふうに考えたのは初めてのことであった。それはあたかも何物とも知れぬ大いなるもののささやきであるかのように、彼の中でこだました。すると、いっそう幸福というものの正体が姿をあらわしてきた。

だが哲之は、それを明瞭に見つめることは出来なかった。哲之の心にふいに湧きあがった想念は、おぼろな姿をちらつかせて、やがて消えて行った。前の世、次の世、前の世、次の世……。その言葉は、初めのうちはけし粒ほどの火であったが、次第にめらめらと噴きあがって、夥《おびただ》しい刺みたいな火を盛んにまき散らす炎となった。その火に勢いを与えたのは、哲之が以前見た不思議な夢であった。その夢が、果てしない燃料となって炎の下に横たわっていた。ほんの四十分ほどのまどろみの中で、自分が蜥蜴になって何百年間も生きては死に、生きては死んでいた夢は、哲之の閉じている目を、魔術師の手先に似た力で、柔らかく、しかし強靭な力でこじあけた。

あの夢を見たのは、確か、小堀という取り立て屋があらわれて、自分の鼻と唇をなぐりつけて帰って行った夜のことだったな、と哲之は思った。そう思って、闇の中でキンの姿をさぐった。そこには一本の細く光る線があった。目に見える光が、どこかからキンの体を照らしている。そう思うと、哲之は、柱に釘づけにされて生きつづけているキンが、あえて自分につかわされた何物かの使者であるような気がしてきた。哲之は烈しい歓びを感じて、思わず声をあげそうになった。けれども、その歓喜ともいえる感情は、次の瞬間には恐怖に変わっていた。

哲之は、もしかしたら、キンがつかわされたのは、次の世に自分が蜥蜴に生まれるのを教えるためではなかろうかと考えたのである。大いなる何物かが、その予告のためにキンを、電灯のないアパートの狭い一室の、四寸角の柱にそっと置いたのだ。そうでなければ、こんな小さな蜥蜴が、太い釘に体を射抜かれたまま、何ヵ月も生きつづけているはずがない。そのうえ大いなる何物かは、蜥蜴になって何百年も生死を繰り返している夢を見させただけではなく、前世と来世の存在を信じている磯貝という男までこの部屋につれて来た。哲之はそう思った途端、身を起こし、横たわっている磯貝を見降ろした。そして言った。

「もし生まれ変わるとしても、人間に生まれるとはかぎらへんでェ」

磯貝は眠りに落ちかかっていた様子で、

「どないしたんや」

と迷惑そうなくぐもった声でつぶやいた。哲之は、自分の見た夢を磯貝に話して聞かせた。

「そやけど、目が醒めて時計を見たら、たった四十分しかたってなかったんや」

「なんや、夢の話か……」

磯貝は寝返りをうち、哲之に背を向けた。

「蜥蜴になって、何百年も生きたり死んだりしてた俺も、目が醒めて、唇の傷を舐めてた俺も、おんなじ俺やった。なあ、不思議やと思えへんか?」

「そら、おんなじに決まってるやないか。あたりまえや」

「あたりまえやということが、俺には怖いんや」

眠りたがっている磯貝に、哲之はなおも語りかけた。

「磯貝さんは、この次も、また心臓の病気を持って生まれて来るのやないか、また両親が電車に轢かれて死ぬんやないかと思てるみたいやけど、人間に生まれへんかも知れへんでェ。そのほうが、もっと恐ろしいやろ？」

磯貝は返事をしなかった。自分からややこしい話を持ちかけておいて、勝手なやつだと哲之は腹が立ったが、磯貝の体のことを考えると、これ以上眠りをさまたげるのははばかられた。

「俺、あしたは早出や。八時にホテルに入らなあかん。大阪駅までの道順を教えてくれ」

磯貝が言った。哲之は道順を教えてから、自分も一緒に大阪駅まで出るつもりだからとつけ加えた。

「朝の八時に大阪駅まで出て、何をするねん」

そう言われてみれば、陽子と逢うのに、朝の八時は早過ぎると思った。

「俺、勝手に井領の部屋から出て行くから、ゆっくり寝とけよ」

やがて、磯貝の寝息が、規則正しいリズムで伝わってきた。哲之は、ひょっとしたら今夜、またあの夢を見るのではなかろうかと思った。眠りたくなかった。こんどこそ、永劫《えいごう》に目醒めぬまま、蜥蜴になってしまいそうな気がしたのだった。

哲之は、明け方近くまで目をあけていたが、うっかり目を閉じてかすかな涼気を足の先や肩口に味わっているうちに眠ってしまった。目醒めたのは昼の十二時を少し廻ったときで、磯貝の姿はなかった。彼は慌てて顔を洗い歯を磨き服を着ると、

「ちょっと待っとけよ。すぐに帰ってくるからな」

そうキンに言ってアパートの階段を走り降り、夏の日盛りの道を急いだ。両脇は雑草の生い茂った空地がつづいていた。いつも、公衆電話のボックスに歩いて行くのは夜だったから、街路灯ひとつない道の両脇にいったい何があるのか哲之にはわからなかったが、その日初めて、彼は延々とつづく道が、何かの工場の広大な空地に挟まれていることを知った。錆《さ》びた鉄骨が等間隔に立っていた。そのうちの一本に赤いペンキ文字で〈山岡工業の計画倒産を糾弾する〉と書かれていた。

痩せたひまわりが、咲き終わったのかこれから咲こうとしているのか判別出来かねる弱々しい半開きの花弁をつけて弓なりにしなっていた。哲之は、公衆電話のボックスに辿り着いてから、今は昼間なのだから、なにもここまでこなくても、アパートの近くの雑貨屋に赤電話があったのだと気づき、汗をぬぐいつつ舌打ちをして太陽を見た。

公衆電話のボックスの中は、あたかも室《むろ》のようで、受話器は熱して長く持っていられなかった。蚊の死骸が、消しゴムの屑みたいに、電話帳を置く棚の上に溜まっていた。陽子はいなかった。きょうは少し遅くなるかも知れないと言って出かけて

行ったと、陽子の母は伝えた。

「ことしの夏休みは、アルバイトはせえへんのですか？」

哲之が訊くと、陽子の母は、

「ええ、そのようですよ」

と答えた。その口振りで、哲之ははっきりと何か自分に対して隠し事があるのを悟った。

彼はアパートの部屋に戻り、冷たい牛乳を飲んだ。自分以外の男が、陽子の周辺にいるとしか考えられなかった。それ以外、陽子と陽子の母が自分に隠さなければならぬ事柄はないはずだった。哲之は胸苦しくなり、じっとしていられなかった。ほとんど無意識に、哲之はコップに水を入れ、スプーンを片手にキンの傍に行った。

「キン、クリムシばっかりで、もう飽きたやろ？　たまにはコオロギとか、蝶々の幼虫とかを食べてみたいと思えへんか？」

哲之はキンが舌を出そうとしなくなるまでいつまでもクリムシを与えつづけてから、いま自分はピンセットを使わずに、クリムシを指でつまんでキンの鼻先に差し出したと気づいた。キンは、もうまったく自分を恐れていない。そう思うと同時に、自然に彼の指はキンの頭や下顎やらを撫でていた。キンはあばれなかった。まるでそうされることを待ちうけていたかのように、哲之の指先での愛撫に身をゆだねていた。哲之は哀しくなった。人間の愛撫を許さざるを得ないキンが哀しかった。

押し入れを開き、道具箱から切り出しナイフを出した。キンを殺そうと思った。素早く首を切り落としたら、キンは苦しまずに死ぬだろう。哲之は切り出しナイフをキンに近づけた。

「キンちゃん、俺は来世は蜥蜴になるよ。蜥蜴になったら、もう二度と人間にはなられへんやろ。人間に生まれる原因を作ることなんか、蜥蜴に出来っこないもんな。いっぺん蜥蜴になってしもたら、もうそれこそ永遠に蜥蜴のままや。陽子には他に好きな男が出来たんや。きのうの陽子の顔に、ちゃんとそう書いてあった。陽子は嘘をつくの、へたくそやから、あいつ、俺に逢いに来たんや。俺は親父の借金を、これから何年間も毎月返済していかんとあかん。お袋も、お天気屋の芸者あがりのおかみさんにこき使われて、命をすりへらすやろ。楽しいことなんか何にもあらへん。あの小堀も、刑務所から出たら、俺に仕返しをするにきまってる。キンちゃんが生きてたら、俺は辛いだけや。キンちゃんは、生きてることで、俺に仕返しをしてるんや。俺もキンちゃんも死んでしもたらええんや」

喋っているうちに、哲之は本当にキンを殺して自分も死のうと考え始めていた。風ひとつないアパートの一室の熱気が、刻一刻と自分を別の人間にして行くような気がした。陽子のあのふくよかな微笑を喪うことは、同時に自分から幸福の根源が消え去ってしまうのと同じなのだと思えた。死ぬ理由などないに等しかった。哲之は、自分を取り巻いている不幸など、他の苦しみつつ生きている多くの人々から見ればじつに馬鹿げたことであるのを知っていた。けれども哲之は死にたいと思った。

暑さが、眼前のキンの姿が、もはや遠くにある陽子の心と体が、たいした額でもない借金が、哲之の右手に持った切り出しナイフの刃先に集まって、さあ早く、さあ早くと誘っていた。

「お前なんか死んでしまえ」

哲之はキンに向かって叫んだ。キンが突然もがいた。釘づけにされているのに、柱をよじのぼろうとして手足を懸命に動かしていた。首を左右に振り、しっぽを、どぶ川の中のボウフラのようにくねらせた。哲之は泣いた。泣きたくもないのに泣いてみたのである。すると本当に涙が出て来た。

哲之は切り出しナイフを畳の上に投げ捨て、部屋から走り出て階段を降り、さっきの道を駈けて行き、雑草の群落の中にわけ入った。セイタカアワダチソウの黄色い花粉が舞いあがり、カやハエや名も知らぬ羽虫が、磁石に吸い寄せられる鉄粉みたいに浮上した。猛烈な暑さが、哲之の首のうしろと背を焼いた。

バッタがズボンの膝の部分に飛びついた。彼はそれを片方の掌の中に入れた。何かが顔に当たった。哲之にはそれが巨大に変異したノミのように思えた。彼はその見事な跳躍力を誇示する昆虫を追って草叢《くさむら》にもぐり込んだ。哲之はその昆虫をつかまえるのに十分近くかかった。やっと掌で押さえつけた昆虫が間違いなくコオロギであることを確かめてから、彼は道に出た。左手にバッタを、右手にコオロギを大事に包み込んで、哲之は何度もくしゃみをしながら、とぼとぼと帰って行った。

「おいしいほうはあとから食べるんや」

そう言って、先に、まだ小さなバッタをキンの鼻面に持っていった。キンがバッタをその舌に絡めたのは、二、三分たってからだった。クリムシを入れてある箱にコオロギをしまうと、哲之は服を脱いだ。先月、電器屋の主人に頼んで安く売ってもらった新品だが型の古い洗濯機に、身にまとっているものをすべて投げ入れた。額や首筋にセイタカアワダチソウの花粉とか羽虫とかがこびりついていた。それは耳の穴にもへその穴にも入り込んでいた。彼は濡れタオルで丹念に拭き取り、パンツだけ穿くと、自分の食事の用意にかかった。

キンを殺そうという考えは消え、自分も死のうという思いも忽然と去っていた。それにとってかわって、陽子を断じて奪われまいとする強固な意志が、哲之の心のすべてを占めていた。食事を終え、キンにもう一度水を与え、霧吹きでたっぷりとその体を湿らせてから、哲之はアパートを出た。

駅までの一本道を歩きながら、磯貝に言った言葉を思いだした。――俺はこの世のことしか覚えてない。この世は一回きりで、前も後もあらへん。死んだら、それで何もかも終わりや――。自分の指先の愛撫に身をゆだねたキンの、哀しみに満ちた姿は、なぜかその言葉を無言で否定したものであったように感じた。

## 六

コインロッカーが並び、鉄道公安官の詰所と旅行代理店の出張所が隣接している暗い駅の構内のはずれに、五十台近い赤電話が設置された場所があった。そこには冷房など施されてはいず、人がひしめき合って、それぞれ送話器に向けて言葉を発していた。

哲之は、いっとき、それらの、電話をかけている人々を見ていた。目を吊りあげて叫んでいる男もいれば、コードに指をからめ、笑いながらひそやかに話し込んでいる女もいた。パンフレットに見入って、何かの商品の価格を相手に伝えているセールスマンらしき青年もいた。何度かけても話し中なのか、ダイアルを廻し終わるたびに、受話器を叩きつけて唾を吐いている労務者風の男もいた。なんと孤独な風景であろう。哲之はそう思った。ここは、巨大な駅の中で、最も騒然とした、最も孤独な場所だ。こんなところで母に電話をかけることに、哲之は不安を感じた。ポロシャツの背の部分が、汗で濡れて肌にへばりついていた。コインロッカー、何十台もの赤電話、機械をとおして他者と話をしている人々、真夏の熱気……。

彼はそこから離れ、中央口の地下道を降りて一軒の喫茶店に入った。アイスコーヒーを註文してから、店の隅にある赤電話のダイアルを廻した。そこはちょうど大きな冷房機からの冷風がまともに吹き当たる場所で、ほんのつかのまの心地よさが去ると、こんどは汗まみれの体のあちこちに鳥肌がたって来た。

母の声には力がなく、哲之が理由を訊くと、

「ちょっと、夏バテや。ことしは暑いなァ」

という返事が返って来た。

「お前は元気か?」

「うん、元気やでェ。三度三度、ちゃんと食べてるし、仕事が終わったら、アパートに帰って、充分睡眠もとってる」

「何かあったんか?」

一呼吸おいて、母がそう言った。

「何にもあらへん」

「何にもないのに、お母ちゃんに電話をかけてくるのかいな。お前も夏バテやな」

必ず昼の十二時に、電話をかけてよこすようにという母の言葉を守ったのは、

別々に暮らし始めた最初のころだけで、哲之はそれ以後は三日か四日に一度、それも用事のあるときだけに限って、〈結城〉に電話を入れるのである。

「陽子さんは、ことしもデパートでアルバイトしてはるのんか？」

「うん」

母が口をつぐんだので、哲之も黙っていた。やがて、もう少しの辛抱だ、来年の春になったらまたお前と一緒に暮らせるようになる。母はそんな意味のことを言って電話を切った。哲之は母の口調から、陽子に関して、自分の知らないことを、母は知っているのではなかろうかという気がした。

その日は三時にホテルに入り、島崎課長に、どうしても用事があって九時に帰らせてもらいたいから、その代わりにいつもより二時間早く出勤した由を伝えた。島崎は了解してくれた。哲之は磯貝の姿を捜した。ボーイの詰所で、磯貝のタイムカードをみると、早番で朝の八時に出勤した磯貝は三時ちょうどに仕事を終えていた。ロッカールームに行けば、まだ磯貝はいるかも知れないと考えて、彼は調理場とランドリーに挟まれた、夏は摂氏六十度にもなるという通路を走り抜けた。鶴田がボーイ服に着換えているところだった。

「磯貝さん、もう帰りはりましたか？」

「いま出て行ったとこやでェ。逢えへんかったか？」

鶴田は言ってから、口笛を鳴らしながら、ブラシで丁寧に頭髪を整え、哲之に見向きもせず、ロッカールームから出て行った。そしてすぐに戻って来て、井領くん、と笑顔で話しかけて来た。鶴田が哲之をくんづけで呼んだのは初めてだった。

「さっき島崎課長から聞いたんやけど、来年からこのホテルに正式に就職するて、ほんまか？」

「そうしたらどうかって勧めてくれてはりますけど、ぼくはまだどうするか決めてないんです」

するとの鶴田は、このホテルは就職した最初の年は給料も他の会社より二、三割多いけれど、基本給の額が低いため、それ以後の昇給もボーナスも少ないこと、ホテル業界もますます過当競争になり、昨年の秋ぐらいから客が減っていること、上司に意地の悪い連中が多く、働き辛い職場であることなどをまくしたて、別の業種に就職すべきだと、いやに執拗に勧めた。

「とにかく、ずるい給料システムになってるんや」

哲之はこのホテルにアルバイトで働くようになってまだ五ヵ月もたっていなかったが、高校を出ただけの社員と、大学卒の社員とのあいだに、昇格の点でも昇給の点でも大きな差があることを知っていた。鶴田は哲之とおない歳だったが、高校しか出ておらず、もし哲之がこのホテルに就職したら、三年もすれば自分が哲之に顎で使われる立場になるのを予測しているのだろう。哲之はそう考えた。そうなると、哲之に対して何やかやといやみを言ったり、ずるく立ち廻って来た鶴田は、予想もしていなかった報復が返って来るのではないかと心配しているのだ。

「まあ、九分九厘、このホテルに就職しようかと思てるんですけどね」

五分五分というのが本音だったが、哲之はわざとそう言った。そう言っておけば、これからの鶴田の自分に対する態度が変わるだろうと思ったのだった。

「俺は、やめたほうが、井領くんのためやと思うけどなァ……」

鶴田はそう言って扉を閉めた。哲之はどうでもよかった。いま彼の心の中は陽子のことがすべてを占めていた。もし、陽子に、自分よりも好きな男が出来て、すでにその男の胸に、あの美しい体をすりつけていたら……。そう考えると、哲之は胸がふさがるような思いで、頭をかかえてロッカールームのリノリュウムの床にうずくまってしまいそうになるのだった。

その日の、哲之が部屋に案内した客はみなチップをくれた。そんなことは初めてで、彼は硬貨で重くなったボーイ服のズボンのポケットを、音がたたないようずっと押さえてロビーに立っていた。

仕事を終えると、哲之は阪急電車に乗って、武庫之荘駅で降りた。駅の時計は九時四十分をさしていて、遅くなるといっても、もう帰っているはずだと考え、駅前から陽子の家に電話をかけた。けれども陽子はまだ帰宅していなかった。彼は住宅街のほぼ真ん中にある陽子の家の前まで行き、電柱に凭れて、陽子の帰りを待った。一時間が過ぎたころ、タクシーが停まって、陽子が降りて来た。哲之は去って行くタクシーに目を凝らした。客席には誰もいず、陽子がひとりで帰って来たのを確認して、彼は少しほっとした。小走りで家の前に来た陽子が、哲之に気づいて足を停めた。

「どうしたの？　哲之……」

「どうしたの？　陽子……」

哲之は、陽子がタクシーを降りて小走りで家に近づいて来たときの身のこなしや、自分に気づいた瞬間の表情で、予想がまず間違いないものであることを悟ったのだった。

「いつまでも隠してても、しょうがないやろ？　どっちみち、結論を出さんとあかんねんから」

陽子はただ無言で哲之の顔を見つめるばかりだった。

「どんな人や。俺とおんなじ学生か？　それとも俺よりずっとおとなの金持ちか？」

それでも陽子は口を開かなかった。哲之は電柱に凭れたまま訊いた。

「きのう、俺と別れて、その人とどこへ行ったの？」

「映画を観たの」

「それから？」

「食事をして、帰って来た……」

「きょうは？」

「京都へ行ったの」

「その人のことを好きになったんやな」

陽子は目をそらせ、小声で言った。

「もし、哲之と結婚せえへんのやったら、その人と結婚したいなァって思う」

「そんなややこしい言い方をするなよ。それは、俺よりも、その人と結婚したいということやないか」

陽子はかぶりを振った。

「そうと違うの。哲之と結婚せえへんのやったら、その人と結婚したいなァって、私、そう思てるの」

哲之にはわかるようでわからない陽子の言葉であった。哲之は駅に向かって歩きだした。陽子がうしろからついて来た。

「その人、歳は幾つ？」

「二十八」

「どんな仕事をしてるの？」

「建築デザイナー。ことし、自分の事務所を持って独立したの」

　哲之は振り返って立ち停まり、

「そら、俺と結婚するよりも、よっぽどええよなァ」

　と本心から言った。

「私、そんなことで、哲之とその人とを比べたりしてへん」

「比べたりせんとこと思てるだけや。そやけど陽子は心のどこかで、やっぱり比べてるよ。そしたら、自然に、俺よりもその人のほうに傾いて行く。俺が陽子でも、そうなると思うなァ」

　小さな公園があったので、ふたりは中に入って行き、ブランコに並んで腰を降ろした。哲之は少しのあいだためらったが、その人ともう逢わないで欲しいと陽子に頼んだ。就職も決まっていないし、大学を卒業しても何年間かは父の借金を払っていかなければならぬ。けれども、自分は頑張って頑張って、必ずこの男と結婚してよかったと思えるようにしてみせる。自分は陽子が好きだ。たぶん陽子自身すら知っていないくらい、自分は陽子が好きだ。その人とはもう逢わないで欲しい。哲之はこれ以上必死な喋り方は出来ないに違いないと思えるほどに一心に陽子に言った。

「私、いまは、そんな約束、でけへん」

ひとことひとこと区切りながら、陽子はブランコの鎖をつかんで弱々しく答えた。

その言葉は杭打ち機みたいに落ちて来て、哲之が懸命にひきずり出そうとしている冷静さを、心の土中に埋没させた。

「なんでや。ほんのこないだまで、陽子は俺だけを好きやったはずやろ？　なんで、急にこんなことになるねん」

「私、嘘はつかれへん。もう逢えへん言うて、嘘をついて、その人に逢うのはいややもん。そやから正直に言うたのよ。しばらく私の好きなようにさせて欲しいの」

いやいやをするような仕草で首を振りつつ、陽子は泣きながら言った。

「しばらくて、いつまでや」

「……わからへん」

駅に電車が停まるごとに、改札口を出て来る人の数が減っていった。酔っぱらいが、こら、なにをいちゃついとんねんと呂律《ろれつ》の廻らない口で叫んでどこかへ消えて行った。

「俺を好きやろ？」

陽子は大きく頷いた。

「その人も好きなんか？」

こんどは小さく頷いて、陽子は、

「自分でも、自分の気持がわからへん」

とつぶやいた。哲之は線路の向こう側の、マンションや貸しビルの並ぶ地域で、場違いな電飾板を煌々《こうこう》と灯しているラブホテルの屋根を見つめた。

「その人とは、どのへんまで行ってるの？」

陽子は顔をあげ、

「映画を観たり、食事をしただけよ」

と言って、哲之を見つめた。哲之には信じることは出来なかった。彼はブランコから立ちあがり、ラブホテルを指差して、

「いまから、俺とあそこへ行けるか？」

と訊いた。陽子は首を縦に振って立ちあがった。

踏切を渡り、駅の南側に廻ってラブホテルの前まで行くと、哲之は決して歩調をゆるめぬまま中に入った。案内係がひとことも口をきかずふたりを部屋に導き、ドアを閉めて姿を消してしまうと、哲之は陽子をベッドの上に押し倒した。哲之が陽子の唇を嚙むと、陽子もそれに応じ返した。アパートの哲之の部屋でふるまうのと同じ体の動きであり、反応であった。そして同じ歓びの声をいつもより少し抑えぎみに洩らして、哲之にしがみついた。哲之はそんな陽子の顔を、じっと上から覗き

見ていた。陽子が閉じていた目をうっすらとあけたので、哲之はもう一度、その人ともう逢わないでくれと言った。陽子は自分の体を完全に哲之のものにさせたまま、

「私、その人とも、逢いたい」

と言った。哲之の心に、戦慄に似たものが走った。叫び声をあげそうになったが、かろうじて押しとどめ、陽子から体を離して、さっさと身支度を整えた。

「哲之、先に出てね。一緒に出て行くの、恥かしいから」

その陽子の言葉に何の返事も返さないまま、哲之は安普請のラブホテルの階段を降り、帳場で金を払い、つれの者はもう五分もしたら出て来るからと言って表に出た。

彼は走った。踏切の警報機が鳴っていた。切符を買い、向かい側のホームへの階段を駈けのぼり、発車寸前の電車に乗った。いつもは拒んで、最後のときは必ず避妊のための用具をつけさせるのに、きょうは、陽子は自分の体液を体の奥深く受け容れた。今夜の陽子は平静ではなく、うっかり忘れていたのだろうか。それとも、わざとそうしたのだろうか。哲之は電車の座席に坐ってうなだれたまま考えつづけた。狐につままれているような心持ちであった。

梅田駅に着いたのは十一時四十分で、もう住道を通る最終の電車には間に合わなかった。母のところに行こうか、それとも中沢のところで泊めてもらおうか迷った

が、足は自然に母のいるキタ新地に向かって動きだした。

新地の本通りの手前で、彼はキンのことを思い出した。きょうはことのほか暑かったから、水も与えず、冷たい風にも当ててやらなかったら、朝までに死んでしまうだろう。哲之はポケットの中の金をかぞえた。ラブホテルの料金が予想外に高かったので、ポケットには六百円と少ししかなかった。きのうの夜、磯貝が支払ったタクシー代は確か三千二百円だったなと思った瞬間、そうだ、きょうはたくさんチップを貰ったのだ。あの数十枚の百円玉はボーイ服のズボンのポケットに入れたままだ。哲之はそれに気づいて、来た道をまた戻って行った。

ホテルの裏の従業員用の出入口からロッカールームまでの高熱の漂う通路を走り、自分のロッカーの鍵を外して、ボーイ服のズボンから硬貨をつかみ出した。百円玉が三十三枚、それに五百円札が一枚入っていた。このホテルにページ・ボーイとして働くようになってから四ヵ月以上たつが、すべての客がチップをくれたのは初めてで、またそれは滅多にあることではない。そう考えると、哲之はあたかもキンが、自分の身を守るために、神通力を送って、客たちの心をあやつったのではなかろうかという気さえしてきたのである。

哲之の乗ったタクシーは個人タクシーで、いかに運転手が己の商売道具を大切にしているかを感じさせるシート・カバーや足元のマットの清潔さに気づいて、彼は自分の汚れた安物の靴をそっとぬいだ。そして靴を裏返し、マットの端に置いた。

「そんな、靴なんかぬぎはらんでもよろしおまっせ」

運転手が笑って言った。まさか足元までバックミラーに映るわけはあるまいに、なぜこの運転手は、自分が靴をぬいだのに気づいたのだろうと哲之は思ったが、その理由は訊かず、

「あんまり汚ない靴やから、汚したら悪いと思て……」

と言った。

「マットなんか、あとで洗うたらすむことでんがな。金を払うて乗ってるお客さんや。そんな遠慮しとったら、世の中、生きていけまへんでぇ」

「……はあ」

「住道いうたら、確か阪奈道路のほうへ真っすぐ行って、赤井の交差点を過ぎたあたりでしたなァ」

「そうです。赤井の交差点を過ぎたら、ちょっとわかりにくい道を曲がりますから」

「あのへんは、やれ大雨や、やれ台風やいうたら、すぐに街中が水びたしになるとこでんなァ。とにかく下水処理が出来てないところでっさかい、台風のあとにお客さんを運んで、途中で動けんようになったことが二、三回おまんねや」

運転手はしきりに話しかけてきた。哲之は生返事をしながら、陽子の言葉を胸の内で反芻《はんすう》した。哲之に抱かれたまま、「私、その人とも、逢いたい」陽子はそうはっきりと言ったのである。しかも陽子は、哲之に抱かれているときは、あのいつもとまったく変わらない、愛情のしるしを示していた。いささかの躊躇《ちゅうちょ》も、いささかの嫌悪も、その表情や体のどの一点にもあらわさず、哲之の愛撫に、自分の愛撫を重ね合わせてきた。それなのに、もうひとり心魅かれる男がいて、その男とも逢いたい、しばらく好きなようにさせて欲しいという。

もし陽子が、街やキャンパスでいくらでも見かける美しいだけの娘だったら、哲之はこんなにも茫然たる思いにひたりはしなかったはずだった。陽子はいまどき珍しいくらいの気品と潔癖さと優しさを持った娘で、知り合って三年近く、それは少しも変わることはなかった。そしてある日突然、自ら身にまとっているものを脱いだのだ。それは、陽子がもうすべてを決めたからではなかったのか。哲之はそう考え、ついさっき、公園で陽子と話し込んでいたことも、ふたりで初めてラブホテルなどに入ったことも何かの幻覚ではないのかと思ったほどであった。

彼はラブホテルの一室の構造を思い出そうとしたが、どうしても頭に浮かんでこなかった。ベッド・カバーの色も、カーテンの色も、壁紙の柄も、思い出せなかった。ただ陽子の体の熱の名残りが、哲之の体の一部を一枚の膜みたいにくるんでいた。

た。

大学には幾組かのカップルがいた。だがその中にあって、哲之と陽子は、学友たちから特別の目で見られていた。他のカップルはともかく、あのふたりが別れるようなことがあったら、俺は男と女のつながりはもう永久に信用せんぞと、ラグビー部の誰かが言ったという言葉を哲之は思い浮かべた。

「あの信号の手前の道を右に曲がって下さい」

と運転手に言った。

「ひと山越えたら奈良でんなァ。いまでこそ、建売りの家がずらっと並んでるけど、昔は、ここらは辺鄙《へんぴ》ないなかでねェ。住道の次は野崎っちゅう駅でっせ。知ってはりまっか?」

「ええ、名前だけは」

「名前だけ。そらそやろなァ。名前ぐらいしか知りはれしまへんやろ」

そう言ってから、運転手はこぶしをきかせて歌いだした。

「野崎参りィはァ、屋形船でェ、まいィろゥ……。ちゅう歌がおましてなァ、昔は、大阪から屋形船をくり出して、芸者衆を乗せて、弁当持ちで野崎の観音さんにお参りしたもんだす。いまはあんた、川にはヘドロが溜まってる。川沿いには工場が密集してる。屋形船でまいろうってなぐあいにはいきまへんなァ」

哲之は、タクシー代を三十数個の百円玉で支払った。

「なんやしらん、貯金箱の中をかっさろうて、タクシー代をつくったっちゅう感じでんなァ」

「まあ、そんなとこです」

運転手が、どこかに優しさの漂う笑顔を向けたので、哲之もつられて微笑を返した。彼はアパートの階段を足どり重くのぼって行った。部屋に入り、蛍光灯のスウィッチをひねって、思わずあっと声をあげた。キンがだらりとのけぞって、顎や腹を天井に向けていたのだった。

「キンちゃん」

と叫んで、哲之は指先でキンの鼻の頭をつついた。わずかにしっぽが動いた。まだ死んではいない。

哲之は大急ぎで窓をあけ、扇風機の風をキンに当ててから、氷水を作り、霧吹きで水をかけた。いつもの何倍も冷たい水を吹きかけたので、キンのしっぽの先から幾筋もの水が柱を伝って流れ落ちた。五分たっても、十分たっても、キンは釘で貫かれた体の中心部から上をのけぞらせたままだった。

哲之は台所のあちこちを捜し廻って、やっと一本のストローをみつけだした。コップに入れた水の中にストローを突っ込み、上の部分を指で押さえた。そしてキンの口の両脇を親指と人差し指で挟んだ。キンの口がかすかに開いた。哲之は少しずつ少しずつキンの口の中に水を落とした。水滴はほとんどキンの喉を通らず、哲之の指を濡らすばかりだったが、それでもごく微量の水がキンの干涸《ひから》びた体に滲透していくのか、やがて手の指が動き始め、弓なりにのけぞっていた体が徐々に真っすぐになって行った。

仮死状態だったキンがなんとか元気を取り戻したのは、それから一時間近くがたったころで、それまで哲之はストローで口の中に水滴を落としたり、霧吹きで氷水を吹きつけたり、扇風機の角度を変えたりして、なんとかキンを甦らせようと思いつく方法のすべてを講じて、台所とキンのいる柱のところを、行ったり来たりしていた。キンが、哲之の差し出すスプーンの中の水を自力で飲めるようになるのに、まだそれから三十分もかかった。

「きょうは死ぬほど暑かったし、俺、帰って来るの、いつもより二時間も遅かったからなァ」

と哲之はキンに言った。キンは舌で水は飲んだが、クリムシは食べようとしなかった。

「キンちゃん、コオロギがあるでェ。好物やろ？」

昼間、セイタカアワダチソウの群落の中を這いずり廻って、やっと一匹つかまえてきたコオロギの長いうしろ足をつまんで、キンの鼻先に持って行った。キンは赤い舌を出したり引っこめたりするだけで、それも食べようとはしなかった。哲之は、キンがこのコオロギを食べるまで起きていようと心を決めた。

「井領さん」

という男の声と同時にドアがノックされた。哲之は自分の顔から血の気がひいていくのを感じた。小堀の仲間がやって来たのではないかと思ったのである。

「井領さん、もうお休みですか？」

その言い方は、ならず者の口調ではなかった。彼は手に持ったコオロギを掌の中に包み込み、

「どなたですか？」

と訊いた。

「警察の者《もん》です」

ドアをあけると、いつぞやの中年の警官が立っていた。

「夜分、すみませんねェ」

「あのォ、蚊が入りますから、どうぞ中に入って下さい」

哲之は言って、警官があがり口に腰を降ろすと素早くドアをしめた。

「あれから変わったことはありませんか？　あいつの仲間が来たとか……」

哲之は、ないと答えた。すると警官は制帽をぬぎ、ハンカチで額の汗をぬぐってから、

「あの小堀っちゅう取り立て屋ねェ、調べてみると、案の定、余罪がぼろぼろ出て来ましてなァ。恐喝、暴行、ブルー・フィルムの密売、そのうえ覚醒剤の運び屋までやっとりました。まあ、七、八年は出てこれませんやろ」

言い終わった途端、警官は眉根に皺《しわ》を寄せ、怪訝そうに部屋の一角を見つめた。

「あれは何ですか？」

哲之はうっかりキンを隠すのを忘れたのだった。見られた以上は、正直に言うしかなかった。

「蜥蜴です」

「蜥蜴……」

「釘で、柱に打ちつけてあるんです」

「何ですてェ？」

警官は啞然とした表情を哲之に向けた。こうなったいきさつを、哲之はかいつまんで話して聞かせた。

「それで、ちゃんと生きてますのか？」

「きょうはものすごう暑かったし、ぼくの帰りがいつもより遅かったから、もうほ

とんど死にかけてたんですけど、いまやっと元気になりました」

「私、こんなん、初めて見ました」

「ぼくも、なんであの釘を抜いてしまわれへんのか、わからんのです。釘抜きを引っかけて、ぐっと力を入れたら、それですむことやのに、抜いたら、あいつ、死んでしまえへんやろかと思て……」

　警官はずっとキンに目をやったまま、

「うちの息子はハムスターを飼《こ》うとります。小さいときから動物を飼うのが好きでねェ。そのくせ、猫とか犬とかを飼いたいとは言いよれへん。小学生のときは蛙とスズムシを飼うとりました。高校生のときは、お年玉を貯めた金で、なんとワニの子供を買《こ》うて来ましてなァ。あんた、なんぼ小そうてもワニはワニでっせ。二ヵ月ほどで動物園に頼み込んで引きとってもらいました。息子のやつ、四、五日、むくれて口もききませんでした。五万円もしたんや言うてねェ。いまはハムスター。それもつがいやさかい、なんぼでも子供生みよる」

　警官が帰ってしまってから、哲之は再びキンの傍に行き、ずっと掌の中に入れていたコオロギを差し出した。キンの舌がなめらかに動き、コオロギを口の中に引きずり込んだ。哲之は、そんなキンを見ているうちに、涙が溢れ出て来た。彼は子供のように声をあげて泣いた。キンが死ななかったことが嬉しくて泣いているのか、陽子が自分以外の男に心を移したことが哀しくて泣いているのか、哲之にはわからなかった。彼は泣きながら、昼間したのと同じように、指先でキンの体を撫でた。キンの喉にコオロギの形をしたふくらみがあった。

## 七

デパートの釣り具売り場でクリムシを買ってから、哲之は地下鉄で本町まで行った。彼は、陽子の口から、哲之以外にもうひとり好きな男がいるということを聞いて以来、ずっとホテルでのアルバイトを休んでアパートの一室に閉じこもっていた。何度、呻き声を洩らしつつ、畳の上でのたうったかわからなかった。二十日《はつか》も休むと、アパート代はおろか、日々の食費にもことかくようになり、哲之は電話で中沢雅見に金を貸してくれと頼んだ。夏風邪をこじらせてずっと体の調子が悪く、働けなかったのだと嘘をついて、中沢をしぶしぶ承知させたのである。

ビル街を歩いて行くうちに、雨が降って来た。はるか遠くで雷の音がした。雨足は早く、たちまち豪雨とも言えるほどに、烈しい音をたてて路面を打ち始めた。哲之は雨に濡れながら、うなだれて歩いた。この雨で、夏が終わりそうな気がした。早く秋になって欲しかった。彼は秋が来るまで、空に鰯雲《いわしぐも》が浮かぶ日まで、陽子とは逢うまいと決めていた。そのころになれば、陽子の中にもひとつの結論が生まれることだろうと思っていたのだった。

びしょ濡れの哲之を見るなり、中沢はテープデッキのスウィッチを切り、

「お前、風邪をこじらせたいうのに、そんなに濡れたらまたぶり返すぞォ」

と言った。そして用意してあった金を手渡してくれた。

「俺に借りるより、甲斐甲斐しい世話女房がおるやろ」

そう中沢は言ったが、哲之は黙っていた。濡れた服やズボンを脱ぎ、タオルを借りて頭や顔を拭いた。それから、哲之はレディ・ジェーンを聴かせてくれと言った。

「えらい気に入ってるんやなァ。俺はもう聴きあきて、ジャケットを見るのもいやや。勝手に聴けよ」

中沢はベッドにあおむけになり、レコード盤を並べてある棚を指差し、右端から四枚目にあるはずだと教えてくれた。哲之は、これまで何度聴いたか見当もつかないレディ・ジェーンのサックスの響きに耳をそばだてて、母のことを思った。母が、一日一日命を縮めて生きているような気がした。中沢の枕元に歎異抄が置かれてあるのを見て、いかにも中沢の読みそうな本だなと思った。

「この何百枚のレコードも、その歎異抄も、お前にとったら、おんなじ物なんやろなァ」

と哲之は言った。

「歎異抄、読んだことあるのか」

「東洋哲学の講義で、無理矢理読まされた。『歎異抄を読んで』っちゅうテーマでレポートを提出したら単位をくれるいうから、邪魔臭い試験を受けんですむと思て読んだんや」

「親鸞《しんらん》は凄いなァ、だんだん凄さがわかってきた」

「どこが凄いんや」

中沢は歎異抄を開き、ページをくって、その一節を声に出して読んだ。

「いづれの行《ぎょう》もおよびがたき身なれば、とても地獄は一定《いちじょう》すみかぞかし」

「それのどこが凄いんや。俺は歎異抄を読んで、生きてることがいやになったよ。人間から生命力を奪う言葉の集積や。人間に、それほどまでに諦観を与えた親鸞は、結局自分自身が敗北者やったんや。いずれはこのビルが自分の物になる金持ちのボンボンが、とても地獄は一定すみかぞかし、とは笑止千万や」

「えらい絡むやないか」

中沢の顔に、滅多に見せない不快感があらわになった。柱に釘づけにされたまま、いまも生きつづけているキンの姿が哲之の心の中でにわかに不思議な光彩を放ち始めた。

「親鸞て、ほんまにこの世に存在したんか？」

哲之のその言葉で中沢は身を起こし、

「お前、アホか。日本史を読んだことないのか。そら歎異抄は、親鸞の言葉をあとから弟子の唯円《ゆいえん》が書き留めた書や。鎌倉初期の僧で、一一七三年に生まれて、一二六二年に死んだ。幼名は松若丸。慈円の門に入って、のちに法然《ほうねん》の弟子になった。歴史の本に明らかやないか」

「歴史なんて、あとからどないでも好きなようにでっちあげられるよ」

「へえ、井領。お前、親鸞が架空の人物やと言うんかい。何を根拠にそう思うんや。聞かせてもらいたいなァ」

「俺は歎異抄を否定してるから、親鸞という人間が、生半可なインテリゲンチアにあんまりにも支持されてるのが不思議なんや。じつにどろどろと人間的過ぎるやないか。浄土宗の開祖の法然は、念仏禁止の令で、焼かれた骨を賀茂川に流された。浄土宗としては、どうしてもその歴史上にカリスマ的なシンボルを作る必要があったんや。そやけど法然は死にざまから考えて、その役にはたてへん」

「シンボルには、わざわざ架空の人物をでっちあげんでも、ちゃんと蓮如《れんにょ》がおるやないか」

「そうや、その蓮如が、親鸞という架空の人物をでっちあげたんや。蓮如は頭が良かった。自分がカリスマにならんと、親鸞を作りあげて偶像化することで、じつにあざやかに自分をカリスマにした。蓮如は政治家でもあったというわけや」

「なかなか面白い推理やけど、あんまり真顔で人には言うなよ。笑われるぞ」

「まあ、どっちにしても敗北の宗教や。百姓に生まれた人間は一生百姓で、惨めな人生をおくる以外方法のなかったあの時代には、この世でのしあわせなんか望めん、とても地獄は一定すみかぞかしっちゅう言葉は説得力があったやろ。そやから念仏を唱えて、死んだのちに西方十万億土の彼方の浄土でしあわせになれるという思想が栄えたんや。その歎異抄を、人並に生きてる人間が、さもわかったような顔で尊重してるのを見ると腹がたってくる。歎異抄は、敗北者のひらきなおりの言葉を、哀愁たっぷりの名文で綴った地獄の書や。それをお前は酒とかレコードの代わりにしてるだけや。心のアクセサリーにして、ひとり悦に入ってるんや。つまりは、浄土思想はその程度の思想やというわけや」

中沢は哲之の傍に来て手を差し出した。哲之はその意味をすぐに悟って、さっき借りた金を中沢の掌に載せた。

「出て行けよ。金を貸してくれた人に言う言葉やなかったみたいやな。敗北者か……。栄養不良の死に神みたいな顔しやがって、口だけは達者やないか。そのぶんやったら、まだ四、五日何にも食わんでも生きてられるで」

哲之は濡れた服を着、ズボンを穿いて、クリムシの入った箱を持つと中沢の部屋から出た。雨はまだ烈しく降っていた。彼はしばらく中沢第二ビルの玄関に立っていたが、やがて再びうなだれて、地下鉄の駅に歩いて行った。歩きながら、陽子から借りたままになっているロレックスの時計を見つめた。朝、ミルクをコップに一杯飲んだだけで、もう夕暮近いというのに、それ以後何も食べていなかった。この時計を陽子に無断で質に入れたら、自分は泥棒になる。哲之はそう思った。

地下鉄の改札口のところにある赤電話に、彼はほとんど無抵抗で歩み寄り、陽子の家のダイアルを廻した。陽子の声が聞こえた途端、哲之はその場に崩れ落ちそうになった。必ず返すから、ほんの少しのあいだ、ロレックスを質に入れてもいいかと訊いた。

「どうしたの？　お金がないの？」

陽子の問いに、哲之は、アパートの部屋代にあてる金が少し足らないのだと答えた。

「哲之、お腹が減ってるんでしょう。お腹が減ってるときの喋り方よ」

彼は黙っていた。どう誤魔化そうかと考えるのだが、陽子には一度も嘘をつきとおせたためしがなかったので、言葉が出てこないのだった。

「ホテルでちゃんと夕食が出るんでしょう？」

「ずっとアルバイトを休んでるから……」

「いま、どこ？」

「本町や。中沢に金を借りに来たけど、ちょっと御機嫌をそこねさせて、借金に失敗した」

いま行くから、国鉄の東口で待っているようにと陽子は言った。

「いやや。陽子とはもう逢いとうないんや」

心とは反対のことを言って、そのくせ哲之は電話を切らずに陽子の次の言葉に耳をそばだてた。

「私、いまから行くから……。東口よ」

電話は陽子のほうから切った。陽子に逢える、そう思っただけで、哲之は生き返る思いがした。けれども、自分の見たことのないひとりの男の姿が、胸に描く陽子の容貌の隣にあって、彼の心に、野良犬が雨にうたれたみたいになっている顔色の悪い貧相な自分を、いま陽子の前にさらけ出したくはないという思いが走った。きっと陽子は、夕食を御馳走してくれ、自分が貰ったお小遣いの半分か、あるいはそのすべてを俺に無理矢理受け取らせるだろう。だが陽子は、まだ俺のもとに帰ってはこない。まだ揺れ動いていて、陽子は二者択一しなければならぬ自分に苦しんでいるのだから。

哲之は切符を買おうとして自動券売機の前で、ポケットの硬貨をさぐった。本町から梅田までは一区間だったが、どのポケットをさぐってみても十円足りなかった。彼は無意識に券売機の並んでいる周辺に目を走らせた。ひょっとして十円玉が落ちてはいないものかと思ったのである。

雨の降る御堂筋に出ると、彼は梅田に向かって歩いた。わざとゆっくり歩いた。陽子は急げば三十分で国鉄の東口に着くだろう。そこに俺が来ていなかったら十五分ほど待ち、「いやや。陽子とはもう逢いとうないんや」という俺の言葉は本気だったのかと解釈して、帰ってしまうに違いない。哲之はそう考えて、ゆっくりゆっくり足を運んだ。それならば、なにも雨にうたれて本町から大阪駅まで行かなくてもいいではないかという思いがあった。

耳たぶからも、鼻の先からも、顎からも、雨の雫《しずく》が伝って落ちた。ポケットからハンカチを出して顔をぬぐおうとしたが、ハンカチも服やズボンと一緒に濡れそぼっていた。淀屋橋を過ぎて梅田新道の近くまで辿り着いたとき、

「入りませんか」

と若い会社員らしい男がうしろから傘を寄せてくれた。

「もうこれだけ濡れたら、いまさら傘に入っても一緒ですから」

哲之は笑顔で言って、ありがとうございますと頭を下げた。男も笑顔を浮かべ、

それもそうだなといった表情で哲之を追い越して行った。普通に歩けば、本町から大阪駅までは三十分程度の道のりだったが、哲之は一時間かけて国鉄の東口の近くまで来て、ちょうど夕方のラッシュ時にあたる改札口の雑踏を垣間見た。陽子が立っていた。陽子は目ざとく哲之をみつけて走って来た。

「どうしたん？　川にはまったみたい」

「傘なしで、本町から歩いて来たから……」

「なんで地下鉄に乗れへんかったの？」

「雨の中を歩いてみたかったんや」

「着換えへんかったら、風邪ひいてしまうわ」

「着換えなんかあれへん」

ハンドバッグからハンカチを出して、陽子は哲之の頭を拭き、顔を拭いた。幾人かの人がふたりに怪訝そうな視線を注いで通り過ぎた。

「私の家に来る？　お父さんの下着とか服があるから」

哲之はかぶりを振って、

「俺が行ったら、もう陽子のお母さんまでがいやな顔をするよ」

と言った。陽子は目を伏せた。そしてすぐに何か名案を思いついたらしく、背のびして哲之の耳元に口を寄せ、

「こないだみたいなホテルに行ったらええわ。そこで服を乾かすのよ」

そうささやいて顔を赤らめた。

「いったい何を考えてるねん」

哲之は悲哀とも苦渋ともつかない思いで陽子を見つめた。

「俺を馬鹿にしてるのか。他に好きな男がおるのに、まだ俺とホテルに行けるのか。結論が出たというのか。その男よりも、俺のほうを選ぶというのか。そうやないやろ？　陽子はまだ迷てるやろ。迷てるどころか、もうほとんど気持は決まったんや。俺よりも、その建築家に決めたんや。そやのに、俺とホテルに行くのか？　いったい陽子て、どんな女やねん」

「服を乾かしに行くだけよ」

陽子は、幼な子がおとなに叱責されたときによく見せる、幾分上目遣いの、いまにも泣きだしそうな顔をじっと哲之に向けていた。それは、陽子が哲之とけんかしたときにしばしば浴びせてくる彼女の表情の中でもとりわけ愛らしいもののひとつだった。

「何にもさせてあげへんから……。服を乾かすだけよ。触りに来たら嚙みついてやるもん……」

駅の熱気が濡れた服やズボンを重くさせて来た。哲之は自分が、熟れ過ぎた果実みたいに溶けていく気がしたが、同時に体の芯に悪寒を感じた。

「その人には、もう何遍触らせたんや」

「あの人とは、あれから一回逢うたきりで、もう二週間以上逢うてないわ」

「なんで……？」

「正式に向こうのお父さんとお母さんが、御挨拶に来たの。私を欲しいって。彼、来年になったらすぐにアメリカに行くの。向こうで五年ほど勉強したいらしいの。私をつれて行きたいから、御両親は急いでるみたい。彼、私がいつまでも迷てるから、きっと御両親に相談したんやと思うわ」

「その人、陽子と俺とのことを知ってるのか？」

陽子は頷いてから言った。

「哲之に逢って話がしたいって言うてたわ」

「よし、逢おう。俺も、その人がどんな男か、興味があるなァ。すぐに電話せえよ」

「いま？」

「うん、いまや。いまやったらまだ事務所におるかもしれへんやろ。事務所はどこ？」

「桜橋……」

「なんや、すぐそこやないか」

「私はいや。そんなことといやよ。どうするかは、私が決めることでしょう？　私の自由よ。ふたりが逢って話をして、いったい何を決めるの？」

陽子には珍しい、早口の烈しい口調で言ってから、彼女は哲之の手首をつかんで歩きだした。哲之は陽子のうなじに目をやったまま、力なく引きずられて、人混みの中を進んだ。

「俺はもうあんな汚ならしいつれ込みホテルに、陽子と一緒に入るのはいやや」

「ちゃんとしたホテルやったらええでしょう？」

哲之の勤めるホテルの商売仇である最近オープンしたばかりの高層ホテルの前まで行き、そこで陽子はやっとつかんでいた手首を放した。陽子はロビーに入って行き、フロント係と何か話をしていた。哲之は大きなぶあついガラス越しに陽子を見ていた。やがて陽子が手招きした。入って来た哲之を見て、フロント係は部屋の鍵をボーイに渡し、

「お部屋に入られましたら、六番のダイアルをお廻し下さい。ランドリーの者が参ります。乾かすだけですから、二十分もかからないと思います」

と陽子に言った。

「普通、このてのホテルは部屋の時間貸しはせえへんのや。どう言うて頼んだ

の？」

部屋に通されて、ボーイが去ってしまうと、すぐにベッドに腰かけて六番のダイアルを廻そうとしている陽子に訊いてみた。陽子はそれには答えず、ランドリーの係の者に用件を伝えてから電話を切り、哲之のシャツのボタンを外し始めた。その自然な動作に、哲之はまごうかたのない自分に対する愛情を感じた。

シャツを脱がし、ベルトを外し、ズボンまで脱がしてくれた。哲之はされるままになって陽子の肩につかまり、彼女の命じるとおりに、右足をあげ、次に左足をあげた。陽子はカーペットの上に両膝をつき、靴下を脱がせると、パンツ一枚になった哲之の胸のあたりを見た。

「哲之、なんでこんなに痩せたの？」

「中沢にも、栄養不良の死に神みたいな顔をしてるって言われた」

「顔が尖ってる……」

「心が尖ってるからや」

ノックの音が聞こえた。陽子は慌てて哲之の衣服を丸めると、扉をわずかに開いて、それを係の者に渡した。それからバスルームに入って行った。湯がバス・タブの中に溜まって行く音がした。

「あっ、パンツを渡すの忘れた」

バスルームから出て来た陽子に哲之は言った。陽子はしばらく考え込んでいたが、固く絞って冷房の風の出口に吊り下げておけば、すぐに乾くだろうと答えた。

「ゆっくりお湯につかるのよ」

そう言って哲之の背を押してから、陽子はまた電話のダイアルを廻し、ルームサービスの係に、コーン・スープとミニッツ・ステーキ、それにサラダと珈琲を註文した。

バス・タブの中に身をひたし、陽子の言ったように長いあいだ体を温めながら、哲之はふいに、迷っている陽子に俺が結論を出させてやろうと思った。俺は、もう生涯二度と手に入らないかけがえのないものを喪うことになるが、あるいはそれによって、もっとかけがえのないものを得るかもしれない。彼は湯につかったまま、

「キンちゃん」

と呼びかけた。キンはすぐに哲之の心の中にやって来た。

「いづれの行もおよびがたき身なれば、とても地獄は一定すみかぞかし、やそうやでェ。キンちゃん、この言葉の主に、キンちゃんの姿を見せたれ。生き抜いてる姿を見せたれ。地獄と浄土が別々のとこにあるんやないということを教えたれ。キンちゃんも俺も、どいつもこいつも、自分の身の中に地獄と浄土を持ってるんや。そのぎりぎりの紙一重の境界線を、あっちへ踏み外したり、こっちへ踏み外したりし

て生きてるんや。キンちゃんを一時間も見てたら、それがわかるやろ」

いや、物は取りようで、中沢はキンを見たら、ますます歎異抄の言々句々に心酔するかもしれないとも思った。なぜか知らぬが、哲之は人間の心がわかるような気がした。彼は陽子の心がわかって来た。腰にバスタオルを巻いてバスルームから出ると、哲之は浴衣《ゆかた》に着換えて、陽子と向かい合った。そして、

「俺はもう決めた」

と言った。

「陽子とは、もうきょうかぎり逢えへん。俺はおりた。俺のほうからおりた以上、陽子は迷うことはないやろ。もうふてくされてアルバイトを休んだりはせえへん。あしたからまた働く。ひとりで生きて行くならともかく、女は男次第や。亭主が金持ちやったら女房も金持ちや。亭主が泥棒やったら、女房も、いやでも泥棒や。どんな男と結婚するか、実際博打《ばくち》みたいなもんやけど、先を見通す尺度はあるはずや。その尺度で冷静に、俺とその人を比較したら、結論なんてすぐに出るやないか。俺、俺のほうからおりるよ」

陽子は何か言おうとして口をつぐみ、虚ろな目を哲之の肩のあたりにいつまでも注いでいた。

ルームサービス係が陽子の註文したものをワゴンにのせて部屋に入って来るのと

ほとんど同時に、乾いた服やズボンがきれいにたたまれて届いた。

「珈琲は半分残しといてね。私も飲みたいから」

陽子が、むさぼるようにして肉やサラダを食べている哲之にぽつんとつぶやいた。ポットには二杯分の珈琲が入っていた。そのことを教えると、陽子は前歯で自分の下唇を嚙んでから、

「哲之は、人を見る目があるのよね。あいつは真面目で温和《おとな》しそうにしてるけど、ほんまは泥棒犬みたいな人間なんやって、前に赤木さんのことを言うたでしょう？」

「言うたな、他の連中のことも言うた」

「私、すぐに人のことをそんなふうにうがって見るのが、哲之の悪い癖やて思てたけど、あとになったら、哲之の言うたことが当たってくるのよね。赤木さんだけと違うわ。秋田さんや美恵や光子のことも、私にはわからへん欠点を、ちゃんと言い当ててしまう……」

「親父が商売に失敗して、すってんてんになったとき、それまで俺のことを、坊っちゃん、坊っちゃんて呼んでたやつが、掌を返して、井領のアホ息子て言うようになりやがった。そんなふうに見事に豹変したやつと、こっちが貧乏になっても、以前と少しも変わらん態度で接してくれた人もおる。その二種類の人間の顔には、そ

れぞれ口では言えん共通点があるんや。こいつはこっちが悪うなったら豹変するやつか、それともそんなこととは関係なしにつき合《お》うてくれるやつか、人と逢うたら、無意識のうちにまず最初にそれを読んでしまうようになってしもた。不思議なことに、それはぴったり当たるんやなァ。哀しい性《さが》や」

哲之は皿に盛られたものをすべてたいらげ、ナプキンで口元を拭いてから、そう言った。陽子は珈琲をカップについでくれ、哲之と一緒にゆっくりと自分も珈琲をすすってから立ちあがり、カーテンをあけた。雨があがり、まだうっすらと夕陽の名残りに染まっているビル街の一角を見やっていたが、やがて、

「彼、まだ仕事をしてるわ」

と言った。哲之は椅子から立ちあがって陽子の横に行った。陽子は梅田新道から真っすぐ西に伸びている道を指差した。

「あの信号の角に新聞社のビルがあるでしょう。その隣の大木田ビルの三階の、一番手前の部屋が、彼の事務所よ」

人の姿は見えなかったが、陽子の言う事務所には明かりがついていた。

「いまから電話をするから、彼に逢ってみて」

哲之は浴衣を脱ぎ、服に着換えた。

「そんなアホなことはやめよう」

そう答えて陽子のうしろ姿を見つめた瞬間、彼は狂おしいほどの嫉妬を感じた。そうやって、遠くのビルの一角の明かりを見やっている陽子のうしろ姿は、哲之にとってはたまらなく哀しい一個の塑像であった。

「哲之が、この男はインチキやって言うたら、私……」

「俺は、結婚なんかするな、こいつはみかけ倒しのつまらん男やて、言うに決まってるぞ。たとえそうでなくても、俺はそう言うぞ。そう言われたら、陽子はあっさりと俺のところに戻って来るのか？　相手がどんな人間か見きわめるのは陽子の仕事や」

「私、まだ二十一歳よ。私にはわかれへんもん……」

陽子は執拗だった。哲之がかたくなに拒否しているのに、電話を取り、その男の事務所の番号を廻した。いまから逢いたい。石浜さんの逢いたがっている人と一緒に行く。陽子は小声でそういった意味の言葉を相手に伝えると電話を切り、

「いまお客さんがあって、打ち合わせが終わるのに一時間ぐらいかかるから、八時にこのホテルのティーラウンジに来るって……」

と言った。陽子の口から、哲之は初めて男の名前を聞いた。

「俺は帰る。もう決めたんや。俺はおりるって。こんな貧乏神みたいな顔をして、自分で事務所をかまえてる建築デザイナーと並ぶのはいやや。みすみその石浜い

う男をひきたててみせるようなもんやからなァ」

ドアをあけて出て行こうとしたとき、陽子がうしろからしがみついて来た。陽子は行かないでくれと言って泣きじゃくった。哲之は仕方なくあけたドアを閉め、部屋の真ん中に戻ると、陽子をさとした。

「陽子はもう自分の気持がちゃんとわかってるはずやないか。十のうち、その石浜という人に九の気持が行ってしもてる。俺には一の気持が残ってる。その一は、ちょっとした罪悪感と、俺に対する同情や。同情で結婚して、一生悪い籤《くじ》を引く気か」

こんどは哲之の胸に顔を埋め、両腕を強く哲之の背中に巻きつけて、陽子は泣き声で言った。

「哲之を好きよ」

「ええ加減にしてくれ。そやけどその人も好きや。そんな言葉、もう聞きとうないよ」

そう言ったとき、哲之はこすりつけてくる陽子の乳首が固くなっているのを肌に感じて、驚いてあとずさりした。その瞬間、ある考えが浮かんだ。自分でも嫌悪感を抱くような卑屈な思いつきだった。彼は陽子に裸になるように言った。陽子は哲之の言葉の意味を即座につかみかねている様子だったが、哲之がカーテンを閉め、

さっさと服を脱いで真っ裸で陽子に迫って行くと、

「哲之のアホ！」

と叫んで、ベッドの上の枕を投げつけた。投げつけてから、胸にとび込んで来た。陽子を抱いているあいだ中、哲之の心の片隅にキンがいた。あたかも、柱にではなく、自分という人間の心に釘づけにされているような一匹の蜥蜴の存在が、哲之の情欲をかつてなかったほどの荒々しい行動に駆りたてた。

彼は自分の決心をひるがえした。おりる……。俺はおりるもんか。あきらめたりするもんか。いま俺に抱かれたばかりの陽子を、その石浜という男の前に坐らせてやる。この貧乏な、痩せた野良犬みたいな顔をした俺が、何年、何十年か先に、どう変貌して行くか、誰にもわかりはしない。俺にすら予測出来ないのだ。とても地獄は一定すみかぞかし、か。確かに半分の真理はついている。けれども、あとの半分の、より大きな真理を知ってはいない。地獄はすなわち紙一重の谷間の向こうに至福の無上の歓びを孕《はら》んでいるのだからな。

哲之は身も心もキンになっていた。俺はおりるもんか。陽子を取り戻してみせてやる。哲之の心の中のキンは、眩ゆい光を放って、彼を、絶えずそこに空しさを隠し持つ歓びの頂点へ誘った。

哲之は、陽子の息遣いの鎮まりを、耳をそばだてて聞いていた。陽子もそうして

いるみたいだった。陽子が唇を寄せて来た。唇を離してから、

「哲之のアホ！」

とまた言った。

「ほんとに怒ってるのか？」

「ほんとに怒ってるねんから……」

「俺はおりるのをやめた。その石浜いう男と決闘したる」

陽子が微笑んだ。母のような微笑みだった。陽子は時間を気にして、時計を見ようとしたが、哲之は強い力で組みしだいて、再び自分をキンに変えようとした。


石浜は、仕立ての良い派手なブルーの背広を清潔に着こなし、ティーラウンジに入って来た陽子と哲之の姿を見るなり即座に椅子から立ちあがって、六つも歳下の哲之に丁寧に一礼した。悪びれたところもなく、といって哲之を見下しているようなところもなかった。陽子に哲之を紹介されると、名刺入れから名刺を出し、

「初めまして。石浜徳郎です」

と言いながらそれを哲之に手渡した。あまりにも知的過ぎる顔立ちが、他の人間ならいや味とも取られかねない計算され尽くしたお洒落を、気障《きざ》からはなやかな品の良さへと危うく転化させていた。背広と同色のまがい物ではない石の小さなタイ

ピンも、揃いのカフスボタンも、哲之の月収の何十倍もする高価なものであった。

「石浜さんの身につけてるものをぼくが手に入れようとしたら、食うや食わずでアルバイトをして、五、六年はかかりそうですね」

と哲之は言った。石浜は表情を変えず、

「これも商売道具です。ちょっとでも泥臭いところを見せたら、お客さんはすぐに私の設計する建物の青写真を、勝手に頭の中で泥臭く想像してしまいますから」

と答えた。哲之は、石浜徳郎という男が、いかに自分に対して気を遣っているかを知った。たとえ何の裏のない微笑でも、こうした場合、相手をどう不快にさせるかわからない、という用心と心配りが、石浜の顔に一抹の怜悧《れいり》さを装わせているらしかった。陽子はどちらの男の顔も見ず、運ばれて来たオレンジジュースに目を落としていた。

「アメリカへ行かれるそうですね。来年のいつごろですか？」

「まだはっきりと日は決まってませんが、遅くても二月の初旬までには向こうに着かないといけません」

「陽子をつれて行きたいんでしょう？」

「そうしたいと思ってます。でもまだ返事を聞いてません」

石浜は陽子には一瞥もくれず、哲之を見すえて言った。哲之は、まだ返事を聞いていないという石浜の言葉の響きの奥に、これだけはどうにも隠しようのない自信が、そのごく微量なかけらが、ぽろっと表出したのを感じ、この男を真っ裸にしてやろうと思い立った。

「ぼくは、陽子から石浜さんのことを聞いたとき、勝ち目はないなと思いました。片や新進の未来洋々たる建築デザイナーで、片や死んだ親父の借金に追いたてられて、ホテルのボーイのアルバイトをしている栄養失調の学生です。自分でも鏡に映った顔を見て、何て貧相な男やろと思うくらいです」

「いや、凄い目をしていらっしゃいますよ」

石浜は決してお世辞ではない口調で言葉を挟んだ。いったいどう凄いのか。凄い目にもいろいろ種類があるではないかと思ったが、哲之は構わずつづけた。

「陽子にとってどっちが得か、考えるまでもありません。ぼくはいったんあきらめました。でもさっき、あきらめることをやめました」

哲之は自分が不思議なほど落ち着いているのを確かめてから言った。

「ぼくと陽子とは、だいぶ前から体の関係が出来ています。きょうも石浜さんと逢う直前まで、このホテルの六階の部屋でお互い裸になってベッドの中にいました。そうやって石浜さんがやって来るのを待ってたんです。ぼくは陽子を抱きながら、石浜という男が、いま意気揚々とホテルに向かって歩いて来てる姿を想像してほくそ笑んでました。それでも構わない、陽子を妻にしてアメリカに行こうという男なら、ぼくは笑ってやるつもりです。男はそんなに大きくなれるはずがない。そんな男は馬鹿か腑抜けに決まってます。ぼくは陽子を他の男に奪われるけど、結局ぼくが勝つわけです。ぼくはその馬鹿で腑抜けな男のことを忘れませんし、その男も、ぼくの言葉を忘れないでしょう。いまどんなに寛大になれても、自分がおそらく十中八九勝つことを確信して歩いていた最中に、妻は井領という男と寝てたんだという思いが消えるはずはありません。石浜さん、それでも陽子をアメリカにつれて行くと言うんなら、ぼくはいますぐふたりの前から姿を消します。二度と陽子の前にあらわれたりしません。どうですか、石浜さんの知性は、ぼくの卑劣さをねじ伏せられますか。そんな陽子をあとになってねちねちといじめたりしませんか」

石浜は煙草に火をつけ、マッチ箱をテーブルの上に立てたり倒したりして長いあいだ考え込んでいた。陽子は微動もせず、虚ろな目をオレンジジュースに注いだままだった。

「私が井領さんだったら、きっとこんな駆け引きは出来なかったでしょうね。私は二十二歳のとき、井領さんみたいな目をしようと思っても出来なかった。たぶんいまでも出来ません」

やっとそう言ってから、石浜は初めて陽子を見やった。

「じゃあやめたと引き下がるわけにはいかんでしょう。私はまだ陽子さんから返事を聞いてないんですから」

「そしたら、いまお訊きになったらいかがですか？」

その哲之の追い打ちをかけるような言葉を、石浜は笑顔でたしなめた。

「もし陽子さんが、いま私と結婚したいと言ってくれたとしましょう。そしたらあるいは私はこの話は御破算にしようと答えるかもしれません。そうなると、気の毒なのは陽子さんですよ」

とうとうその高価な衣服やアクセサリーを脱ぎやがったなと哲之は思った。彼は勝ちたかった。徹底的に勝ちたかったのだった。

「いや、石浜さんもお急ぎでしょう。とにかく二月の初旬にはアメリカに行かないといけないんですから。もうそんなに悠長にしてられませんよ」

石浜の表情に疲労の色が浮かんだ。ほんの数分の自分とのやりとりが、石浜に強い疲れを与えたのを見てとって、哲之は陽子を促した。

「もう答えを出したらどうやねん。なんぼ女でも、あんまり優柔不断なのは嫌われるで」

するとあからさまな怒りの目を向けて、

「そんな言い方はやめてあげて下さい。まるでやくざのヒモみたいじゃないですか」

と石浜は言った。

「やくざのヒモがついてる女でもいい、それでも陽子がOKの返事をくれたら結婚してアメリカへ行くという度量のある方やと石浜さんを見込んで言ってるんです」

突然、陽子が烈しくかぶりを振った。哲之と石浜はほとんど同時にそんな陽子を見つめた。陽子は相変わらずオレンジジュースを見たまま、聞こえるか聞こえないかの声で言った。

「私、やっぱり哲之を好きです」

石浜から失望とも安堵ともつかぬ溜息が洩れた。

「残念ですね。それじゃあ私は引きさがりましょう」

と彼は言った。そして立ちあがった。しかしもう哲之は石浜を見ていなかった。陽子の心の奥深くをさぐろうと、一心にその横顔に見入っていた。彼は決して、陽子を取り戻したとは思っていなかったのである。

「さあ、教えて。その人間の本質を見抜く神通力を持ってる哲之の目に、石浜さんがどう映ったか教えて。そのために、私は哲之を石浜さんに逢わせたのよ。どう？私は石浜さんと結婚してたらしあわせになれたと思う？」

「俺が、あんなことを言えへんかったら、なれたかもわからんな。少なくともあいつはやくざやない。それに頭が切れる。清潔や。若い女が魅かれる材料をいっぱい持ってるうえに、気障でもなければ崩れてもない。そやけど、逆境に弱い。スマートに生きよう、スマートに振るまおうとしすぎてるよ。そんなやつは逆境に弱い。ふところが狭い。十年、二十年先のことまで俺にはわからんけど、人生順調なときばっかりとは限らんからな」

「そんなときに、自分の心のよるべになってくれる人やて、私のことを言うてくれたわ」

「哲之をやっぱり好きですって言わざるを得んようになって、陽子は俺のことを嫌いになったやろ」

「嫌いにはなれへんけど、怖くなった……」

「そのうち嫌いになるよ」

哲之はそう言い残して、ティーラウンジから出た。そしてテーブルの上にクリムシの入った箱を忘れたことに気づき、また戻って行った。クリムシの箱に手を伸ばしてそれをつかもうとした哲之の腕を握りしめ、陽子はじっと哲之を見つめた。

「帰りの電車賃、あるの？」

「大阪から住道までは、定期券があるから大丈夫や」

「あしたの朝食代は？」

「それはない」

陽子はハンドバッグから財布を出し、何枚かの千円札をクリムシの箱の上に置いた。

「あしたから働くから、こんなにいらんよ」

一枚だけポケットにしまい、残りを返そうとすると、陽子は、彼女だけが持っている誰の心をもなごませる微笑みを取り戻し、

「もとの体重に戻ったら、返してね」

と言って、紙幣を哲之のズボンのポケットにねじ込んだ。ロビーから出るとき振り返ると、陽子はティーラウンジに坐ったまま、小さなイヤリングを耳たぶから外し、掌に載せてそれに見入っていた。陽子の前にはいずれまた、もうひとりの石浜が現われるだろうと思ったが、哲之には別離の哀しみはなく、さっきの戦いの余韻によってさらに力を増した異様な活力が、彼にホテルの重いガラス戸を勢いよく押し開けさせた。

歩いて行くうちに哲之は自分が恥かしくなってきた。人を見る眼力か、と心の中で言った。逆境に弱い、ふところが狭い、か。よく人のことをそんなふうに言えたもんだ。逆境に弱くふところが狭いのは、他の誰でもなく、この俺自身ではないか。ひとり取り残された陽子はどうなる。このまま陽子と別れてしまったら、取り返し

のつかないことになるぞ。

哲之は踵を返し、ホテルに走った。陽子が永遠に自分の前から消え去ってしまったような予感を胸いっぱいに抱きながら、恐る恐るティーラウンジの中を覗いた。しかし陽子はそこに坐っていた。哲之を見て、陽子は顔を赤らめた。なぜ顔を赤らめたのか哲之にはわからなかった。

「もしあと十分待って、哲之がここへ帰ってけえへんかったら、私、哲之をほんとに嫌いになろうって思ってたの。絶対帰って来るって思ったけど、帰ってけえへんかったらどうしようかって考えたら、胸がどきどきしたわ」

「なんで絶対に帰って来るて思た？」

「私のことを好きやもん」

「石浜さんとのことは、もう終わったんやろ？」

「卑怯な手を使って終わらせたのは誰やのん？」

「俺には、もうあの手しかなかったんや」

「そんな手を使う必要なんかなかったのに」

それまで立ったままだった哲之が椅子に坐るのを待ってから、

「哲之がお風呂に入ってるとき、心が決まったの。それがわかれへんかった？」

と陽子は言った。

「わかるはずがないやろ？　初めて俺に、他の男を好きになってるて言うた晩も、俺と一緒にホテルへ行ったやないか」

陽子がまた顔を赤く染めたので、哲之は勢い込んで言った。

「俺に結婚して下さいって言え！」

「いや。口が裂けても言うてあげへん。それより、哲之に結婚して下さいって頭を下げさせるの」

陽子はくすくす笑った。テーブルの上に額をすりつけ、結婚して下さいと哲之は小声で言った。哲之は、歓びの底にある、小さいけれど深い傷口から、血が流れ出ているのを感じた。

「俺はこの二十日間、七転八倒してたんやぞ」

頭をあげ、陽子の笑みのどこかに漂っている寂しげな翳《かげ》に気づいて、ひょっとしたら陽子はさっきの自分と石浜とのやりとりで、真実石浜を愛したのではなかろうかと不安になった。

「私、こんどのことを、哲之は絶対に忘れてくれへんと思うわ。結婚してから、昔のことを持ち出して、ねちねちといじめるのは哲之のほうみたいな気がする。哲之は負けず嫌いで、自尊心が強くて、やきもち焼きで、執念深くて、頭がええから……」

「頭がええというのは陽子のおまけやな。俺はアホや。そやけど他のことは全部当たってるよ。そんな男は、行く末は泥棒か詐欺師になるのが関の山や。女房を苦労させる男の典型や」

陽子のふくよかな顔からはいつしか微笑みが消え、はっきりと寂しそうな表情を露わにしていた。

「俺、陽子が他の男を好きになるなんて想像もしてなかった。さっきの俺という人間の分析の中に、自惚《うぬぼ》れ屋っちゅう言葉も入れんとあかんな」

「私、まだ二十一よ。男の人にちやほやされたら、やっぱり嬉しいし、心が動くわ。それが悪いって言うの？」

哲之は、互いが本気で言い争いを始めたのに気づいて口をつぐんだ。陽子と口げんかになって負けそうになると、これまではきまって陽子の向こう脛《ずね》を蹴りつけるのが常であった。手加減はしているつもりなのに、青い痣《あざ》をつくらせて丸一日口をきいてもらえないことが二、三度あったのだった。哲之はテーブルの下にある陽子の向こう脛を軽く蹴ることで己の愛情を示そうとした。だがそうする前に、陽子は涙ぐんで言った。

「私、哲之が怖い。怖いけど、やっぱり自分の気持を言うわね」

いっそう石浜という男を愛してしまった。それに近い言葉が陽子の口から吐き出されるものと思っていたが、陽子はそうは言わなかった。

「私にとって哲之は特別よ。石浜さんを好きになったのはほんと。そやけどそんなこと、哲之に対する気持と比べたら、ぜんぜん種類の違うもんやってことぐらい自分でも最初からわかってたわ。私には打算があったの。どっちが私にとって得かって……。その打算が、だんだん本気で石浜さんを好きにさせていったの。そうやって男の人を好きになっていける女よ。私、哲之が考えてるような純真無垢な女と違うわ。哲之、また怒って足を蹴るでしょう。蹴ったってかめへんのよ」

陽子の泣き顔を見ていられなくなって、哲之はテーブルの上に目を落とした。悪寒と倦怠感があった。取り立て屋の小堀の顔が浮かび、母の雇い主である芸者あがりの肥ったおかみの二重顎が目先にちらついた。父の残した借金が、行く手に黒々とした壁をつくっていた。陽子が時間を訊いた。

「九時十分」

哲之はそう答えて立ちあがった。陽子もハンドバッグを持って立ちあがり、無言でロビーを横切り、ホテルから出た。陽子はもうこれで自分のもとには帰ってこないだろうと思いながら、阪急電車の改札口に立って、哲之はホームへの階段をのぼっていく愛しいたおやかな生き物のうしろ姿を見ていた。

片町線の汚れた電車に乗っているあいだ中、彼は継続的に襲ってくる悪寒を抑えようと、首をうなだれ、体に力を込めて腕組みし、じっと目を閉じていた。哲之は金が欲しいと思った。駅からアパートへの暗く長い道を震えながら歩きつつ、金が欲しい、金が欲しいと思った。

アパートの階段をのぼっているとき、クリムシの入った箱を持っていないのに気づいた。ホテルのティーラウンジのテーブルに置き忘れてきたのか、電車の網棚に忘れてきたのか、哲之はまったく思い出せなかった。彼はキンの傍に行き、

「悪いけど、きょうは晩飯抜きや。水だけで辛抱しといてくれ」

と言った。スプーンの中の水を長い舌で舐めているキンに、哲之はいつものとおり語りかけた。あたかもその日の出来事を日記にしたためているのと同質の行為を、もう数ヵ月も毎夜毎夜哲之はつづけて来たのだった。ほとんどの日記がそうであるように、哲之がキンに語りかける言葉には嘘もあった。

「キンちゃん。俺、もうどうでもようなった。もう疲労困憊で、ただ生きてるだけや。働く気力もないし、泥棒をする勇気もあれへん。俺はあの石浜に勝ちたいだけのために、陽子の一生を変えてしもた。石浜がホテルから出て行きよったとき、俺は戦いに勝つ方法がわかったみたいな気がして体中が燃えてきたんや。こうやって、ひとつひとつに勝って行くんや。そう思たら勇気が湧いて来た。そやけどなァ、キンちゃん。自分だけが勝つということは、ほんまは勝ったんとは違うんや。陽子は

どうなる？　陽子が、俺よりもあの男と結婚したいと思うのはあたりまえや。その陽子の邪魔をして、陽子がそれで不幸になったら、俺は勝ったのと違うて負けたんや。偉そうに歎異抄にケチをつけたけど、あの哀しい嘆きの書物にうっとりとしてしまう心が俺にもあるんや」

　そう言った途端、哲之は徹底的な虚無が、ある種の勇気につながっていくことを知った。けれどもその勇気は、人間を向上させるための勇気ではないような気もした。人間を向上させることのない勇気とはいったい何であろう。哲之は、身じろぎひとつせず四肢をふんばっているキンを見ながら、ぼんやり考えにひたった。

　彼は敷きっぱなしの蒲団にもぐり込んだ。烈しい震えが歯をかちかちと鳴らした。自分の荒い息づかいに耳をそばだてているうちに眠りに落ちて行った。夜中の三時ごろ、哲之は苦しくて目を醒ました。震えはとまっていたが、頭が痛く、高熱に冒されているのがわかった。蛍光灯は点けっぱなしで、キンが身をくねらせていた。明かりを消してやらなければ、キンは眠れないのだと思い、起きあがろうとしたが体は動かなかった。少しでも動くと猛烈な震えが襲ってくるのである。

　哲之の朦朧《もうろう》とした視力は、キンの体を貫いている釘を捉えられなかった。だから哲之は一瞬、キンが自由を取り戻し、いまにも壁を伝ってこの狭いアパートから広々とした天地へと去って行くような錯覚に駆られた。もっともかけがえのないものが去って行く。哲之は哀しみに突き動かされて、やっとの思いで身を起こし、蛍光灯のスウィッチの紐を引っ張った。再び全身が震えた。

人の足音と、額に心地良い冷たさを感じて目をあけ、あたりを見廻した。蛍光灯が点いていて、夜であることだけはわかった。しかし哲之は自分が何時間眠っていたのか見当がつかなかった。キンは柱に釘づけになっていた。枕元に水の入った洗面器が置かれ、その中に氷が浮かんでいた。額に手をやると、冷たいタオルが載せられている。彼は身をよじって台所を見た。陽子が背を向けて鍋の中を覗いていた。哲之はいつまでもそんな陽子を見つめた。陽子が振り返り、ガスの火を消して枕元に坐った。

「いま、夜……？」

陽子は黙って頷き、タオルを裏返してから言った。

「まだ四十度も熱があるのよ」

「陽子と逢《お》うたんは、きのうか、おとといか？」

「きのうよ。哲之、きのう寝たの何時？」

「十一時前かな。夜中にいっぺん目を醒ましたけど、それからずっと眠ってた」

陽子は指を折って計算し、

「二十時間も寝てたのよ」

と言って微笑んだ。

「なんで俺のアパートに来たんや？」

「きのうホテルを出るとき、哲之、忘れ物をしたでしょう。デパートの包装紙に包まれた小さな箱。私が持ってたの。別れるとき渡すのを忘れてそのまま家に持って帰ってしもたから、これ何かなァって思ってあけてみたの。私、どんな悲鳴をあげたと思う？」

哲之は笑った。

「それで、きょうの夕方、哲之にこの気色の悪い物を渡すつもりでホテルへ行ったら、連絡もなしに休んでるって聞いて、ちょっと心配になったの。きょうから、ちゃんとアルバイトに戻るって言うてたでしょう？」

哲之は手を伸ばし、陽子の髪をまさぐった。

「家主さんに頼んで合鍵を貸してもらって、中に入って、私、凄い悲鳴をあげたのよ。聞こえへんかった？」

哲之は陽子と一緒にキンを見た。柱に釘づけにされている蜥蜴を見て足が震え、しばらくとまらなかった。そのうえ哲之はいまにも死にそうな息遣いで横たわり、手を触れると高熱を発していたのだ。陽子はそう説明した。哲之が喉の乾きを訴えると、陽子は水をくんで来てくれた。

「起きれる?」

「うん。起きれそうや」

「すぐそこに病院があるわ。歩いて七、八分のところ」

陽子に執拗に促されて、哲之は歳老いた医者がひとりいるだけの小さな病院につれて行かれた。医者は感冒だと言って注射をし、薬をくれた。そして、二、三日は絶対に安静にしているようにとつけ足した。アパートの部屋に帰ると、陽子はパジャマに着換えるように言った。そう言われて初めて、哲之は服を着たまま眠りつづけていたことに気づいたのだった。服を脱いでいる哲之に陽子は溜息混じりに言った。

「あんなに雨に濡れたからよ」

「ホテルの風呂でゆっくり温めたんやけどなァ……」

まったく食欲はなかったが、哲之は蒲団の上に正坐して、陽子の炊いてくれた粥《かゆ》をすすり、卵焼きを食べた。食べながら、自分も一昼夜何も口にしていないが、キンもまたそれ以上に餌を与えられていないのだと考えた。彼は途切れ途切れに、なぜ自分の部屋の柱に一匹の蜥蜴が釘づけにされているのかを話して聞かせた。話を聞き終えた陽子は、しばらく何事か考え込んでいたが、やがて、

「哲之、もうこんなところに住むのはやめて、どこか他に引っ越したら?」

と言った。自分の家の近くにこぎれいなアパートがあり、一部屋空いているとのことだった。

「陽子の家の近くやったら、敷金も部屋代も、ここの三倍か四倍取るやろ。俺にはまだそんな金はあれへん」

「お母さんと一緒やったら暮らせるでしょう？」

哲之はかぶりを振った。哲之の心には、いつまたあの取り立て屋の仲間が訪れるかもしれないという不安があったのである。もう二度と、母を辛いめに逢わせたくなかった。以前のように、毎日毎日取り立て屋に脅されたら、こんどこそ母は気が変になってしまうに違いないと思った。哲之はそれを陽子に言おうとして口を開いたが、言葉は自分でも思いも寄らぬものになって飛び出した。

「もう俺のことはほっといてくれ。二度と逢わんようにしよう」

彼は自分の言葉に驚いたが、手は勝手に動いて腕にはめたままのロレックスを外し、それを陽子の膝に載せていた。

「なんで……？」

「何もかも、もうどうでもようなったんや。陽子のことも、この蜥蜴のことも、大学を卒業することも、どうでもええんや」

言っているうちに、哲之は次第に本気になっていった。たとえいっときにせよ、他の男に心を移した陽子に憎しみを感じ、まるでそうすることが復讐であるかのようにしつこく生きつづけているキンに怒りを抱いた。金が欲しい。貧乏はいやだ。哲之は胸の中で叫んだ。

「熱が下がったら、きっと私に謝るわ。あれは嘘や。やっぱり陽子が好きやって……」

哲之は陽子の目を見やった。いまの自分の心をそれ以上に鎮めてくれる言葉はなく、しかも陽子がいささかのてらいも動揺もなく、穏やかに言ってくれたことに、全身が泡立つほどの歓びを感じた。陽子は哲之に薬を飲ませ、横にさせて蒲団をかぶせた。

「ここらは、夜はぶっそうなとこなんや。駅の近くの商店街には、いなかやくざやチンピラがたむろしてる。家主さんの電話を借りてタクシーを呼んで、家まで帰ったほうがええよ」

哲之がそう言うと、陽子は鍋や皿を台所に持って行き、水道の蛇口をひねってから、

「きょうは、ここに泊まるのよ」

と答えた。

「哲之が目を醒ます前に、そこの雑貨屋さんの公衆電話で家に電話かけといたの」

「俺の部屋に泊まるって、お母さんに言うたの？」

陽子は濡れた手をタオルで拭きながら振り返り、大きく頷いた。

「お母さん、凄く怒ったわ。絶対に帰って来いって、金切り声をあげて。四十度も熱のある人が狼になんかなりませんて言ったら、それもそうやなァって考えたらしくて、しぶしぶ許してくれた。お父さんには適当に嘘をついといてねって頼んだら、あんたは馬鹿よって言われた。賢い女は、恋愛と結婚とは別に考えるもんなのですよ。そうお説教されたけど、お母さんにはもう何もかもわかったみたい」

「何もかもって？」

「何もかもよ」

陽子は哲之の傍に坐り、目を輝かせてそう言った。哲之は蒲団から手を出し、それを陽子のスカートの中に忍ばせて一番奥深いところをまさぐった。陽子はその哲之の腕をつねり、あきれ顔で、

「狼にはなれへんけど、蛇にはなれるのね」

と言って倒れ込んで来た。けれども四十度の熱が、哲之を狼にも蛇にもさせなかった。陽子の体の重みで息が苦しくなり、

「もう触ったりせえへんから離れてくれ。息がでけへん」

と頼んだ。陽子はくすくす笑って、さらに哲之に覆いかぶさってきた。

「あの蜥蜴に、水とクリムシをやってくれよ」

哲之の言葉で、陽子は慌てて身を離し、乱れた髪を整えつつ、

「そんなん、いやや……」

と困惑したように言い返し、柱のキンをちらっと見やった。

「そやけどキンも、二日ほど何にも食べてないんや」

「いやや。クリムシなんか、私、よう触らんもん」

「ピンセットで挟んで、鼻の先にそっと持って行ったら、勝手に食べよるよ。水もスプーンでやるんや」

「それぐらいやったら、哲之が自分で出来るでしょう?」

「俺は四十度も熱があるんやぞォ。起きる力もないんや」

「さっき歩いて病院に行ったくせに」

哲之に何度もせっつかれて、陽子はべそをかいたような表情のままスプーンに水を入れて来た。そして出来るだけキンから離れて、スプーンを持つ手を伸ばした。キンはよほど喉が乾いていたらしく、せわしげに赤い舌をくねらせた。そのたびに、陽子の口からかすかな悲鳴に似たものが洩れた。哲之は目を閉じて、そんな陽子の、ある種の官能美を帯びた声を聞いていた。聞いているうちに、キンという生き物が、何やら途轍もない存在に思えてきた。同時に、陽子もまた途轍もない生き物である

ことを知った。

八

老いたドイツ人の夫婦の、いったい何が入っているのかと思えるほどに重たいふたつのバッグを客室の入口に置き、一礼して部屋から出て行こうとすると、夫人の柔らかな手で肘をつかまれた。

ドイツ人の夫婦はどちらも英語が喋れないらしく、大仰な身振りで哲之に少し待ってくれと示していた。外国人の客からチップを貰ったことはなかった。ガイドブックでも、実際に日本を訪れた連中からも、日本ではメイドやボーイにチップをやる必要がないことを教えこまれている外国人は、わずか百円玉一個すら渡そうとはしなかった。

夫婦はどちらも白髪で小柄で、優しそうな目をしていた。ふたりはドイツ語で何か相談しあいながら、ポケットをまさぐったり、財布の中に手を入れたりして困惑顔で肩をすくめた。そして一万円札を出し、申し訳なさそうに何か言った。ふたりのやりとりや顔つきで、哲之はこのドイツ人の夫婦が自分にチップを渡そうとしたのだが、あいにく一万円札以外相応の硬貨の持ち合わせがなく、どうしたものか困っているのだということに気づいた。

哲之は笑って手を振り、彼がたったひとつ知っているドイツ語を喋った。

「ダンケ・シェーン」

そしてもう一度礼をして部屋を出た。すると夫のほうがあとを追って来て、ふたつのバッグを持ってひょろひょろ歩く真似をし、それから哲之の肩を押さえて、ひとり小走りでエレベーターのところへ行った。彼は一万円札をフロントでくずしてくるつもりらしかった。その心遣いだけで充分だったから、哲之は老人を制して、あまり正確とはいえない英語で、荷物を運ぶのは自分の仕事であり、チップは必要ないのだと説明した。老人の手にした一万円札を取り、哲之はそれをふたつに折って背広のポケットに返した。

だが老人は頑固だった。とにかくここにいろと哲之に態度で示し、エレベーターがやって来るのを待っている。そうしているうちに部屋から夫人までが出て来て、夫に何か言った。突然、夫のほうがオーと声をあげ、哲之の肩を抱いて喋りかけてきた。けれども哲之には皆目ドイツ語がわからないのである。夫人は笑みを浮かべて哲之を見つめている。哲之は、ふと調理部のコックの中に、三年ほどドイツのミュンヘンで働いていたことのある男がいるのを思い出した。彼は老夫婦に部屋で待っていてくれるよう促し、エレベーターに乗った。

地下で降り、厨房《ちゅうぼう》への通用口をあけて、その鍋島という男を捜した。一番忙しい時間が過ぎて、コックたちは木の箱やら壁に凭れて煙草を吸っていた。大きな冷凍庫の陰に腰を降ろして週刊誌のページをくっている鍋島をみつけると、哲之はその傍に行った。

「ドイツ人の客を部屋に案内したんですけど、ぼくを放さへんのです。何を言うてるのかさっぱりわからんから、ちょっと通訳してくれませんか」

鍋島は気のいい男で、客が手をつけなかったケーキとかロースト・ビーフとかを、ときどき内緒で哲之に手渡してくれることがあった。鍋島は、

「ああ、まかしとけ」

と言って立ちあがり、哲之のあとをついて来た。ドイツ人の老夫婦は、部屋に入らず、廊下に立って哲之を待っていた。鍋島と老夫婦は長いあいだ話し合っていた。やがて、笑みを浮かべて鍋島は哲之のほうに向き直った。

「ドイツ語の出来る日本人通訳を頼んであったのに、ツーリストの手違いで、あさってまで通訳なしで過ごさなあかんそうや。あした京都に行きたいから、お前に案内してもらいたい。ガイド料は百ドル払うっちゅうことや」

「ぼくが？　そやけどぼくはドイツ語まるっきりわかりませんよ」

「それでもかめへんらしい。お前を気に入ったそうやで」

「なんぼ気に入ってくれても、言葉が通じへんかったらガイドなんか出来ませんよ」

鍋島と老夫婦はまた何やら話し合っていたが、そのうち三人は大声で笑い、一様に哲之を見つめた。

「とにかくお前が案内してくれるあとをついて行く。言葉は通じんでも、心でわかりあえるやろ。この青年は誠実や。安心してついて行ける。そう言うてはるでェ」

あしたは、陽子がアパートを訪ねて来る日だった。週に一度、陽子と抱き合っていられる日なのである。しかし百ドルという金は、哲之の月の収入の三分の一に相当する。それだけあったら、ことしのクリスマスには、陽子の欲しがっている銀のブレスレットを買ってやれるな。哲之はそう思った。

哲之は、自分は京都の地理にあまり詳しくない。だから京都をよく知っている者を同行してもいいかと訊いた。鍋島がそれをドイツ語で老夫婦に伝えた。老夫婦は即座に承諾した。

「その京都に詳しい人間は男かいな女かいな」

それは鍋島個人の興味らしかった。

「女です」

そう哲之が答えると、

「ときどき、ホテルの裏に来る娘《こ》か？」

鍋島は血色のいい顔をほころばせて言った。ええと答えながら、哲之は誰も見ていないと思っていたが、人は皆そういうことには目ざといものなのだなと考えた。鍋島は老夫婦と話し合っていた。三人は再び笑って哲之に視線を向けた。

「彼は恋人をつれてくるらしい、その娘のほうが京都の地理に詳しいからだっちゅうたら、きっとその青年のいうとおりなのだろう、私たちはおふたりの邪魔にならないよう気をつける、そう言うてはるでェ」

鍋島は哲之に老夫婦の言葉を伝え、時間と待ち合わせの場所を決めてくれた。老夫婦はにこやかに手を振って自分たちの部屋に消えた。

「ちょうどええがな。あしたは休みやろ？」

エレベーターの中で白い帽子をかぶり直しながら鍋島は言った。それから、あしたの朝九時に、ホテルを出て通りを右に少し行ったところにポストと公衆電話のボックスが並んでいる、そこでドイツ人を待っているようにとつけ加えた。

「お前がロビーにふたりを迎えに来たりしたら、他の連中がまた何を言いよるかわからんからなァ……。ここのホテルの連中は、陰険なやつばっかりや」

「事務所にもごたごたがあるみたいですけど、調理部にも意地悪な人がいますか？」

「コックなんて、みんな職人やから、癖の強いのが多いんや。チーフなんかその筆頭や。フランスで十年修業したっちゅう錦の御旗を首にくくりつけて、朝から晩まで怒鳴りちらしとる。自分と一緒にフランスで料理の勉強をしとったやつが、勲四等何とか章いうのをもろたんや。自分が貰われへんかったから、機嫌が悪うて、こないだから手ェ焼いとるんや」

「やっぱり勲章て、そないに欲しいもんですかねェ」

「歳取って、もう色気もあかん、金にも不自由せんてな具合になったら、残りは名誉欲だけやからなァ」

そして鍋島はそうたいして気にもしていない顔つきで、

「あの爺さん、俺には特別風当たりが強いんや。料理の真髄はフランスや、ウィンナ・ソーセージの作り方を習うのにわざわざドイツに行って三年もかかったんかっちゅうて、あのシミだらけの顔で自分の自慢話ばっかりしよる」

と言った。エレベーターから出て、厨房への通用口の扉をあけながら、鍋島は、

「おい、間違うても、こんなホテルに就職しようなんて気ィ起こすなよ」

そう言い残して去って行った。

哲之はロビーに戻り、団体客のボストンバッグに客室番号の札をつける作業を手伝いながら、ふと死ぬ一ヵ月ほど前に父が言った言葉を思い出した。人生、先に何

が待ち受けているかわかるものではないが、勤め人として一生を送るつもりなら、断じて大企業に就職しろ。それが駄目なら役所勤めをしろ。そのどちらにも就職出来なかった場合は、どんな会社でもいい、まじめに勤めながら十年くらい時期を待ち、金を貯め、何か商いをするのだ。大会社か役所に勤めたら、絶対に何があっても辞めてはいけない。

風は南風ばかりでもなく北風ばかりでもない。いつか必ず自分のほうに吹いてくるときがある。やれあの上役がいじめるとか、この仕事は自分に合っていないとか考えて辞めていくやつがいるが、どこに職場を変えても結局また同じことで悩むように出来ている。そうやって転々と会社を変わり、気がつくとちっぽけな職場のセールスマンになっているのが落ちだ。しまったと思ったときはもう四十も半ばを過ぎ、つぶしがきかなくなっている。

けれども焙烙《ほうろく》売りも我が商売という言葉もある。大会社にも役所にも就職出来なかったら、どんな小さな商売でもいい、一国一城の主《あるじ》になるために準備と勉強をするのだ。ラーメン屋でもいい。屑屋でもいい。小さな畑をこつこつ耕して行くのだ。それが七十年生きて来て、さまざまな人間を見、多くの失敗を重ねつづけた俺の、たったひとつ確信を持って言える生き方のコツだ。そう言い終えたあと、息子の掌を両の手で撫でまわしつつつぶやいた父の言葉が、哲之の耳に聞こえてきた。

「俺はこんな説教めいたことを言うのは好きやないけど、ちょっと気障な遺言やと思うて聞いといてくれ。人間には、勇気はあるけど辛抱が足らんというやつがいてる。希望だけで勇気のないやつがおる。勇気も希望も誰にも負けんくらい持ってるくせに、すぐにあきらめてしまうやつもおる。辛抱ばっかりで人生何にも挑戦せんままに終わってしまうやつも多い。勇気、希望、忍耐。この三つを抱きつづけたやつだけが、自分の山を登りきりよる。どれひとつが欠けても事は成就せんぞ。俺は勇気も希望もあったけど、忍耐がなかった。時を待つということが出来んかった。自分の風が吹いて来るまでじっと辛抱するということが出来んかった。この三つを兼ね備えてる人間ほど怖いやつはおらん。こういう人間は、たとえ乞食に成り果てても、病気で死にかけても、必ず這いあがってきよる」

哲之は、父の言ったことは本当だと思った。だがこの陳腐と言えば言える三つの言葉を己に課すことはなんと至難であろうか。勇気、勇気、勇気と哲之は心の中でつぶやいた。希望、希望、希望とつぶやいてみた。そして小声で、忍耐、忍耐、忍耐と言った。その三つの言葉を何度も何度も自分に言い聞かせながら、札をつけ終わった重い荷物を持ち、それぞれの客室に運ぶためエレベーターに向かって歩いて行った。

大会社も役所も、すでに採用試験は終わり、哲之はつい三日ほど前に、そのどちらからも不採用の通知を受け取っていたのだった。エレベーターの扉が閉まった瞬間、彼は島崎課長の勧めるように、このホテルに就職しようと決めた。哲之は、

「キンちゃん」

と呼んだ。キンはたちまち眼前にあらわれた。キンは光り輝いて、哲之に微小な冷たい目を向けた。キンこそ、三つの言葉の化身でなくて何であろうと哲之は思った。だとすれば、キンの背を貫いて柱に深く突きささっているあの釘はいったい何だろう。そう考えていたとき、エレベーターが停まり、一見して、もう老人と呼べる年齢に達している男と、陽子とおない歳ぐらいの女が入って来た。

「きょうの肉はちょっと固かったなァ」

と男は言った。

「コンソメも塩辛かったわ」

女がそう応じ返した。春以来、ホテルのページ・ボーイの仕事をつづけてきた哲之には、ふたりが親娘《おやこ》ではないことを見抜けるようになっていた。

八時四十五分に、哲之は鍋島に指定された場所へ行った。日曜日なのに人通りは多かった。その人々の群れの中から陽子がわっと驚かすようにして飛び出して来た。

「朝御飯、ちゃんと食べて来た？」

と陽子は訊いた。哲之は陽子の朝の匂いが好きだった。寝ているあいだに滲み出て来て陽子を覆い尽くし、オーデコロンや口紅やらの人工の匂いなど弾き飛ばしてしまう体臭は、ときに木犀の花の香りであったり、陽光を吸った藁《わら》のそれであったり、女の肉体そのものの匂いであったりした。哲之は、

「言われたとおり、ミルクを沸かして、パンにバターを塗って、チーズも食べて、トマトを一個かじってきたよ」

と答え、陽子の匂いを嗅いだ。

「きのう電話をきったあと、慌てて独和辞典と和独辞典を引っ張り出してきたのよ。それにお父さんにこれを借りてきた」

そうはしゃいだ口調で言って、「簡単なドイツ語会話」という題の本を見せた。

「俺、陽子にも逢いたかったし、百ドルのガイド料も欲しかったから、ぼくより京都に詳しい友だちをつれて行くってうっかり口から出まかせを言うたけど、大丈夫か？」

「おととし、友達と京都めぐりをしたから、ほんとに私、京都には詳しいのよ」

九時ちょうどに、ドイツ人の老夫婦はやって来た。ふたりとも茶色いオーバーコートを着て、どちらも形は違っているがお揃いらしいオリーブ色の帽子をかぶっていた。哲之は陽子を指差して「ヨーコ」と言い、次に自分を指差し「テツ」と言っ

た。外人にはテツユキという言葉は覚えにくいだろうと思ったからだ。

夫妻はヨーコ、ヨーコと頷きながら、陽子と握手をし、同じようにテツ、テツと繰り返して哲之とも握手をした。路上に立ったまま、陽子は持参した和独辞典のページをくり、ひとつの単語を夫妻に示した。覗き込むと、〈電車〉という言葉だった。夫妻は相談し合っていたが、やがてゆっくりとドイツ語で語りかけてきた。陽子の示した単語らしき言葉に混じって、タクシーという言葉が聞き取れた。

「タクシーと電車とどっちが早いかって訊いてるみたいよ」

「そら、電車のほうが早いよ。阪急電車で河原町まで出て、そこからタクシーに乗ったほうが早いし安あがりや。そう教えてあげてくれよ」

「そんなこと喋れるはずがないでしょう」

陽子は辞書の電車という単語を指差して、先に立って歩き始めた。切符を買うとき、夫人が大きな革の財布を哲之に差し出した。必要額だけ抜き出し、切符を買い、河原町行きの特急に乗り込むと、哲之はまず夫妻の席を取って坐らせた。夫妻のうしろの席に並んで坐り、哲之と陽子は「簡単なドイツ語会話」の本を開いた。

「どんなものが観たいのかっちゅう会話はないか？」

陽子はやがてそれに近い会話をみつけ出し、その部分を夫妻に示した。夫妻は同時に同じ言葉を投げてきた。しかしすぐに、哲之も陽子もドイツ語がわからないことを思い出したらしく、陽子の手に持った独和辞典のページをくった。そして最初に〈庭〉という単語を示し、次に〈静かな〉という形容詞の活字を指で押さえた。

「静かな庭、か。日曜日の京都に静かな庭なんてあるかなァ。どこもかしこも観光客でごったがえしてるぞォ」

しばらく考え込んでいた陽子が、

「あっ、ある。凄く静かなきれいなお庭があるわ」

と言った。

「どこ？　金を取って庭を観せるような寺は、きょうみたいな天気のええ日は満員やぞォ。おまけに紅葉の見ごろときてるからなァ」

「お寺と違うの。普通のお家《うち》よ。もう八十歳以上になるおばあさんがひとりで住んでるの」

それは修学院離宮の近くで、二年前、京都めぐりをした際、偶然傍を通り、あまりにも豪壮な、しかも上品な純和風の建物があったので中を覗き込んでいると、家人であるらしき老婆に招き入れられ、お薄と菓子を御馳走になったのだと陽子は説明した。礼状を出したあとも年賀状を送ったが、必ず返事をくれるのだとも言った。

河原町に着くと、陽子は公衆電話のボックスに入り、電話帳を調べていた。そしてダイアルを廻した。哲之とドイツ人夫妻は雑踏を避けて道の端に立ち、陽子が何か喋っているのを見つめていた。目が合うたびにドイツ人の老いた夫と妻は柔和な微笑を哲之に注いだ。哲之はそのたびに同じような笑みを返した。陽子は公衆電話のボックスから出ると走って来て、

「どうぞお越し下さいって」

と哲之に言った。

「迷惑そうやなかったか？」

「ドイツの方の口に合うようなもんはおへんけど、どうぞ遠慮なしにお越しやす。そない言うてはったわ」

哲之はタクシーを停め、夫妻に乗るように促した。

「お庭の中にも家があるのよ。源氏の君がお忍びで訪ねて来そうな小さな隠れ家って感じの素敵な家」

修学院離宮を過ぎて少し行くと四つ辻があった。陽子は運転手に右に曲がるよう言った。道はゆるやかにのぼり、澄んだ水の流れる浅い川に沿っていた。人家らしきものは一軒もなく、栗や櫟《くぬぎ》の樹林がつづいた。丈高い竹林の前で陽子はタクシーを停めさせた。

「ここ？　どこに家があるの？」

「この竹林の中よ。竹林が塀の代わりをしてるの」

タクシーの料金を払うときも、夫人は財布を哲之に渡した。哲之は念のために運転手に領収書を書いてもらい、釣りと一緒に財布に入れ、夫人に返した。

修学院までの道筋には、外国人の目を魅きそうな古い寺が幾つか見えたが、夫妻は別段それらに興味を示すこともなくひとことの口もきかず坐っていた。そんな夫妻の態度を幾分いぶかしく感じたが、陽子のあとについて、竹林の中に一本曲がりくねってつづいている小径を進んだ。木洩れ陽が幾何学模様の眩ゆい無数の線を織り成していて、夫妻はときおり立ち停まって小声で話をしていた。夫妻が立ち停まるたびに、哲之も陽子も歩を停め、ふたりの歩きだすのを待った。

瓦屋根の大きな門が開き、着物の上に茶羽織を着た老婆が出て来た。四角い小さな眼鏡をかけた痩身の老婆は足が弱っているのか杖をついていた。陽子が駈け寄って、

「ご無理をお願いしてすみません」

と言った。

「いいえ、お客さまがお越しになるなんて、一年に一回あるかないかの寂しい暮らしをしておりますので、嬉しくて、お電話をいただいたあと、気が高ぶってしまいました」

体つきや身のこなしは確かに老婆のそれだったが、喋り方には矍鑠《かくしゃく》たるものがあ

った。陽子は哲之を紹介し、ドイツ人夫妻を紹介した。

「沢村千代乃でございます。ようこそいらっしゃいました」

老婆が自分の名を名乗ったとき、哲之はドイツ人夫妻の名前をまだ知らないことに気づいた。ドイツ語会話の本を開き、〈あなたのお名前は？〉という項をふたりに示した。夫妻は自分たちもまだ名乗っていなかったことに気づいた様子で、自己紹介しながら、沢村千代乃という老婆と握手をかわした。ふたりの名のほうはよく聞き取れなかったが、姓のほうはわかった。それで哲之は沢村千代乃に、

「何とかラングさんです。ぼくらもドイツ語がわかりませんので、苗字がラングらしいとしか聞き取れません。そやけど、とにかく要するにラングさん御夫妻です」

と説明した。

「どうぞ御遠慮なくおくつろぎ下さいませ」

沢村千代乃は異国の夫婦にそう言って不意の客四人を自分の屋敷内に導いた。

「沢村さんは京都の方じゃないんですか？」

と哲之は訊いてみた。

「東京暮らしのほうが長かったものですから。でもときどきその日の気分で京都弁をつかってみたりすることもございますのよ」

陽子の言ったように、二百坪以上はあるだろうと思われる平屋の、漆喰《しっくい》壁と檜《ひのき》の

太い柱によって、簡素でありながら一種の荘厳さを感じさせる外観を形造っている屋敷が、松や椎《しい》の古木のあいだから見えてきた。

「庭は二千三百坪ございますの。私は樹や花が勝手気ままに生えておりますの庭のほうが好きだったのですが、亡くなりました主人が、わざわざ遠くから小堀遠州流の庭師を呼んで造らせましたの。あの一段高くなっております芝生の向こうを下りますと巽《たつみ》の池がございまして、その横に茶室を建てました。主人が亡くなってからは使う者もなくなりましたので、いまは私のお昼寝の場所になっております」

老婆は相手が日本語を理解出来ないことなどまったく意に介していないのか、自分より七、八歳若い、身なり正しい外国人にそう話して聞かせた。

ドイツ人の夫のほうが独和辞典を開き、単語を指差した。〈寺〉という単語だった。哲之は首を振り、ドイツ語会話の本の中から、〈これは彼女の家です〉という言葉を捜し出して夫妻に示した。ふたりは感嘆の声をあげた。へりを苔に巻かれた円形の飛び石の上を歩いて玄関のところに辿り着いたとき、ラング夫妻が「テツ」と言って哲之を呼び停め、一枚の封筒を寄こした。約束のガイド料らしかった。彼は礼を言ってそれをポケットにしまった。百ドル札一枚にしてはぶあつい手ざわりで、哲之はひょっとしたらそれよりも多目に金を入れてくれたのかもしれないと思った。

玄関にはふたりの女中が待っていた。ひとりは五十過ぎのよく肥えた女で、もうひとりは十八、九の表情のどこかに暗さを持った娘だった。沢村千代乃が四人に中へ入るよう勧めてくれたが、ラング夫妻は身振りで庭を観たいという仕草をした。

「ふたりきりで、ゆっくりなさりたいのでしょう」

沢村千代乃はそう言って、中年の使用人に、

「お茶室にご案内してさしあげなさい。あそこからだと池も見えるし、雪見灯籠《どうろう》の上にもみじの葉が落ちて、いい眺めですから」

と命じた。哲之はラング夫妻に自分の時計を見せ、いま十時過ぎだが、十二時にはここへ帰って来るようにと、身振りや辞書の単語を示しながら伝えた。ラング夫妻は大きく頷いて、陽子と哲之と沢村千代乃にまた握手を求めた。

野鳥が広大な庭のあちこちに降りて、何かをついばみ、鳶《とんび》が茶室の建っているあたりから飛び立った。ラング夫妻の姿が庭の高台から坂を下って行ってしまうと、陽子と哲之は客室に通された。

「毎年、お年賀状ありがとうございます」

老人は若い女中にたすけてもらいながら座蒲団に坐ると陽子の顔を覗き込むようにして軽く頭を下げた。

「初めてお逢いしたときと比べると、とってもおとなっぽくなられて」

「おばあさまもお元気そうですわ。前よりもお若くなられたみたいです」

陽子の言葉で、老人は笑って細いシミだらけの手を振り、

「気をつけて、出来るだけ歩くようにしてるんですけど、それでもだんだん足が弱くなっちゃって」

と言った。

雪原で佇んでいる二羽の鶴が描かれた掛け軸のある床の間に小さな白磁の花瓶が置かれ、そこに白い椿が一輪咲いていた。陽子は哲之を見てくすっと笑い目を伏せた。陽子は言葉では言えないことを、そういう形で老人に伝えたのである。わざと伝えたのか、それとも思わず知らずそんな仕草をしてしまったのか、哲之にはわからなかったが、老人の視線を感じて笑い返すわけにもいかず、といってこれという話題も咄嗟には浮かんでこなかったのでポケットをまさぐり煙草を捜した。

「ラングさん、運がいいわね。こんな見事な、静かな庭は、京都中捜したって他にはあれへんもん」

と陽子は言った。

「さっき、亡くなった主人と申しあげましたけど、ほんとは主人じゃありませんのよ」

沢村千代乃はそう哲之に語りかけてきた。

「名前は申しあげませんけど、この家を建てた人は、東京にちゃんと奥さまもお子さんもいらっしゃって、早い話が私はお妾さんなんですよ。死ぬ三年前ぐらいからは、もうほとんど東京には帰らずに、ここで暮らしておりましたけど」

「はあ……」

哲之はただそう返事をして、老人の話を聞いていた。

「ですから、亡くなりましたときは、もう大変。とにかくこれだけの土地と屋敷でございましょう？　あちらさんは自分たちが当然相続すべきものだって仰言《おつしや》って、裁判に持ち込もうとなさったんですけど、遺言状に、修学院の土地と屋敷はわたくしに譲るって書き残していってくれたものですから。でもこれだけのものを頂戴したらあとがまた大変。相続税なんて、もう気が遠くなるような額で、よっぽどご本宅にお返ししようかと思ったんですけど、どうにもきりもりがつかなくなったら売ればいいいじゃないかって友人にさとされましてねェ……」

老人は突然話題を変え、

「あんな長くつれそったご夫婦が、仲良く外国旅行をなさるなんて、とってもいいですわねェ」

とつぶやき、哲之と陽子の顔を交互に見て微笑んだ。哲之は煙草の箱をポケットから出すとき、一緒に、さっきラング氏から貰った封筒も取り出した。改めて触ってみると、最初手にしたときよりも封筒の中身はさらに厚みがあった。

「ラングさん、俺に百ドルくれるって約束やったのに、この封筒、いやにぶ厚いなァ」

哲之がそう陽子に言うと、陽子は封筒を見て、

「十ドル札で十枚くれたのと違う？」

と言った。哲之は封を切ってみた。確かに札が十枚よりもっと多く入っていたが、どれも新しい百ドル紙幣であった。

「これ、どういう意味や？」

哲之はテーブルの上に封筒の中身を置いて、陽子と老人を見やった。それから紙幣をかぞえた。十枚どころではなかった。

「二千ドル以上あるぞォ」

陽子が封筒の中をもう一度覗いた。薄い紙が四つに折りたたまれ、そこにドイツ語でびっしりと何かが書き込まれていた。

「ラングさん、間違ったのよ。哲之に渡す封筒とこれとを」

百ドル札一枚しか入っていない封筒と、それが二十枚以上も入っているものとを間違えることなどありえないと哲之は思った。

哲之は、同じような不審気な表情でドル紙幣の束に目を落としている沢村千代乃

を見つめた。哲之と老人の目が合った。しばらく見つめ合ってから、哲之は慌てて立ちあがった。それと同時に、老人の女中を呼ぶ声が、深閑とした屋敷内に響いた。

哲之はよく磨き抜かれた長い廊下を走って、靴も履かず玄関から庭への道に出た。短く刈りこまれた芝生の先が足の裏を刺したが、彼は全速力でなだらかな緑の丘陵を走った。野鳥が驚いて飛び立ち、その囀《さえず》りは固まり合って天高く昇った。巽の池と茶室が見えた。池は柔らかく輝き、茶室の壁と小さな障子に黄色い雲みたいな光を反射させていた。彼は茶室の手前でつまずいて転び、したたかに腹を打った。

「ラングさん！」

と大声で呼んだ。茶室の開き戸をあけ、四畳半に飛び込むようにして入った。東向きの簡素な座敷には、くぐりの上に大小ふたつの窓と北側の下地窓があり、そのすべての障子を通って穏やかな光が満ち溢れていた。ドイツ人の夫妻はともに足を投げ出し並んで坐っていたが、哲之に蒼白な顔を向けると、手に持っていたものを慌ててポケットにしまった。

「何をするつもりなんですか？　庭を観たいのなら、窓をあけるはずでしょう？　ポケットに隠したのは何ですか？」

哲之の日本語はラング夫妻にはまったく通じないはずだったが、ふたりは妙に清澄な目を、ともどもに哲之に注いで無言だった。さっきまでの微笑はなく、頬の血色も消え、あたかもあきらめきった病人のように力なく、そして幾分かの動揺を青い目にちらつかせて、哲之に見入っていた。

哲之は夫妻の眼前に掌を拡げて突き出した。ポケットにしまったものを出せという意思表示であった。だが夫妻は身じろぎひとつせず、ただ哲之を見つめつづけるばかりだった。

やがて誰かの走って来る足音が聞こえた。陽子と、夫妻をこの茶室に案内した中年の女中だった。女中は、夫妻が無事なのを確かめると、また屋敷へ駈け戻って行った。陽子は北側の下地窓のところに正坐し、

「哲之も坐ったら？」

と言った。哲之は茶室の三つの窓をすべてあけた。沢村千代乃が杖をつき、若い女中に支えられて芝生の丘を下って来た。そのうしろから、中年の女中が金の入った封筒を持ってついて来ていた。

「ぼくが茶室に入るなり、ふたりとも慌ててポケットに何かを隠しました。それを出せって言ってるんですけど……」

沢村千代乃は二千ドル以上もの新札が入っている封筒を、ラング夫妻の前に静かに置いた。

「言葉が通じないってのは困ったものね」

そう誰に言うともなくつぶやいてから、若い女中に、

「熊井さんに来ていただきましょう。家にいなかったら、会社のほうに電話してみなさい。日曜日は、会社でまとめて雑用を片づけるって言ってましたから」

と言った。行きかけた女中に、

「簡単に事情を説明して、急いでお越し願いたいって伝えるんですよ。それから、あなたも、もたもたしないで走りなさい」

ときつい口調で命じ、中年の女中を手招きして呼んだ。

「久しぶりにお茶でも点てましょう。すまないけど、火をおこして下さいな。それから、今焼《いまやき》の赤茶碗を持って来てちょうだい。私の部屋の戸棚にありますから」

ふたりの女中がいなくなると、沢村千代乃は床の間の前に行き、香炉を手に載せた。

「熊井ってのは、亡くなったここの主の甥《おい》でございますの。いまは独立して小さな貿易会社をやっておりますけど、その前は商社に勤めていて、七年ほどドイツに駐在しておりましたから、このおふたかたと、ゆっくりお話が出来るでしょう」

「すみません」

その陽子のしおれた声に、沢村千代乃は笑顔で言った。

「陽子さんが謝ることなんかありませんよ」

そして身を固くして口を閉じたままのラング夫妻を見つめた。

「いまここには、謝らなきゃいけない人なんか誰もいないんです」

中年の女中が、おこった炭を運んで来た。釜にも水が入った。

「ほんのちょっとお香を焚きましょう」

その沢村千代乃の言葉で、哲之は窓をしめ、ラング夫妻に釜と向き合うよう促した。夫妻は素直に体の向きを変えた。

「このお香、ずっと以前に、ある人から贈っていただいたものです。花橘《はなたちばな》っていう名高い名香でございますのよ」

点前《てまえ》座に坐った沢村千代乃は、背筋を伸ばし、しばらく釜に目をやっていた。哲之には茶はわからなかった。しかしいまこれから行なわれようとしている茶事は、沢村千代乃がラング夫妻の心をなごませ、異国の人間に自分たちの思いのたけを述べさせようとして企てられたものではないような気がした。

花橘の香が、うっすらと四畳半に漂っていた。哲之は、夫妻が互いの手に持っていたものは、おそらく何かの毒物だろうと思った。もう二、三分遅れていたら、ふたりはそれを飲んでいただろう。彼ははっとして茶室の四方に目を配った。キンが、この茶室の中でも、柱に釘づけにされて生きているような思いにとらわれたからであった。沢村千代乃は赤茶碗を引き寄せ、袋の中の茶入れを手に取った。茶を習っている陽子以外の三人は、作法などまったく知らなかったから、よく泡だった緑色の温かい液体をぎごちなく、とまどいながら飲んだ。

終わると、沢村千代乃がぽつんと言った。

「寂しいこと。こんな寂しい茶事ばかりだと、きっと死ぬことがとても魅力的に思えてくるでしょうね」

それから一息ついてこうつけ足した。

「おふたかたは、ここでは死ねなかったけど、きっとどこかで目的を遂げるでしょう。お別れのお茶ね」

「なんでそう思うんですか？」

と哲之は訊いた。沢村千代乃はそれには何も答えてくれなかった。畳の上に置かれたままになっているドル紙幣の入った封筒を、哲之はラング氏に渡した。ラングは一枚抜き取って、それを哲之の膝に載せた。茶室の戸の向こうから若い女中の声が聞こえた。

「熊井様がお越しになりました」

「どうぞ、お入りになって」

背の低い丸顔の、だがいかにもやり手らしさを感じさせる四十四、五歳の男が、茶室の入口に正坐した。それだけは封筒に戻さず帯のあいだに挟んでいた細かいドイツ語で埋められた紙きれを、沢村千代乃は熊井に渡した。熊井がそれに目を走らせているあいだ中、ラング夫妻は、不安そうに互いを見つめ合ったり、突如毅然たる表情を、四人の日本人に向けたりした。

「とにかく、書いてあることをそのまま話しましょう」

そう張りのある声で熊井は言って、もう一度紙きれに視線を落とした。

「私、フリードリッヒ・ラングと妻ベーベリ・ラングが、日本の名も知らぬ心優しい人々に多大の御迷惑をおかけすることをまずお詫びいたします。私たちの死を、下記の人物にお報せ下さい。それは私たちの息子です。そして、とりあえずこの金で、私たちの遺体を火葬して下さり、もし息子が日本にこないようでしたら、遺骨を下記の住所に送って下さるようお願いいたします。私たちの死体を病理解剖するかどうかは、貴国のそれにたずさわる方の自由ですが、とりあえず青酸カリによって死に到ったことを、私たち自身の手で証明しておきます。私たちは、ともに同意のうえ毒薬を飲みました。私たちは死を決意するに際し、多くを語り合いました。東洋の、どこか静かな限りなく美しい場所で死のうと意見が一致し、家を売り、家財道具を売り、わずかな宝石類と車を売りました。それはかなりの額でしたが、金に困っている友人二名に三分の一を与えました。三分の一は私たちの聖なる神のおわします教会に寄付いたしました。残りを東洋への旅の費用に当てました。封筒の中の二千五百USドルが、残った最後の金です。私たちの死体の処理に、どうかお使い下さい。重ねて、日本の名も知らぬ心優しき人々に多大の御迷惑をおかけすることを、心よりお詫びいたします。神よ。どうかそれらの人々に、永遠の幸をお与え下さいますように」

沢村千代乃は聞き終えてからも、背筋を伸ばし胸を張り、八十を過ぎた老人とは思えない活気を衿足や肩のあたりから放ったまま、いつまでも無言で眼前の釜を見ていた。

突然、彼女は微笑んだ。その微笑みは、一見穏やかで慈愛に満ちた老人のそれであったが、哲之にはたとえようもなく不気味で残忍な悪意の裏返しに見えた。彼はぞっとして沢村千代乃の口から出かかっている言葉を待った。

「もう死んだわ。おふたりは私の家の茶室で望みを達したのよ。そう言ってちょうだい」

熊井は沢村千代乃の言葉をドイツ語に変えて、ラング夫妻に伝えた。ラング氏はしばらく考え込んでいた。沢村千代乃の言った意味がよくわからないようであった。

「茶は、生死を覗き見る儀式だと思ってるの。茶もまた、あなた方が信じてらっしゃる神と同じかも知れない。私は、茶も宗教だと思っています。茶室にいるときは、亭主も客も死。茶室から出たら生。だから、ここから出たら、いやでも生きなきゃいけません」

ラング夫妻は熊井の流暢《りゅうちょう》なドイツ語に耳を傾けていた。西洋人の老夫婦に、沢村千代乃の言う意味がどれだけ理解できたかはわからなかった。けれどもラング氏は熊井の言葉にときおり頷いてみせた。

「私たちは家のほうに戻りましょう。熊井さんはおふたりから、もっと詳しい事情を話してもらって下さいな。人間て、ふっと死にたくなるのと同じように、ふっと生きたくなるものでしょうから」

哲之と陽子は、危なっかしい足取りの沢村千代乃を両脇から支えて茶室を出た。野鳥は舞い戻って、庭の芝生のあちこちで囀っていた。雪見灯籠のまわりに、真紅のもみじが散りこぼれ、それを木洩れ陽が照らしていた。

庭の一番高く盛りあがっている地点に来たとき、ひなたぼっこでもしましょうかとつぶやいて、沢村千代乃は芝生の上に坐り、痛めているほうの足を撫でた。そして哲之と陽子と三人で、茶室を眺めながら言った。

「私はあの人と、もう五十年ほど前に、あるお茶会で逢ったんですよ」

「あの人って、おばあさまの旦那さまですか？」

陽子が訊くと、沢村千代乃はかすかな笑い声を混じえて、

「旦那さまじゃなくて、ダンナよ、カタカナの」

と言った。

「私が三十二のときですよ。あの人は金にあかせて、すばらしい茶の道具を買ってくれました。みんな名だたる茶道具です。壺、茶碗、茶杓、釜。さっきのアラレ釜もそのうちのひとつです。でも茶のことは何も知らない人でした。千利休がどうの、その時代の有名な茶人がどうのと、知識だけはたいしたものでしたが、まああれくらい下手な人もいなかったでしょうねェ。茶を少しかじった人は、誰もが、千利休はなぜ己の命を絶ったのかって、まるでそのことに触れないと茶をたしなんでいるとは言えないみたいに話題にしました。あの人もそうでしたし、私もそうでした。いろんな説がありました。秀吉に対するあてつけだとか、挑戦だとかって……。でもつい最近、最近といっても二年ほど前、私はとうとうそれがわかったのよ」

哲之の脳裏に、さっきの沢村千代乃の不思議な微笑が甦った。彼は、茶のことは何もわからなかった。千利休のことも、秀吉の時代の茶人で、あるとき自裁して果てたという事実しか知ってはいなかったが、沢村千代乃にいったい利休の死の何がわかったのか訊きたい衝動に駆られた。沢村千代乃はいっこうに次の言葉を発しないまま、巽の池を眩しそうに目を細めて見ていた。

「利休はなぜ死んだんですか？」

り始めた。

哲之が口を開きかけると同時に、陽子が質問した。それでやっと沢村千代乃は喋り始めた。

「あの利休が、幾ら天下人だといったって、所詮は水呑み百姓から成り上がった秀吉を恐れたりするもんですか。歯牙《しが》にもかけてなかったはずよ。二年ほど前の朝、いやに早く目が醒めて、私、なんとなく茶をたててみたくなったの。女中もまだ眠ってるし、仕方がないので自分で火をおこして茶室に入ったんです。どんな道具を使ったのか忘れましたけど、茶碗だけは覚えてるの。さっきの今焼の赤茶碗でしたよ。私、ひとりで夜明け前の茶室に正坐して、茶碗の中を見つめました。二十歳のときから茶を習って、もう六十年以上も私は茶の何を見て来たんだろうって考えたんです。そのときふいに茶が緑色の毒薬に見えたんですよ。毒薬というより、死そのものに見えたと言ったほうがいいかも知れませんねェ。そこに死があって、私はその傍でいま生きている。そう思った途端、利休はとうの昔に、そのことに気づいていたんだって思ったの。茶碗の中に死があって、それを生きている自分が飲んだり客に飲ましたりする。そんなことを何千回、何万回と繰り返して来た茶人、それも利休ほどの茶人が悟らないはずはありませんよ。死の秘密というものにね。だって茶は、いつの間にか利休には宗教になってたに違いありませんからね」

沢村千代乃はそこで言葉を区切り、何やら考え込んでいたが、また静かな口調で話しつづけた。

「でもそれは口には出来ないことだったでしょう。だから利休は、自分の悟った死の秘密を自分が死んでみることで確かめるしかなかったんじゃないかしら。そうするしか、利休には自分の茶を完成させる手だてがなかったのよ。秀吉の切腹の命は、彼にとっていい口実にしか過ぎなかったでしょう。自分のたてた茶を飲み、戦場におもむいて死んで行った数限りない武将のことも、どうでもよかった。利休は自分の死に対する人には言えない悟りに近いものを立証するために、死んでみたのよ。……私、絶対そうに違いないって思ったの。二年前の冬の夜明けにね。目の前の、赤茶碗の中の死を見たとき、本気でそう思ったの。だから、私は茶室でお昼寝をするんです。そうするとますますよくわかってくるんです。眠っている私は死。目醒めたら生。どちらも同じ私。生死、生死、生死……。利休は死ぬことでそれをはっきり見届けようとしたんだって……」

　我知らず熱弁をふるったことを照れるように、沢村千代乃は哲之と陽子を見て笑った。その笑い声は、哲之にラング夫妻と熊井のいる茶室を、屋根のある閑雅な墓みたいに思わせた。

　哲之は、自分の見た不思議な夢を思い浮かべた。自分が一匹の蜥蜴になって、何百年も生き死にを繰り返していた夢は、沢村千代乃の深読みとも独善ともとれる推理と、強く繋《つな》がっているのだった。哲之は、もうそれが当たり前の日常みたいになってしまったキンの飼育に、そろそろ決着をつけなければならぬと考えた。目を凝らすと、庭を取り囲む榎や椎の枝が揺れ、そのたびに葉はこぼれ散っていた。来年の春、それもまごうかたのない温かさが天地に満ち溢れる日、キンの体から釘を抜こうと彼は思った。いま釘を抜いたら、新たな傷を負ったキンは、冬の寒さに耐えることなく死んでしまうだろうと考えたからである。

茶室の戸があき、ラング夫妻と熊井が出て来た。

「いま何時かしら」

と沢村千代乃が訊いた。

「そろそろ十二時です」

「京料理を料亭に註文しときましたの。もう届くころでしょう。よかったわ。そこの料亭のお弁当は、量がほどほどでおいしいのよ。いまの御夫妻の体に、ちょうど合った量ですよ」

沢村千代乃はそう言って立ちあがり、着物に付いた枯れ芝を手ではらった。ラング夫妻は、巽の池のところにたたずんで、寄り添ったまま水面を見つめていた。熊井は庭の斜面を昇って来て、ふたつの小さな白い紙包みを沢村千代乃に手渡した。

「青酸カリです」

「よく渡したわね」

「その気になれば、幾らでも死ぬ方法はある。だけど、それを持たせたまま、我々はあなた方をこの茶室から出すわけにはいかないって言ったんです」

熊井は屋敷の玄関に向かって歩きながら説明した。

「理由は訊いたの？」

「息子さんがひとりいて、ミュンヘンで弁護士をしてるそうです。あの夫婦はそこから百キロ離れたいなか町に家を買って年金生活を始めました。息子の嫁は私を嫌ってる。奥さんがそう言うと、御主人のほうが、息子は私を嫌ってるって肩をすくめました。たった百キロしか離れてないのに、この二年間一度も来たことがない。いつも用事は電話ですましてしまうって言ってました。お互い言い分はあるんでしょう。でもそれ以上訊いても、こっちはどうしようもありませんから、やめました」

「どこの国でも、おんなじね」

と沢村千代乃は言った。

「妻が先か自分が先か、それはわからないが、いずれは必ずひとりぼっちになる。そうなったときの寂しさを想像するとたまらないそうです」

「お前、その息子ってのに手紙を出しておやり。弁護士やってるくらいなら、お金に困ってるわけでもないでしょう。かくかくしかじかの理由で、あんたの御両親は日本で死のうとした。どうするつもりかって」

「まあ、書けと仰言るんなら、いますぐにでも書きますがねェ……」

「だってそれしか方法はないじゃありませんか。ふたりは家も土地も、全部手放して旅に出たのよ。残ってるのは二千何百ドルだけ。お国に帰れる飛行機代にもなりゃしない。たとえ帰ったって、その息子のところしか落ち着く場所はありませんよ」

哲之は熊井と沢村千代乃のやりとりを聞きながら、ふと老人が茶室で言った言葉を思い出した。——おふたかたは、ここでは死ねなかったけど、きっとどこかで目的を遂げるでしょう。お別れのお茶ね——。それなのに沢村千代乃は、ふたりの異国人を死なせまいとしている。茶室での言葉といい、さっきの利休の死に対する考え方といい、なにかしら不気味なものを感じた。若い女中が、料理の届いたことを主人に告げた。

「ぼく、ふたりを呼んで来ます」

そう言って哲之は小走りで巽の池に向かった。ラング夫妻は足音に振り返り、哲之に何か言った。謝罪の言葉らしかった。食事の用意が出来たことを身振りで示すと、申し訳なさそうに見つめ合い、「ダンケ。ダンケ・シェーン」と言った。

卓子に坐り、日本食を見て、ラング氏は熊井にこれは何かと訊いた。

「高野《こうや》豆腐ってのは、どう言ったらいいのかな」

熊井が首をかしげた。沢村千代乃は笑みを浮かべ、

「コウヤドウフってしか言いようがないわね」

と言った。食事が終わり、女中がメロンを運んで来た。熊井とラング夫妻はしばらく話し合っていた。

「とんでもない御迷惑をおかけしたうえに、こんなすばらしい日本の料理まで御馳走になった。私たちは死ねなかった。きっと神がそれをお許しにならなかったのだろう。一度死ねなかった人間は、もう死ねないに違いない。どうかこれ以上の御心配はして下さるな。そう仰言ってます」

熊井がその言葉を伝えると、沢村千代乃はメロンに視線を注いで、果肉をスプーンで口に運びながら、

「どうやってお国にお帰りになるのかって訊いて」

と言った。ラング氏は何も答えなかった。すると沢村千代乃は、ふいに顔をあげラング夫妻にきつい目を向けた。

「寂しいこと。どうして人生の最期って、そんな寂しいものになってしまうのかしら。何のために生きて来たんでしょう」

熊井がそれを訳した。ラング氏はネクタイのゆるみを直し、穏やかな口調で喋り始めた。熊井がほとんど同時通訳に近い形で訳した。

「私もそう思う。仕事からしりぞき、いなかに小さな住みごこちのいい家を買ったとき、これから新しい人生が始まると思った。しかし、新しい人生とは何だろう。自分は過ぎ去った人間だという考えが、すぐに私の心の中に生まれた。私は貧しい家に生まれた。高等学校を卒業して、印刷工になった。途中、大きな戦争があり、私はフランス軍やイギリス軍と戦った。私は見届けていないが、私のうった弾は、きっと何人かの人間を殺したことだろう。ドイツは敗れ、苦しい時代が長くつづいた。そんなころ、妻と知り合った。私たちは一緒に暮らし始めた。そのうち、元の印刷会社が再建され、私はそこに戻った。十年間、真っ黒に汚れて活字をひろった。やがて機械が私の仕事を奪った。私は自分の可愛い息子に、医者か弁護士になるよう強要した。人間にしか出来ない仕事、そして人から尊敬される仕事につけたかったからだ。息子は反撥した。息子はコックになりたいと言った。だが私は許さなかった。そんなに多くない収入をけずって、息子に家庭教師をつけた。いま考えると、息子はなんと柔順だったことだろうと思う。不満を抱きながらも、息子は私の夢を叶えてくれた。しかし、それは私の夢だったのだ。息子の夢だったのではない。息子が恋人をつれて来たとき、私も妻もその娘を気にいらなかった。しかし私は、せめて自分の妻を選ぶ自由ぐらいは与えてやるべきだと思った。弁護士という仕事も、妻も、息子にはそぐわなかったようだ。弁護士という仕事をまっとうするには、息子は善人で温和《おとな》し過ぎた。仕事が、息子の心を痛めた。美しいが贅沢好きで見栄っぱりの妻のヒステリーが、息子を酔っ払いにした。息子は強い酒を飲み、そのたびに私に、自分はいまでもコックになりたいと思っているんだと怒鳴りちらす。酒を飲まないと、怒鳴ったり出来ない人間なのだ。ある日、私は息子に言った。もう逢わないようにしよう。そのときは本心だった。息子は私たちのもとにこなくなった。そのとき私と妻は七十六歳になっていた。新しい人生なんかなかった。もし新しい人生を求めようと思うなら、死ぬしかないだろう。いつしかそんなふうに考え始めた。ことしの春、子供のころからの友人がふたり、時を合わせるように亡くなった。それは私に何かをせきたてた。寂しい老人がたくさんいる。彼等はただ待っているだけだ。私は待つことが怖くなってきた。待っているよりも、自分からそこに行こうと思った。妻は怖がった。しかし私は説得した。もう充分に生きた。どちらかが死んだら、どちらかがひとりぼっちになる。そのほうがもっと怖いことではないかと」

哲之は、いまごろ、店の掃除をしているであろう母のことを思った。母の弱い体を思った。それで、沢村千代乃が自分に声をかけて来たのに気づかなかった。陽子に教えられて、彼は慌てて沢村千代乃の顔を見た。

「ホテルに電話して、きょうはラング夫妻は京都に泊まるって伝えて下さい。また騒々しい大阪に帰るより、今夜はここでゆっくりなさっていただきましょう」

ラング氏は大きな身振りで辞退したが、沢村千代乃の、

「迷惑をかけたんだから、私の言うとおりにする義務がありますわよ」

という微笑のこもった言葉で、初めて悄然と肩を落とした。哲之は電話よりも、直接ホテルに行って、そっと事情を島崎課長に説明するほうがよさそうな気がした。彼は自分の考えを沢村千代乃に言った。

「御面倒だけど、そうしていただいたほうがよさそうですわね」

哲之と陽子は沢村家の門を出て坂道を下り、タクシーを停めた。タクシーの中で、陽子は頭をぐったりと哲之の肩に凭せかけた。いつものオーデコロンの匂いは、日向の匂いに変じていた。哲之は陽子を抱きたくなった。我慢出来なくなった。いつもそんなとき使うふたりだけの暗号を口にした。

「キンちゃんが呼んでる」

きっと、とんでもないとはねつけられるだろうと思ったのに、陽子は、

「うん、かめへん」

とつぶやいて、哲之の人差し指を握った。

「夕方までに、大阪に着いたらええんでしょう？」

陽子はしょんぼりと、だがはっきりと自分もそれを求めていることをしめす、わざと舌たらずな言い方をしてみせた。

夜になると、家々の屋根や並木に何色もの光を投じるのであろう連れ込みホテルのネオン塔が、街並の向こうに突き出ていた。哲之はタクシーの運転手に停まってくれるよう言った。

「河原町までと違いますのか」

運転手はわざと急ブレーキをかけて車を停め、バックミラー越しに哲之を睨んだ。

「すみません。このへんに、友だちの家があるのを思い出したんで」

どこで降りようと客の勝手ではないかと思いながら、哲之はそう弁解して料金を払った。

人々の心は、なぜこんなにも殺伐としているのだろう。街は汚れ、騒々しく、みんな怒りっぽく、いらいらしている。ちぇっと舌打ちして釣銭を渡し、車を急発進させて遠ざかっていく運転手の、決して幸福そうではなかった顔を脳裏に描きつつ、哲之は陽子を見やった。

「疲れたなァ。なんか、何もかもいやになってきた」

「キンちゃんが呼んでるって言うたくせに」

秋の陽に照らされた陽子の顔は、いつもよりずっと美しく見えた。陽子の持っている、この不思議なふくよかさは何だろう。そう思った途端、哲之は、陽子を幸福にさせてやる自信がなくなってきた。

「こんな昼日中に、ホテルから出て来るのを人に見られるのはいややろ？」

「そやけど、いまから哲之のアパートへ行く時間なんかあれへんもん……」

哲之が黙って足元の落葉に目を落としていると、

「キンちゃんが呼んでる……」

陽子はそうささやいて、哲之の手を引っ張った。寺の壁に沿って道は自然に左に折れ、そのままホテルの入口に繋がっていた。道の向こうで、まだ中学生らしい男の子が数人、ローラースケートに興じていた。その中のひとりが、哲之と陽子を見て、

「おっ、入りよるぞ、入りよるぞ」

とはやしたてた。ふたりが中に入ると、卑猥な言葉の混じった喚声が聞こえた。男が出て来て、

「あいつら、客が出入りするたんびに、しょうもないこと言うて、はやしたてやがる」

とつぶやき、哲之と陽子を上がり口に待たせたまま表に出て行った。

「こらっ！　あっちへ行きんかい」

「どこで遊ぼうと、俺らの勝手や」

男の走りだす足音と、逃げて行く子供たちの、路面を滑るローラースケートの音に聞き入って、哲之と陽子は顔を見合わせた。陽子が微笑んだ。哲之も微笑み返した。

「お待たせしました」

男は帰って来るとそう言って、スリッパを二足並べ、それから、

「うちはねェ、昼間は六時まで、何時間いてはっても値段は一緒です。その代わり、三千円、四千円、五千円のコースがおます。さあ、なんぼの部屋にしまひょ」

とまるで市場の魚屋が客と交渉するみたいに、陽気な口ぶりで説明した。

「四千円の部屋やったら、風呂がついてまっせ」

「じゃあ、その部屋にします」

哲之が答えると、男は、

「四千円のお部屋にご案内」

と大声を張りあげた。それを合図に案内係が出て来るのかと思っていると、そうではなく、男は帳場から部屋の鍵を持って来て、自分でエレベーターのスウィッチを押した。部屋に入り、男は風呂場の鏡を叩き、壁を叩き、掛かっている安物の複

製画の額をずらして、

「ノゾキが出来るような仕組みにはなってまへんさかい、安心しておくれやす」

と言った。そして胸ポケットから名刺を出した。〈間多喜太郎〉と印されてあった。哲之は名刺の文字に見入り、

「何てお読みするんですか？」

と訊いた。

「マタキタロウ」

「はっ？」

「また来たろうっちゅう名前でんがな」

「まさか本名とは違うんでしょう？」

「あたりまえやがな。そんな名前、ほんまにつけられたら、私、親を恨みまっせ」

男は部屋から出て行くとき、ふたりに人の好さそうな笑みを向け、

「また来ておくれやす」

と言った。

顔をしかめて名刺に視線を注ぎつづけている哲之の耳に、陽子の忍び笑いが聞こえてきた。陽子はベッドにあおむけになり、両手で口を覆って笑いつづけた。哲之にも笑いがこみあげてきた。彼は陽子の体の上に倒れ込み、一緒にシャワーを浴び

ようと誘った。陽子は、依然として笑いつづけながら、セットした髪のカールがとれてしまうからいやだと言った。濡らさないようにすればいいではないかと哲之は執拗に求めた。陽子は笑うのをやめ、自分の目から五センチと離れてはいない哲之の目を長いあいだ無言で見つめ、両腕を哲之の頭に巻きつけてきた。そして静かに言った。

「私、どうなるの？」

かすかな人声が、頭上からとも隣室からとも廊下からとも判別出来ない奇妙な響き方で、哲之と陽子を寂しく包んだ。汗ばんでくるほどの暖房の熱が、かろうじてふたりの共通の不安を、言葉や表情に出るのを押しとどめてくれた。

「わかれへん。一時間後のこともわからへんのに」

やっとそれだけ答えて、哲之は陽子の首の横に自分の額をあてがった。

「私、相手がどんな人であろうが、ええい、なるようになれっていう気持がないと、女は結婚でけへんのと違うかなァって思う……」

陽子は自分から唇を寄せた。そして離れ、

「哲之は強い？」

と訊いた。

「俺、弱い」

また陽子は唇を寄せた。それはころころとここちよく哲之の唇の上で転がった。

「哲之は長生き出来る?」

「早死にしそうな気がする」

「お金儲けは上手?」

「一番苦手や」

「浮気する?」

「するかもしれへん」

哲之がふざけて答えているのではないことを、陽子はちゃんとわかっているようだった。陽子は起きあがり、

「暑い」

と言った。

「そらそうや。ここは裸になるとこやもん」

「マタキタロウ……」

そうつぶやいて、陽子は風呂場に入って行った。着ているものを脱いでいる姿が、すりガラス越しに映っていた。やがてシャワーの音が聞こえた。哲之はベッドの上で全裸になり、陽子のいるところへ行った。顔をのけぞらせ、背を向けてシャワーを浴びている陽子の裸体を眺めた。

狭い風呂場の中は、たちまち湯気でかすみ、しぶきが哲之の顔や胸に当たって流れた。彼は両手を伸ばし、陽子の腰をつかんで自分のほうに向かせた。陽子の体のあちこちの、こわばっている部分を撫でた。そうしてほぐしてやった。

「私、ほくろがあるの」

哲之に石鹸を塗りたくられながら、陽子はこんどは哲之の首に腕をからめてそう言った。

「知ってるよ。お尻と、みぞおちのとこに、大きいのがある」

陽子はかぶりを振り、凄く恥かしいところにあるのだと言った。シャワーの湯は、ふたりの髪をもうぐしゃぐしゃにしていた。哲之と陽子はシャワーを浴びたまま、タイルの上に坐った。哲之は陽子の体のあらゆる部分に石鹸を塗り、掌で何度も何度も洗った。哲之の掌がどこをまさぐろうとも、陽子は決して体をちぢこまらせたりしなかった。ただしがみついていた。哲之は陽子の腕から離れ、あぐらをかき、タイルに両手を突いて、陽子がどんなに美しい体をしているか教えてやった。陽子は横坐りの格好をして同じように両手を突き、哲之の言葉を聞いていた。

哲之は、その凄く恥かしいところにあるほくろを見せて欲しいと言った。そうするためには、陽子はたぶん生まれて初めてに違いないほどに体を開き、しかも思い切り体をのけぞらせなければならなかった。陽子は哲之の言うとおりにした。ほくろが見えた。湯気と伝い落ちる湯が、ほくろを見え隠れさせた。それで、哲之には、それがキンの目のように見えた。瞬いているキンの小さな目に見えた。彼は陽子の体を閉じ、抱き寄せ、

「俺は、ほんとは強いんや」

と言った。陽子は頷いた。

「俺は、長生きするぞ」

「金儲けの才能もある」

「浮気はせえへん」

そのたびに陽子は頷いた。だが、体によっても、心によっても、愛撫されているのは、哲之のほうだった。それはベッドに入ってからも同じだった。哲之は自分の知っている数少ない性の技巧を、心を込めて陽子に注いだが、されるままになって目を閉じている陽子に、果てしなく限りなく愛撫されている自分を感じた。

何時間かのち、ふたりはほとんど同時に、ラング夫妻のことを思い出した。ついさっきの他人の人生の劇を忘れて、ふたりだけの歓びの時の中にいたのだった。哲之は陽子とともどもに、ぐったりと抱き合ったまま、歓びの中に絶えずちらついていた物憂げな寂しさを思った。なぜこんなにも至福の時を過ごしているのに寂しいのだろう。

彼は、それを、自分が貧乏だからに違いないと考えた。大学を卒業して就職しても、わずかな給料の大半が、父の残した借金の返済に消えていく。それなのに、陽子は、風呂場のタイルの上で、自分が命じるままの姿態を見せた。きっと思い出すたびに、陽子はその己の姿態に赤面し、涙ぐむことだろう。そうまでして自分に見せてくれた陽子のほくろとは何だろう。陽子はなぜシャワーを浴びながら、あらぬところに石鹼を塗りたくられながら、あんなにも体をやわらかくさせていたのだろう。動いていた自分が、じっとしていた陽子に、なぜあんなにも烈しく愛撫されたのだろう。

哲之の心の中に、大阪駅からアパートまでの長い道のりの風景が映し出された。明るい煉瓦色の、混み合った電車で京橋へ。その京橋駅の唾や痰《たん》や嘔吐物や、煙草の吸い殻や泥や埃《ほこり》の混じり合った厚い膜のようなホームから階段を下って片町線のホームへ。使い古されてローカル線にまわされた金気《かなけ》臭い電車の窓から見えるドブ川や工場。クレーンの音。ドブにひろがる油膜とメタンガス。何度降り立っても、知らない町に辿り着いたような気分にさせる住道駅の、ついたり消えたりする汚れた蛍光灯。いなかのチンピラのたむろする商店街にいつも漂っている大蒜《にんにく》の匂い。いつも誰かがくだをまいている酒屋の立ち呑み処。おもちゃ屋。皮膚病にかかった野良犬の群れ。踏切。銭湯の煙突。寒い、暑い、一本道。同じ形をした分譲住宅の物干し台でたなびく洗濯物。鉄の階段。そして、自分の部屋。キンの待つ自分の部屋。哲之は陽子にしがみついた。

「髪の毛、無茶苦茶になってしもた。お母さん、絶対、変に思うわ」

「京都だけ雨が降ってたことにしたらええ」

陽子はくすっと笑った。下着をつけ、服を着ると、鏡台の前で髪の乱れを直した。帳場に降りると、男が、

「あれっ。六時までは、なんぼいてはってもおんなじ値段でっせ。もうお帰りでっか?」

と言った。哲之はあいまいな笑みを浮かべ、金を渡した。

「私の若いときなんか、こんなべっぴんさんやったら五時間でも六時間でも放さしまへんでしたでェ」

男はそう言いながら、表に出て、ふたりを手招きした。

「誰もいてしまへん。平気な顔をして歩いて行きなはれ」

曲がり角で、哲之と陽子は振り返った。男は、ひょいと手をあげて、

「また来ておくれやす」

と頭を下げた。

「京都に来たら、ほんまに、あのホテルにまた行こうか」

哲之が言うと、

「ドライヤーと、カールの道具を持ってね」

陽子はそう答えて、突然赤らんだ。


哲之の説明を聞き終えると、島崎課長は声をひそめて、

「そら、えらいこっちゃったんやなァ」

と言った。そしてすぐにフロントに電話をかけた。

「フロント主任には内緒にしといて下さい」

島崎は受話器を耳にあてがったまま、まかしておけというふうに、二、三回頷いた。

「井本課長は、きょうは日番か？」

フロント係にそう訊いてから、送話口を手で押さえ、

「井本はぼくと同期でなァ。口の堅い男や」

と哲之に説明して片目をつぶった。井本が電話に出て来たらしく、ちょっと相談があるから来てくれないかと言って、島崎は電話を切った。すぐに井本がやって来た。いなかの小学校の、謹厳実直な教頭みたいな顔をしたフロント課の井本課長は、このホテル随一の語学力の持ち主で、英語とフランス語は、ときおり外人客が真顔

で賞めるほど、正統なものであった。井本はしばらく考え込み、事務所から出て行き、帰って来ると、

「ミスター・ラングは今晩の宿泊費も前払いですましてはるよ」

と言った。それから煙草を一服吸い、

「今晩の宿泊費はお返ししよう。そんな事情やったら、たとえちょっとでも金が減らんようにせんとなァ」

そうつぶやいて、何か大きな悩み事をかかえている人みたいにうなだれた。

「ぼくにもお袋がおってなァ。八十八や。やっぱりぼくの女房とうまいこといかんのや。恥かしい話やけど、先月、自分から西宮の養老院へ入ってしまいよった。養老院いうても、設備の整った私設の、そないに陰気なとこと違うけどもなァ……。ほっとする気持と、えらい親不孝してる気持とで、何やしらん落ち着かんわ」

哲之が従業員用の裏口から出て、陽子の待っている喫茶店に歩いて行きかけたとき、島崎課長が追って来て肩を叩いた。

「就職のことやけど」

と島崎は言った。

「ぼくとしては、もうそろそろ返事を貰いたいんやけどなァ」

「ぼく、お世話になることに決めました」

嬉しそうに笑顔で哲之を見あげ、

「そうか。ほんまに決めたんやな。よっしゃ、ぼくにまかしてくれるか？」

と島崎は言って、せかせかと職場に戻って行った。

でも十年間だ、と哲之は胸の中で言った。十年間、一所懸命働いて、金を貯め、父の言ったように、何か自分で商売をするのだ。どんな商売が自分に向いているのか、それにはどれだけの資本が必要なのか、まだまったく見当もつかなかったが、ほんの二時間ほど前の、陽子の不思議な愛撫は、いまごろになって哲之を勇気づけてきた。

陽子は喫茶店の電話で、ホテル側の処置を沢村千代乃に報告した。戻って来た陽子は元気がなかった。

「どうしたん？」

「手紙やったら時間がかかるから、ミュンヘンに国際電話をかけたんですって」

「息子さん、迎えに来るんやろ？」

陽子は首を振った。

「ふたりの好きなようにさせてやってくれって。そう言うてがちゃんと電話を切ったんやて」

「勝手に死にやがれっちゅうことか？」

「沢村のおばあさまも、ちょっと意外やったみたい。私、どうしよう……。私が頼んで、ラングさんをあの家につれて行ったんやもん」

自分の歳老いた両親が異国で服毒自殺を図り、しかも祖国へ帰る飛行機代がないというのに、平気でいられる息子がこの世にいるのだろうか。ラング氏は、息子と自分との確執の真の理由を隠しているのに違いないと哲之は推測した。

「電話をかけたのが二時半ですって。西ドイツと日本との時差は七時間やから、向こうは朝の七時半でしょう？　そやのに、息子さんの喋り方は、相当酔っ払ってるみたいやった。ちょっと時間をあけて、もう一回電話をかけるつもりやって、おばあさまが言うてはった」

「なんぼ酔っ払ってても、そんな電話が日本からかかってきたら、酔いも何も醒めてしまうやろ」

それには答えず、カールの取れてしまった髪に手をそえながら、

「私、……疲れた」

と陽子は聞こえるか聞こえないかの声で言った。

「家に帰って、ゆっくり休んだらええ。駅まで送るよ」

「哲之も帰るんでしょう？」

「俺、お袋のとこに行ってみる。電話で話をするだけで、もう長いこと逢《お》うてない

から。きょうは日曜日で、お袋の勤めてる店も休みなんや」

いったん改札口を通り過ぎて、ホームへ昇る階段のところまで行っておきながら、陽子は駈け戻って来た。陽子は自分も一緒に行くと言い張ってきかなかった。そういえば、母と陽子とは随分長いあいだ顔を合わせていないな、と哲之は思った。

御堂筋側からキタ新地の本通りへ入って行ったので、通りの西の端にある〈結城〉まではかなりの距離があった。キタ新地に密集するクラブや料理屋は、日曜日はそのほとんどが店を閉めていて、ポリバケツに詰め込まれた汚物の臭気がなかったら、まるで廃墟の街を思わせるほどであった。ときおり、どこかの店先に、きちんと背広を着て上等のネクタイをしめた若い男が所在なげに立っていた。彼らは一様に美貌の持ち主であったが、みなそのちょっとした仕草に退廃と放恣を閃かせた。〈結城〉の二階に明かりが灯っていた。哲之はいっとき、その明かりを見つめ、もうあしたからでも、母と一緒に暮らしたいと思った。どちらかが賢くさえなれば、嫁と姑《しゅうとめ》は仲良く同居出来るはずなのに。彼はその自分の考えを陽子に言った。

「私、哲之のお母さんを好きよ」

最初から、嫁とけんかしようと考えている姑はいないだろうし、姑といがみ合おうと思っている嫁もいないはずであった。それなのに、嫁と姑が仲良く暮らしていることが稀なのはなぜだろう。哲之はなんとなく、そこに女という生き物を成している根源の核と呼べるものがあるような気がした。

〈結城〉の戸を叩いた。二階の窓があき、母が顔をのぞかせた。

「こんばんは」

あたかも親しい女友だちにするみたいに、陽子は屈託なく笑い、ぴょんぴょん跳びはねながら手を振った。

「いやあ、陽子さん、お久しぶりやねェ」

母も嬉しそうに笑って窓を閉めた。玄関の鍵を外す音がした。母が、自分たちの来訪をどんなに喜んでいるか、そのすりガラス越しに映っている動作で、哲之にはすぐにわかった。母は陽子を見るなり不審気な顔をした。

「どないしはったん？　その髪の毛……」

そして、ふたりを二階の自分の部屋にともなった。

「ちょっと待っててな。いま、お茶をいれるよってに」

そう言ってまたすぐに母は階下へ降りて行った。

「そやから言うたでしょう。こんな幽霊みたいな髪にさせて」

陽子は口を尖らせ、恨めしそうに哲之を睨みつけた。

「俺、頭からシャワーをかぶれなんて、言えへんかったぞ。陽子が勝手にそうしたんや」

「そやけど、あのとき、ええい、どうなとなれって、思てしもてんもん……」

「マタキタロウが悪いんや。あのおっさんが、陽子をそんな気にさせよったんや」

言ってしまってから、あるいは本当にそうかもしれないと哲之は思った。あの京都の下町の一角の連れ込みホテルの、なんとも侘しさを漂わせたたたずまい。その玄関をあけて中へ入った瞬間の哀しみ。そして主人の善意に満ちた剽軽《ひょうきん》さ。些細な事象を媒介にして、恐ろしい速度で変化する人間の心。そんなおぼつかない心に支配されて生きるのは、なんと馬鹿げたことだろう。そうした想念にひたるとき必ずあらわれるキンの姿が、哲之の脳裏に、条件反射のように浮かび出て、しっぽを左右にくねらせた。

「そんなとこに坐ってんと、おこたに入りはったらええのに」

急須と湯呑み茶碗を盆に載せて部屋に入るなり、母は陽子にそう言った。言われるまま炬燵《こたつ》に入り、陽子は母にトイレの場所を訊いた。陽子が階下に降りてしまったのを確かめてから、母は哲之の頭をこづいた。

「男はすぐそれや」

「なんのことや？」

「ちゃんとセットしてあった髪が、なんであないに伸びてしまうんや。陽子さんは、きれいにセットもせんと出かける娘やあらへんで」

「雨が降ったんや」

哲之は母の優しい口調につられ、笑みを浮かべつつ答えた。

「にわか雨がな」

「うん」

陽子が戻って来て、茶をすすった。哲之は、就職が決まったことを、母と陽子に伝えた。

「いつ？」

陽子が驚き顔で訊いた。

「さっきや。だいぶ前から勧めてくれはったんやけど、ふんぎりがつけへんかったんや。そやけど、どこの港からでもええから、とにかく船出せんとなァ。それで、さっき課長にそろそろ返事が欲しいと言われて、決めてしもた」

「どこの港からでもいい、とにかく船出しよう……。わァ、気障な言い方」

陽子にひやかされ、彼は照れて笑った。母は真顔で、おめでとうと言った。母は前に逢ったときよりも、さらに痩せて、血色も悪かった。長いあいだためらっていたが、哲之は、母に一緒に暮らそうともちかけた。陽子は以前、哲之に話したこぎれいなアパートのことをまた持ち出した。

「アパートいうても、軒つづきの二階家なんです。下が六畳と台所兼食堂。二階が三畳と六畳。お風呂もついてるし、私の家から歩いて五分のところにあるんです」

するとと母は微笑を陽子に注いで、

「陽子さん、ほんまに哲之と結婚するの？」

と訊いた。陽子は頷いたが、母はゆっくりとかぶりを振った。

「私が陽子さんのお母さんやったら、絶対に反対します。私らはあと二、三年、お父さんの残した借金を払わなあかん。それがすむまでは、結婚どころやあらへん。母ひとり子ひとりで、そのうえ自分の家はない、借金はある。そんなとこに、私なら娘を嫁にやったりせえへん。陽子さんのご両親も、そんな悪い条件だらけの家に大切な娘をやりたいはずはあれしまへんやろ？」

陽子が何か言おうとして口を開きかけたが、母はそれを制してこう言った。

「いま仮にそう決めてても、二、三年のあいだに、陽子さんは他の人を好きになるかもわからへん」

哲之と陽子は黙って顔を見あわせた。

「私は、陽子さんみたいな娘さんが、息子のお嫁さんに来てくれはったら、どんな嬉しいやろと思います。そやけど、これぱっかりは縁のもんやさかい」

そこでひと息ついて、父が生前、酔うと口にした「お母ちゃんなァ、若いときはほんまにきれかったぞォ」という言葉が決して誇張ではないことを物語る端整な顔を傾け、誰に言うともなくつぶやいた。

「みんな簡単にすっと使うけど、縁て、不思議な言葉やなァ」

陽子の鼻の先に赤味が生じた。それが彼女の泣きだすときの前ぶれであることを知っている哲之は、慌てて何か言おうとした。けれども何の言葉も浮かんでこなかった。陽子はうなだれて低い声で泣いた。きっと母の言葉が、奮い立たせていた陽子の勇気に水をさしたのだろうと哲之は思った。けれども、そうではなかった。

「私、誰にも内緒で、その家をもう借りてしまったんです。敷金も払ったし、家賃も払いました。卒業したら、私も哲之も働いて、お母さんと三人で暮らすんです」

こんどは、哲之と母とがぽかんと顔を見あわせた。

「敷金も払うたて、そんなお金、どないして工面しはったの？」

と母が問いただした。

「中学生のときから毎月貯金していたお金に、アルバイトで貰った残りを足して、足らん分は横浜にいてる従姉に借りました」

陽子の声は、最後は嗚咽《おえつ》で聞き取りにくいほどに震えていた。母は身を乗り出し、自分のハンカチで陽子の涙を拭いた。陽子は顔をあげ、目を閉じて、子供みたいに涙を拭いてもらっていた。

「私、女の子を産まいでよかったわ。年頃になったら、何をしでかすやら、ほんまに……」

　それから母は立ちあがり、簞笥の引き出しから貯金通帳を出して、陽子と哲之に見せた。七十万円近くあった。

「こんなに、どないやって貯めたん？」

　哲之の問いに、

「給料が手取りで十一万とちょっとやろ？　そやけど、家賃も食事代もいらんから、毎月十万円貯金してきたんや」

　と母は平然と答えた。

「ほな、一万円で毎月暮らして来たんか？」

「お客さんが、ときどきチップをくれはるねん。中には一万円も二万円も、そっとたもとに入れてくれる人もいてはるねん」

　母はぺろっと舌を出し、

「私、昔から、へそくりの名人やったんやで」

　と言って首をすくめた。

「よう出る涙やなァ……」

　母は感心したように言ってまた身を乗りだし、陽子の涙を拭いた。拭いてもらいながら、陽子はくすくす笑った。くすくす笑っているのに、涙はあとからあとから溢れ出た。

陽子を駅まで送るため、母も一緒について来た。阪急電車の改札口で陽子と別れると、哲之は母と並んで歩を運びつつ、ラング夫妻の青い目を思い出した。ここ数ヵ月、いや数年、あんなに必死に走ったことはなかったなと思った。テニスの試合中でもあんな悲壮な思いで球を追ったことはなかった。間に合ってよかった。ふたりを死なせなくてよかった。彼はそう思った。あのとき死なせてあげたほうがよかったとは断じて思わなかった。ふいに母が歩を停めた。哲之が立ち停まって母を見た。

「あの娘《こ》、お嬢さん育ちやけど、あしたからでも、借金取りの断わりぐらい出来そうなとこがあるなァ」

母はそう言ってから、哲之が嬉しくなるくらいの明るい表情を向け、こうつけ足した。

「あれだけ、さめざめと泣かれたら借金取りも逃げて行くわ」

## 九

十一月に入って、キンがまったく餌を食べなくなった。哲之は小さな本棚から

「日本の爬虫類」という本を取り出し、〈トカゲの飼い方〉の項を読んだ。室内で飼育する際の注意点として、赤外線ランプで日光浴の代わりをさせてやらないと餌の食べ方が悪くなると記載されてあった。一度読んで、頭に叩き込んでおいたつもりだったが、哲之は忘れていたのである。冬には、いっぺんに食べるだけ餌を与えておけば、一週間に一度で充分だとも書かれていた。

キンが餌を食べなくなってもう二週間が過ぎていたので、哲之は、もうクリムシには飽きたのかと思い、アリとかクモとかをアパートの裏の雑草の生い茂った空地からつかまえて来て与えてみたが、目をまばたかせるだけで口を開こうとはしなかったのである。

昼間、デパートの電気用品売り場で赤外線ランプを買い、哲之はホテルでのアルバイトを終えて、夜更けの寒い道を小走りで帰って来ると、さっそくキンに赤外線を当ててやった。そしてふと思いついて、定規でキンの体長を測ってみた。キンが哲之の前に姿をあらわしてからきょうまでに、その体長は約一センチ伸びていた。

「キンちゃん、俺に釘で打たれたときは、まだ子供やったんやなァ」

哲之はキンにそう言った。彼は三十分近くキンに小声で喋りつづけた。あたかも日記をつけるように、その日その日の出来事や自分の心の状態をキンに語りかけることは、哲之の日課になってしまっていた。電車の中で盗み見た子連れの労務者の貧しい身なりと、子供に示すそのぶきっちょな愛情の表わし方。大阪駅の構内ですれちがった裕福そうな婦人の、どこか生命力に欠けた横顔。フロント係のいじわる。横柄な客の、叩き返してやりたくなるようなチップのくれ方。どうやら自分の自惚れではなさそうな、グリル係の女子社員の遠くからのまなざし……。

　日記と同じように、哲之の言葉には嘘も混じっていた。その嘘に気づくと、彼は一篇の小説を即興ででっちあげている気になって、ときに悲哀を感じ、ときに昂揚し、ときに怒りに襲われた。

「俺、陽子がいてなかったら、たぶんあのグリル係の女の子を好きになってたやろなァ。高校を卒業してすぐに、島根県から、あのホテルに就職するために大阪へ出て来たんや。きょうも、コックが間違うて一個余分に作り過ぎたパイ皮包みのヒレステーキを、ナプキンで隠して、俺にそっと持って来てくれよった。俺、ちゃんとわかってるくせに、なんでぼくにくれるのん？　て訊いたったんや。コックさんがくれたからやて。そんなん答えになってへん。そやけどあいつ、なんでコックが自分にくれたのかはちゃあんと知ってるんや。グリルのウェイトレスをさせとくのん、勿体ないくらいきれいやもんなァ。あいつ、磨いたら凄い美人になるぞォ」

　哲之は、キンにあまり急に長く赤外線を当てるのは良くないだろうと思い、スウイッチを切った。

「寝る前に、また十分ほど光を当てたるからな」

そう言って蒲団を敷き、机の上に積んである卒業論文のための資料を見つめた。ふと、夏の終わりに、烈しい夕立ちでずぶ濡れになりながら、ひとり御堂筋を歩いた日のことを思い出した。すると、自分以外の男の存在を陽子の口から聞いた夜の情景が甦った。ついいましがたまで石浜という建築デザイナーと逢っていた陽子が、口ごもりながら言った言葉を、哲之は忘れていなかった。――もし、哲之と結婚せえへんのやったら、その人と結婚したいなァと思う――。さらには、哲之の心の中に、どうしても消えない疑念がずっとくすぶりつづけていた。陽子は否定したが、本当はあの石浜という男と体の関係を持っていたのではないかと。

それは、あれ以後陽子と逢瀬《おうせ》を重ね、以前に倍する愛情と、もはや決して破れることはないであろう約束とを確かめ合っている最中《さなか》でさえ、哲之の中からふっと湧いて出、過ぎ去った出来事であるにもかかわらず、いやしがたい嫉妬をもたらすのであった。彼はそのたびに、ラング夫妻のことを思い出した。それと、ラング夫妻の事件は何の関係もなかった。けれども、嫉妬と猜疑《さいぎ》心が哲之の目を暗く鋭くさせるたびに、異国の閑雅な庭の中に建つ茶室を死に場所に選んだ老いたドイツ人の夫婦の、毅然さとよるべなさとがないまぜになった面立ちを思い浮かべてしまうのである。

「あのふたり、どうしてはるやろなァ」

と哲之はキンに言った。

「あの夫婦の息子は結局日本まで迎えに来たけど、ミュンヘンで自分の親と仲良う暮らしてるはずはないよなァ。人間て、どいつもこいつも懐が狭いから、どんな些細なことでも、ほんとには水に流したりせェへんのや。キンちゃんかてそうやろ？俺を許したりはせえへんやろ？」

懐が狭いと自分の口から言っておきながらも、陽子がたとえいっときにせよ他の男に心を移した事実を思うと、哲之は理性を喪って心の傷痕に操られ、石浜と抱擁し合っている陽子の裸体を想像するのだった。

「俺は男やから、自分以外の男の、こと女に関する心はわかるんや。紳士ぶってたけど、あの石浜が、気持の傾きかけてる陽子に指一本触れなんだなんて信じられるか。陽子は口が裂けても喋らんやろけどな」

再び赤外線ランプのスウィッチを入れ、光をキンに浴びせてやりながら、哲之は、陽子の口から、自分の抱いている疑惑を完全に晴らしてくれる言葉を聞きたいと思った。そして瞬時に、どんな言葉も無力であることを知った。疑えば何を言われようと信じられないし、万一、陽子が、石浜に抱かれたと告白しても、自分は陽子から離れられないのだ。そう思ったからである。

　キンは水は飲んだが、その夜も餌を食べなかった。哲之はパジャマに着換え、電灯を消して蒲団に入った。裏窓のカーテン越しに入ってくる薄明かりを見ているうちに、哲之はある計略を思いついた。仕返しをしてやろう。陽子にも、自分と同じ哀しみを味わわせてやろう。他の女に心を移したと見せかけるお芝居をして、陽子を苦しめてやるのだ。自分の美しさを知っているいなか娘の、うっかりすれば本気になりかねない魅力的な胸のふくらみがちらついた。

　翌日、哲之はいつもより早めに従業員食堂へ行った。そのグリル係の中江百合子が、他の従業員よりも一時間前に夕食をとることを知っていたからだった。百合子は、同じグリル係の女子社員たちと一緒に、夕食を食べ終え、食器を洗っていた。プラスチックの碗にめしを盛り、洗い場の横に並べてあるおかずの入った皿を持って、百合子だけに聞こえる声で、

「きのう、ありがとう」

　とささやいた。百合子は同僚たちに気づかれないよう気遣いながら、かすかに頷いた。哲之は指先だけで手招きをし、テーブルに皿と碗を置くと、従業員食堂を出てランドリーの手前まで行った。小走りでやって来た百合子に、

「きょうは何時に終わるの？」

と訊いた。

「早出やったから、八時にあがれる」

「そしたら八時半に、大阪駅の北口で待ってる」

「……なんで？」

わかりきった質問には答えず、哲之は、

「十分待って、けえへんかったら、ふられたと思てあきらめるよ」

そう言って足早に従業員食堂へ戻った。具よりも多いかたくり粉のかたまりを箸で選《よ》り分け、わずかな肉や人参や玉葱《たまねぎ》の入った八宝菜をかき込むと、彼はロビーにあがり、フロントの近くの所定の場所に立った。

哲之が来年の春に、大卒の正社員として勤め始めることは、もう社員のほとんどが知っていた。いままで何やかやと哲之に意地の悪い態度をとってきた鶴田は、最近ではまったく逆に、あからさまなお世辞を言うようになった。ときおり、パチンコの景品で取ってきた煙草をくれたりするのである。

哲之は、客を案内してロビーに帰って来た鶴田に、

「きょう、八時に早引きさせて下さい。親戚の伯父さんが病気で、もうあと二、三日らしいんです。逢えるうちに逢っときたいんで」

と言った。哲之には伯母はいたが伯父はいなかった。

「そら心配やなァ。きょうはアメリカ人と台湾人の団体が二組あるからほんまは困るんやけど、そんな事情やったらしょうがないわ」

鶴田は実際困ったようだったが承知してくれた。それから、横に並んで立ったまま体を寄せ、

「磯貝さん、来月から総務部に配置換えになるでェ」

と言った。心臓の具合が悪く、一ヵ月近く休職していた磯貝を一度は見舞わなくてはと思いながらそのままになっていたので、哲之は鶴田に訊いた。

「あの人、元気になったんですか？」

「多少はましになったんやろなァ。そやけど総務の事務仕事に変わるということは、ページ・ボーイの仕事は無理やと会社のほうが判断したんやろ」

そうすると、この鶴田がボーイのチーフに昇格かと哲之は思った。

「ほんまは勤務年数からいくと、あいつはまだチーフにはなられへんのやけど、出来るだけ力仕事をさせんようにという配慮で、チーフにさせてもらいよったんや」

「ページ・ボーイの中で一番勤務年数の長い人は誰ですか？」

「俺や」

鶴田は、本来ならもうとうに自分がチーフになっているところを、体の弱い磯貝のために譲ったのだと言いたげな顔を向けた。

「そやけど、磯貝さんのほうが、鶴田さんより歳上でしょう？」

「そやけどあいつは途中入社や」

そして鶴田はにきびの痕の残る凸凹の肌を卑屈に歪めてささやいた。

「なァ、井領くん。俺と君とは歳がおんなじやねんから、もうこれからは、俺、お前、の間柄でいこうぜ」

心配しなくとも、俺はこのホテルの正社員になり、いつかお前より上の立場に立っても、いじめ返したりはしないよ。哲之はそう胸の中でつぶやいた。

「なんぼ歳が一緒でも、先輩は先輩ですよ」

と言った。鶴田は嬉しそうに笑みを浮かべ、哲之の肩を叩いて親愛のしるしを示した。

七時半に、大型の観光バスが到着し、総勢七十名のアメリカ人たちがホテルのロビーに群らがった。哲之は観光バスから、重い旅行鞄を降ろす作業をてぎわ良くこなした。最初のころ、外人の客、とりわけアメリカ人たちの荷物は重く、彼等が片腕でたやすく持ち上げる荷物を、哲之は両腕でさえ動かすことも出来なかったのだが、いまはコツを覚えたのと、多少腕力が増したのか、以前よりも敏速に片づけられるようになっていた。

八時きっかりに、鶴田のほうから時間を教えてくれた。哲之はロッカールームで服を着換え、大阪駅の北口へ向かった。阪急電車の改札口へつながる階段のところに立って、彼は百合子を待った。大きな数珠《じゅず》を首に巻いた初老の男が、何やらお経らしいものに奇妙な節をつけて踊っていた。立ち停まって見つめる人はほとんどいなかった。人々は一瞥して、その目に憫みの色も驚きの色もあらわさず通り過ぎて行った。

「君は心優しきエゴイストなり」

男は突然、哲之を指差して叫んだ。さらに何か言いたげに近づいて来たので、哲之は聞こえなかったふりをして駅の構内に逃げた。振り向くと、男はあきらめて、また元の場所で踊り始めた。男に気づかれないよう、そっと戻って行った。信号を渡って来る百合子の姿が見えた。

「寮には何時に帰ったらええの？」

と哲之は百合子に訊いた。

「門限は十時やけど、誰も守る人いてへんわ」

「みんな？」

「うん。寮の管理人さん、門を閉めたら寝てしまうねんよ。植込みをくぐって自由に出入り出来るし、玄関の合鍵、三ヵ所に内緒で隠してあるから」

「三ヵ所に？」

百合子は決して勤務場所では見せない、かすかななまめかしさを含んだ笑みを注いできた。

「みんな共犯者やねん」

「なるほどな。みんなで共謀して、合鍵を三つこしらえたわけか」

百合子と並んで地下街へ降り、人混みの中を歩くうちに、哲之は思いついた計略を行動に移したことを後悔し始めた。予想よりもはるかに厄介な成り行きを辿りそうな気がした。さっきの男がどんな宗教にかぶれているのかはわからないが、なんと見事に、自分の本性を教えてくれたことかと思った。――君は心優しきエゴイストなり――。まさにそのとおりだ。それ以上的確な分析はない。しかも男の短い言葉は、その底に無数の罵倒を孕んでいたような気がした。小物め、偽善者め、見栄っ張りめ、臆病者め、ノミの金玉よりもまだ小さいものをぶらさげた小才子め、怒りや苦しみやそねみや失意の風に、いともたやすく揺れ動く愚か者め。

哲之は、陽子に対する復讐心が、自分の姑息な自尊心から生じていることを自覚していた。陽子を烈しく愛していた。百合子と並んで歩いていると、哲之はそれをいつもより数倍も強く感じた。だからこそ、陽子を少しのあいだ苦しめてやりたかった。石浜とホテルのティーラウンジで対面した日、陽子が言った言葉は正当だということも承知していた。――私、まだ二十一よ。男の人にちやほやされたら、やっぱり嬉しいし、心が動くわ。それが悪いって言うの？――。それと同じ言葉をこんどは自分に投げつけられたら、陽子は相手の言い分が正当ではあっても、いかに哀しく傷つくものであるかを知るだろう。心優しきエゴイストか……。哲之は胸の中で自嘲を込めてつぶやき、キンも俺のことをそう思っているだろうなと考えた。

哲之と百合子は一軒の喫茶店に入った。百合子は初めのうちはぎごちなかったが、とりとめのない会話を交わしているうちにうちとけてきて、こんどの休日に映画を観に行こうという哲之の誘いに小さく頷き返した。

「こんどの休みはいつ？」

「あさって」

あさっては金曜日で、どうしても出席しなければならない授業が三つあった。しかしそのうちの二つは陽子も受けていたから、哲之の姿が見あたらなければ、誰か他の男子学生に頼んで代返しておいてくれるだろう。いつも陽子はそうしてくれるのだから。彼はそう推測して、にわかにすましてみせたり、急におどおどした目をコーヒーカップに走らせたりしている百合子の顔を見つめた。

近くであらためて眺めると、グリルの入口や従業員用の通路で盗み見るときよりも、百合子はずっと美しい顔立ちをしていた。目の色が茶色がかって、鼻筋も高く形良かった。いつかシルクロードの写真集で、西洋の血の混じりがわずかに漂っている中国人の少女を見たことがあったが、それと似た雰囲気を百合子は持っていた。話しているうちに、哲之は百合子が中学生のとき天涯孤独の身になったことを知った。母とは五歳のときに死に別れ、父も竜巻に襲われて死んだのだと百合子は説明した。

「竜巻？」

「うん、竜巻。田圃の裏に、殺虫剤とか肥料をしまってある小屋があってん。台風が来そうやったから、お父ちゃん、小屋が倒れんように杭を打ちに出かけてん。そしたら竜巻がまっすぐ走って来て、小屋をばらばらにしたの。木の破片が首に刺さって……」

「台風はまだ来てなかったんやろ？」

「うん、そやのに急に竜巻が起こったの。私、家の窓から、その竜巻がお父ちゃんのいてる小屋めがけて進んで行くのんを、ずうっと見てたんよ」

「兄妹は？」

「いてへんの」

父は母をなくして三年後に再婚したが、子供は出来なかったのだと百合子は言った。

「私、義理のお母さんのこと嫌いやったし、その人も私のことを好きになられへんかったみたい。私が大阪へ出てからは、その人も実家に帰ってしもた。葉書一枚出したこともないし、向こうからもけえへんわ」

「島根県のお百姓さんの娘には見えへんなァ」

「なんで？」

「白系ロシア人の血が混じってるみたいな顔やもん。色が白うて彫りが深うて、きれいやから」

別段お世辞ではなく、素直に哲之は言ったのだが、百合子の目が潤み、歓びを隠そうとする仕草が、かえってそれを如実にあらわす結果になった。哲之はそんな百合子に欲情を感じた。その気にさえなれば、数週間後には自分のものになるなと思った。彼は自分の欲情を押し殺した。百合子は計略の道具なのだから、陽子以外の別の女の存在としての役割に使うだけだ。彼がそう考えていたとき、百合子が口を開いた。

「そんなこと言うたら、島根県の農家の娘がみんな怒るから……」

「なんで？」

「島根県の農家の娘には、美人がいてへんみたいな言い方やもん」

二日後の昼に、この喫茶店で待ち合わせる約束をして、哲之は百合子と、地下街の十字路のところで別れた。

いつもより四十分早く住道駅に帰り着いた。いつもは京橋を十一時三分に発車する四条畷《しじようなわて》行きに乗り、住道駅の改札口を出ると、駅前の公衆電話で陽子の声を聞くのである。けれども哲之は、陽子の母が〈定期便〉と呼ぶ住道駅からの電話を、当分のあいだかけないことに決めた。あからさまに不審な行動をとって、陽子に疑念を与えるのが先決だったからである。あした大学へ行ったら、陽子が、きのうはなぜ電話をかけてこなかったのかと訊くだろう。そうしたら、不自然な表情や喋り方で、すぐにばれるような嘘をつくのだ。たとえば公衆電話が故障していたとか、あいにく小銭がなかったとか。陽子は、駅前の公衆電話が故障していたら、商店街の赤電話があるではないか。それ以外にも、踏切の手前に一台、踏切を渡ってすぐの小さな焼き肉屋の前にも一台……。小銭がなかったのなら、駅の切符売り場で両替してもらえばいい。いつもはそうしているではないか……。彼女はきっとそう思うだろう。思うだけでなく、口に出してなじるかもしれない。するとまた不自然な表情と喋り方で弁解をしてみせよう。自分が陽子の言動から即座に他の男の出現を嗅ぎ取ったように、彼女もまた同じ不安を抱くだろう。そんなことを考えているうちに、哲之はもう防寒コートなしでは歩けないほどの寒風が吹くようになった暗いいなか道を曲がって、安普請の二階家が並ぶ路地に帰って来た。

部屋の明かりをつけると、キンが四肢をばたつかせた。けさも出がけに三十分間赤外線を当ててやったから、元気を取り戻したのかもしれないと思った。彼はキンの頭を指で軽くつつき、赤外線ランプのスウィッチを入れた。ドアをノックする音が聞こえ、哲之ははっとして体を硬くさせたまま、

「はい」

と応じた。夜半にドアがノックされると背筋に鳥肌が立つのは、哲之のどうにも自分では調節出来ない条件反射になっていた。

「隣の倉地です。遅くにすみません」

かぼそい女の声がした。彼はドアをあけず、台所の窓から顔を出した。隣室のひとり暮らしの婦人は、こんなに遅く申し訳ないが、少し手を貸してもらえないかと言った。

「何でしょうか」

「冷蔵庫が倒れてしもて、私の手では起こされしませんねん」

哲之は赤外線ランプを消し、婦人の部屋の前に行った。婦人は気の毒なくらい痩せていた。歩き方もぎごちなく、両手首が腫《は》れて曲がっている。きれいに整頓された部屋には、煎じ薬の匂いがたちこめ、猫が一匹、赤い座蒲団の上で丸まっていた。

新しい食器棚を買ったが、適当な置き場所がなく、いままで冷蔵庫の置いてあったところに納めて、冷蔵庫をコンロの横に移そうと思った。ところが、冷蔵庫につ

いている車が錆びついて動かず、強く押した途端、倒れてしまったのだ。婦人は遠慮深げにそう説明した。そんなに大きな冷蔵庫ではなかったので、哲之は婦人に手伝ってもらわなくても、それをひとりで起こすことが出来た。

彼は腰をかがめ、冷蔵庫の下の部分を押してコンロの横に移してやり、ついでに食器棚を、冷蔵庫のあった場所に納めた。婦人はビー玉みたいな目をしばたたかせて何度も礼を言った。哲之が辞退しているのに、茶をいれ、みずやからクッキーを出して丸い食卓に載せた。仕方なく、哲之は婦人の差し出す座蒲団に坐り、クッキーには手をつけず、茶だけすすった。

「何の漢方薬を煎じてはるんですか？」

と訊いてみた。婦人は、もう十年近くリューマチで悩んでいるのだと答えた。そして、井領さんの郷里はどこかと尋ねた。哲之を、どこか地方から大阪の大学に通うために出て来た学生だと思っているらしかった。

「大阪生まれの大阪育ちです」

哲之がそう言うと、婦人はそれ以上は質問してこなかった。少しためらった後、婦人は白い猫を見つめながら、

「うちの猫、井領さんの部屋で、うんちなんかしたりしませんでしたやろか」

と言った。

「ぼくの部屋で？」

「夏、ときどき、井領さんの部屋の裏窓から出て来るのを見たんです。この部屋から水道管を伝うて、井領さんの部屋に入ってたみたいで……」

哲之はこの夏、帰って来るたびに、キンがひからびてぐったりしているのを見て、思い切って裏窓を開いたまま出掛ける日があった。泥棒が入っても、盗まれて惜しいようなものは何もなかったからだった。

「いえ、そんなことはいっぺんもありませんでしたよ」

そう答えた瞬間、この猫は、キンを狙って俺の部屋に入ったのだと気づいた。裏窓をあけたまま出掛けたのは、ざっと思い浮かぶだけで合計二十回ぐらいだった。そのたびに、キンは恐怖におののいたことだろう。哲之はそう思うと、胸苦しくなった。

彼は自分の部屋に戻り、赤外線ランプを灯してから、ちょうど自分の頭の位置にいるキンを見やった。猫は何度も何度も、キンを狙って飛びあがり、柱に爪をたててよじ登ろうと試みたに違いなかった。柱に目を凝らすと、確かに幾筋もの爪跡らしきものが残っていた。自分の知らないときに、キンは身動き出来ないまま、猫の執拗な攻撃になす術もなく耐えていたのだ。キンはどんなに怖かったことだろう。そう考えたひょうしに、「君は心優しきエゴイストなり」という男の言葉が甦った。

それはさまざまな罵倒のつぶてと化して、哲之を打った。キンの恐怖が哲之の心に感応した。

哲之は、柱に釘づけにされたキンになった。裏窓から、あの白い猫が入って来た。哲之は逃げようともがいたが、どうすることも出来なかった。猫の爪は、自分のしっぽのすぐ近くまで伸びた。やがて、柱に爪を立てて猫は迫って来た。猫は滑り落ち、また飛びあがり、また柱をよじ登った。猫があきらめて去ったあと、哲之は自分を柱に釘づけにした男を憎んだ。そうしておいて、水をくれ餌をくれる男を憎んだ。だが自分は、その男から水をもらい餌をもらうしかないのだった。むせかえる部屋の中で恐怖と渇きに苦しみつつ、それでも死ねない自分のことを考えた。自分はどうして生きているのだろうと。

哲之は我に返ると、クリムシの入っている箱の蓋をあけた。キンは、やっと一匹だけクリムシを食べた。

「俺、絶対にキンちゃんを助けてやるからな。春が来たら、釘を抜くぞ。死ぬかもしれへんけど、俺は釘を抜くぞ。もしそれでキンちゃんが死んだら、もう二度とキンちゃんは蜥蜴になんか生まれへん。こんどは人間に生まれ変われるよ」

哲之は本気でそう思ったのである。そこには論理も生命誕生の科学的法則もなかった。ただ生命というものに対する漠然とした不思議さが、彼に愚にもつかない確信をもたらしたのであった。そしてその確信は、自分の背にも突き刺さっている太い釘の存在を哲之に教えた。

　彼の脳裏に、母や陽子や磯貝や百合子や、隣室の婦人や、ラング夫妻や沢村千代乃の姿が湧きあがった。みなことごとく背中に釘を突き刺したまま、哲之に微笑みかけてきた。みな、釘に苦しめられていたが抜く術を知らなかったし、抜くときの痛みを恐れてもいた。虚無が、諦観が、哲之から何をする気力も喪わせた。緩慢な動作で蒲団を敷き、歯も磨かず、哲之は横たわった。赤外線ランプの灯を消し、部屋の明かりも消した。中沢の心酔している歎異抄の、幾つかの言葉をつぶやいてみた。〈いづれの行《ぎょう》もおよびがたき身なれば、とても地獄は一定《いちじょう》すみかぞかし〉。〈煩《ぼん》悩具足《のうぐそく》のわれらは、いづれの行にても生死《しょうじ》をはなるゝことあるべからざるをあはれみたまひて、願をおこしたまふ本意、悪人成仏《じょうぶつ》のためなれば、他力をたのみたてまつる悪人、もつとも往生の正因《しょういん》なり〉。〈なごりをしくおもへども、娑婆《しゃば》の縁つきて、ちからなくしてをはるときに、かの土《ど》へはまひるべきなり。いそぎまひりたきこゝろなきものを、ことにあはれみたまふなり〉。

　いづれの行もおよびがたき身、か。他力をたのみたてまつる悪人、か。いそぎまひりたきこゝろなきものを、ことにあはれみたまふ、か。哲之には、どの言々句々からも、生への励ましを感じ取ることは出来なかった。一見悟りきった言葉も、ひと皮むけば、生きることに匙《さじ》を投げた人の詭弁であるかのように思えた。死ね、死ねとあおりたててくるものに憎悪を抱いた。それならば、何も苦労して生きていくことはない。みんな死ねばいいではないか、と哲之は思った。〈かの土《ど》〉とは何だ。そんな浄土がどこにあるというのだ。見せてくれ。宇宙の果てまで行ったって、そんな場所はあるものか。それは俺の胸の中にある。俺は何度もそれを見た。逃げても逃げても、死んでも死んでも、この宇宙より外へは出られないのだ。

哲之は、歎異抄が自分に生きるよすがを与えてくれたと語っている著名な知識人の顔をテレビで観たことがあった。だが哲之には、どうしても、その人から覇気を感じられなかった。どこか弱々しく、しあわせそうな顔をしていなかった。諦観が、生きる意欲にすり替わっただけではないか。いかにもインテリをうっとりさせる言葉の羅列だ。そしてついには死へと誘なう毒を秘めている。

彼は、自分の中にも確かにある、虚無と諦観の心を見つめ、生きようと思った。彼の心の中のキンは、金色《こんじき》に輝いた。陽子と逢いたくなった。陽子の体が欲しくなってきた。もうつまらないお芝居などやめようと思った。そう思いつつ、彼は自分の下半身をまさぐり、自慰にふけり始めた。いつまでも遊んでいた。しかし、哲之の自慰の対象になっていたのは、陽子ではなく、百合子のまだ見たことのない薄紅色の裸体であった。

翌日、哲之が大学の構内へ入り、青味の失せた芝草の上で、ひとつのダッフル・コートをすっぽりと巻きつけ身を寄せ合っている顔見知りのカップルに、ひやかしの笑みを投げつけたとき、陽子の声が聞こえた。彼はまわりを見廻したが、どこにも陽子の姿はみつからなかった。

珍しく学生の数が多かった。卒業をひかえた四回生は、もうこれ以上講義を欠席するわけにはいかず、日ごろほとんど大学に来ない連中が一斉に授業を受け始めたからに違いなかった。彼は正門のほうを振り返り、一番近くにある工学部の校舎に目をやった。

また陽子の、哲之を呼ぶ声が聞こえた。ひとつのダッフル・コートの中で抱き合って坐っているカップルの表情を見て、彼の顔に自然な微笑が湧いた。そのうしろに陽子が隠れているのがわかったからだった。哲之は自分の微笑に気づくと、慌ててそれを消し、芝草の上を歩いて行って、

「おい、ダッフル・コートの中で何をしてるねん。それはあきらかに猥褻《わいせつ》行為やぞ」

と、一組の恋人同士に声をかけた。

「手を握ってるだけよ」

女子学生が応じた。

「すでに、それはセックスやぞ」

哲之のその言葉に、こんどは男子学生のほうが笑いながら言い返した。

「俺らふたりのうしろに隠れて、『哲之』なんて甘ったるい声で呼ぶほうが、もっと猥褻やと思うけどなァ……」

ふたりのうしろから陽子が立ちあがり、持っていた教科書で軽く男子学生の頭を叩くと、彼女は哲之の腕に全身を凭せかけて、自分の腕を絡めてきた。

「おい、お前ら、もうふたりか三人ほどの子持ちに見えるぞ」

男子学生がそう言った。

「処女が子供を産むはずないやろ」

哲之の言葉にふたりは声をたてて笑った。腕を組んで歩きながら、案の定、陽子が訊いた。

「きのう、なんで電話をかけてけえへんかったん？」

哲之はわざとあらぬほうに視線を向けて答えた。

「十円玉がなかったんや」

「両替してもろたらええでしょう？」

「千円札しかなかって、二、三軒の店で頼んだんやけど断わられた」

「私、二時まで起きて待ってたのよ。哲之が電話をかけてけえへんことなんか、これまでなかったもん……」

「あるよ。ことしの夏の何週間か」

絡めていた腕を離し、陽子は歩を停めた。

「なんでそんなことを言うの？」

「俺かて電話をかけたかったから、商店街を行ったり来たりしたんや。何か物を買うんやったら両替したる。どいつもこいつもそんな顔をしよったから腹がたって、ガムを買うつもりやったけど、やめた」

言っているうちに、哲之はきのうの夜と同じように、もうこんなお芝居はやめようと決め、謝るために陽子に顔を向けた。ところが、そこには意外なほどに烈しい憤りを表わした陽子の目があった。

「ことしの夏の何週間かって、それ何の意味？　どうしていまごろ、そんなことを言うの？」

あの空白の時間を話題にすると、なぜ陽子はこんなにもむきになって怒るのだろう。やっぱり石浜とのあいだに、俺には断じて言えない出来事があったからだ。その思いは、哲之の心をひるがえさせた。俺も、空白の何週間かを作ってやると思ったのである。

彼は無言で文学部の校舎に入り、教室への階段をのぼった。陽子も同じように無言で、五、六歩遅れて階段をのぼり、教室に入ると、いつも隣に坐るくせに、わざと哲之から遠く離れた席に腰を降ろした。陽子は水色のワンピースを着ていた。授業が終わりかけたころ、陽子から小さな紙きれが、何人かの学生の手を経由して届けられた。〈お腹が空いてるの?〉と書かれてあった。物をちゃんと食べていないと、哲之は神経が尖って、陽子に理不尽な我儘をぶつけることがしばしばあったのだった。

そのひとことは、陽子からの停戦の申し出でもあった。哲之が、陽子に笑顔で頷いてみせるだけで、小さないさかいは終わったはずだった。哲之はそうしたかった。なのに、彼の心の中では、あの夏の何週間かに対して、自分以上にこだわりを持っている陽子から、もはや疑いを消すことは出来なくなっていた。

彼は、笑顔で頷く代わりに、立ちあがって顔をそむけたまま、教室から出て行った。彼は陽子があとを追って来ることを期待した。階段を降り、暗い廊下を進んで校舎から出た。正門まで急ぎ足で歩いて行きつつ、耳を澄ました。けれども、どこにいようとたちどころに判別出来る陽子の足音は聞こえてこなかった。

ホテルに着き、ボーイ服に着換えているときも、客の荷物を持ち、部屋に案内している最中も、哲之は、石浜に浴びせた自分の言葉と、その際の石浜の表情を繰り返し繰り返し、思い浮かべていた。――ぼくは陽子を抱きながら、石浜という男が、いま意気揚々とホテルに向かって歩いて来てる姿を想像してほくそ笑んでました――。だが、そんな自分の言葉を聞きながら、石浜もまた心の中でほくそ笑んでいたことだろう。ふん、この馬鹿野郎。俺ももう充分陽子の体を楽しませてもらったよ、と。それは実際に、ひとりの人間の肉声として哲之の鼓膜を震わせるかのような現実味を帯びていたので、彼は何度か百合子とすれちがったが見向きもしなかった。百合子に気づかなかったのではなく、努めてよそよそしくふるまうことで、ある信号を送ってくる百合子に、それと同じ形で応じ返してやる余裕を失っていたのだった。

仕事が終わる一時間ほど前に、哲之はそっとホテルから出て、公衆電話で三人の友人に、あしたの講義の代返を頼んだ。三人は一様に、なぜ陽子に頼まないのかと訊いた。いつも陽子にばかり頼んでいると、ばれてしまうからだと答えたが、それは答えになっていなかった。なぜなら、陽子はいつもその三人に、哲之のための代返を依頼していたからである。

ホテルのフロントに戻って来ると、ひとりの中年の客が、中岡の胸ぐらをつかんで大声で怒鳴っていた。身なりはきちんとして酒気も帯びていなかったが、言葉つきははっきりとならず者のそれであった。その客は八時過ぎに若い女を伴ってやって来た。部屋に案内したのは哲之だったので、彼は男が二週間前に宿泊の予約をしていたこと、同伴した女を〈妻　美津子〉と宿泊カードに記載したこと、さらには職業と住所も知っていた。しかも、それらがことごとく嘘であることも知っていたのである。哲之には、もうひと目で男女の客が本当の夫婦かどうかを見抜けるようになっていた。東京都板橋区が坂橋区と間違って書かれていたうえに、かりにも画廊経営者が部屋に入るなり、壁に掛けてあるせいぜい三、四千円程度の複製画を、

「なかなかいい絵が置いてあるじゃないか」

などと言うはずはなかったからである。ロビーにいる大勢の客たちが、顔色を変えて立ちつくしていたので、駈けつけた支配人が丁重に、事務所のほうでお話をうけたまわりたいと言った。

「このホテルは、泥棒を飼ってるみたいじゃねェか」

と男は一段と大声を張りあげた。グリルで食事をして部屋に帰って来ると、三つの鞄のうちのひとつが失くなっていたというのである。

「ホテルにはなァ、どの部屋もあけられるマスター・キーってのがあるんだよな」

これとまったく同じ手口で、ホテルをゆすろうとしたならず者は、哲之が勤めるようになってすでに三人もいた。支配人に目配せされて、哲之は十二階の、客室係の部屋に行き、マスター・キーを持って男の部屋の前に立った。ノックすると、女

の返事があった。

「お連れさまが、荷物の数が足りないと仰言っていますので調べさせていただきたいのですが」

「いま裸よ。部屋を調べるんなら、あとで彼と一緒にやってほしいわ」

哲之は、ホテルが雇っている私服のガードマンの来るのを待った。ガードマンはすぐにやって来て、ふたりがチェック・インしたあと、グリル以外はどこにも行っていないのを確かめたことを哲之に耳打ちし、にやっと笑った。

「使い古した手口を使いやがって」

ガードマンはそう言ってズボンのポケットからドライバーを出した。哲之はマスター・キーで素早くドアをあけた。女は慌ててバスルームに走り込もうとしたが、ガードマンに腕をつかまれた。

「何すんのさァ！　女ひとりの部屋に入って来て。警察を呼ぶわよ」

「この人、刑事さんですよ」

哲之が言うと、女は、

「警察手帳、見せてよ」

と切り返した。

「失くなった荷物が、この部屋からみつからなかったら、お見せしますよ」

ガードマンはそう言って、バスルームに入り、天井を手の甲で叩いた。何回か叩いたのち、ガードマンは女の髪の毛をわしづかみにし、

「ちょろこい手口を使いやがって。おんなじユスリをやるんでも、もうちょっと頭を使うたらどないやねん」

と言った。バスルームの隅に、排気孔があり、その周囲には何かの故障が生じた場合のために、人ひとりが入れる程度の出入口が設けてある。普段は四つのネジでとめて蓋をしてあるのだった。ガードマンはドライバーでネジを外し蓋を押しのけ、そこから手を伸ばして、隠してあった黒革のアタッシェ・ケースをひきずり出した。

哲之はベッド脇の電話でフロントにそれをしらせた。

「これからのために教えといたる。こういうユスリをやるには労を惜しまんこっちゃ。どこかに出かけるふりをして、別の紙袋にでも入れて荷物を遠くへ捨てに行くんや。それをやられると、こっちは客商売だけにどうしようもない。まあ、そやけど、それは他の客のてまえとホテルのイメージにさしさわりがあるだけで、はした金を握らせて一応は丁重にお引き取り願うんや。いままでで、一番長いこと逃げおおせたんは六日やったな。警察は、二日もあったら、お前らみたいな連中をつかまえるで」

女は、くつくつ笑いながら、ベッドに寝そべり、煙草に火をつけた。本物の警官

が到着するまで、ガードマンは女を見張っていなければならなかった。哲之はドアをあけたまま、部屋から出て客室係の女子社員にマスター・キーを返し、フロントに降りた。ロビーは元の平穏を取り戻し、新婚らしいカップルが、小さな日本庭園に造られた人工の小川と水車をガラス窓越しに眺めながら、一杯千二百円もするオレンジジュースを飲んでいた。

「きょうみたいな間抜けばっかりやないで。これからどんな巧妙な手口を使うやつがあらわれぬとも限らん。ちょっと怪し気な客には、充分気をつけてくれよ」

支配人がフロントの連中にそう言っているのが聞こえた。相当強い力でネクタイを引っ張られたらしく、中岡の細い首には、長いミミズ腫れが出来ていた。中岡は不機嫌な口調で哲之を呼んだ。

「さっき、女の子が君に逢いに来たでェ。あの最中やったから帰ってもろたけど、どっちにしても、仕事中にボーイがフロントで友だちと逢うのは困るでェ。よっぽどの用事の場合は裏の通用口から事務所に来てもらうようにしてんか」

「その子、水色のワンピースを着てましたか？」

「ワンピースかどうかは知らんけど、水色の服を着とったな」

中岡は首のミミズ腫れを撫でながら、警官が到着したので事務所へ入って行った。哲之には陽子の、しょんぼりとホテルを出て阪急電車の改札口へ歩いて行く姿が目に見えるような気がした。紙きれにしたためられたたった一行の、胸苦しくなるほどに愛情に満ちあふれた言葉が浮かんだ。〈お腹が空いてるの?〉。

彼は己の嫉妬心を打ちくだこうとした。陽子が言ったように、若い娘が、素敵な男性にちやほやされて心を動かさぬほうが不思議ではないか。それが悪いというのか。あの夏の空白の何週間かに、陽子が石浜に何度も抱かれたとしても、いったいそれが何だ。陽子は聖女ではない。水に流したはずの出来事をむし返して、陰湿な復讐心に燃えているこの俺は、なんと小さくて卑屈な人間だろう。

彼は時計を見た。さっきの騒ぎから四十分近くたっていた。陽子はいまごろ、ちょうど家に帰り着いたかもしれない。そう思うと、いてもたってもいられなくなった。哲之は小走りでホテルから出て公衆電話のボックスに入った。だが、三人の友人に電話をかけたときに使い果たして、一枚の硬貨も残っていなかった。彼は小さく折り畳んだ千円札をひろげながら、煙草屋へ走った。走っている彼の胸に、こんなにも俺という人間を知ってくれているあの陽子が、それでもなお他の男に心を移したのだ、という思いが閃いた。俺は、もっと大きな哀しみに責めさいなまれながら、薄汚れた電車に乗り、蜥蜴の棲む寂しい部屋へ毎日毎日帰って行ったのだ。

その思いは、ひろげた千円札をポケットにねじ込ませ、彼の踵を返させた。よっぽど苛だっているタクシーのクラクションがすさまじい響きを夜の街に轟かせた。

らしく、クラクションの音は異様に長くつづいた。それは哲之には、いち日の仕事の終わりを告げる、工場のサイレンみたいに聞こえた。

百合子と待ち合わせた喫茶店の隣にある本屋で、哲之は何種類もの雑誌を手に取り、ページをくった。百合子と、これから映画を観なければならないということが、ひどくわずらわしく感じられたし、一度そうしてしまったあとの、百合子への対処法をどうすればいいのか決めかねていたからである。

「ちょっと見るだけやったらええけど、あんたみたいに一冊全部立ち読みされたら、うちは商売になれへんのよ」

本屋の女主人は、哲之から少し離れた場所で漫画の本に読みふけっている高校生に言ったのだが、その言葉で、他の二、三人の大学生らしい青年も出て行った。哲之も、手にした雑誌を棚に戻し、本屋から出た。約束の時間にもう三十分以上遅れていた。

仕方なく、哲之は喫茶店の扉を押した。百合子の横顔はすぐにみつかった。少しうつむきかげんの、その横顔は、哲之にはひどくよるべないものに映り、彼を動揺させた。けれども、彼をもっと動揺させたのは、哲之の顔を見あげた瞬間の百合子の、それだけはどうにもつくろいようのない歓びと安堵の表情であった。

「きょうは授業をサボらなあかんかったから、友だちに代返を頼む電話をかけまわってたんや。それで遅れてしもた。ごめんな……」

「私、もう井領さん、けえへんのじゃて思うた」

哲之は百合子の口から、初めて郷里の訛りを聞いた。百合子もそれに気づいたらしく、口を押さえて赤らんだ。

「なんで？　誘うたのは俺やのに、けえへんはずがないやろ？」

運ばれて来たまま、まったく口をつけていない冷めた珈琲にミルクを入れると、百合子はスプーンでかきまぜた。

「砂糖は入れへんのん？」

「うん」

「肥るから？」

「うん」

それから百合子は、自分はきょうは休みだが、井領さんはどうするのかと訊いた。

「俺はまだアルバイトやから、好きなとき休めるんや。あとで鶴田にちょこちょこっといやみを言われるけど」

すると百合子は、声をひそめ、鶴田がもうじき会社を辞めさせられるのだと教えてくれた。ホテルの地下には、舶来品専門の高級店が五軒あった。一年ほど前から、フランス製のバッグや、デンマーク製の銀製品が盗まれるようになった。勿論、店をあけているときでもショーウィンドウには鍵がかけられ、店が閉められる際には、ガラスの扉にロックも施される。なのに、品物が消える。それも大量にではなく、日をおいてわずかずつ盗まれるので、店の者は、しばらく気づかなかった。

ところが、仕入れ伝票と品物とを照合すると、各店で、それぞれ七、八点の商品が売れてもいないのにショーウィンドウから失くなっていたのだった。一店だけなら、その店の使用人が疑われるところだった。だが五店全部が被害を受けているとなると、ホテルの従業員の中に犯人がいることは明白だった。外部の者なら、一度に大量に盗んで行くはずで、期間をあけて少しずつ盗んだりはしないという推論が成り立ったからである。それでホテル側は、社員の出勤簿と、品物の失くなった日とを照らし合わせてみた。品物の失くなった夜に夜勤だった者を列記していくと、鶴田の名が浮かびあがったというのである。それがわかったのは五日前で、鶴田の夜勤の日はきょうだった。

「きょうの晩、夜中の二時ぐらいから、ガードマンが、地下のあちこちに隠れてるのよ」

「そんなこと、誰から聞いたんや?」

百合子はしばらく口ごもってから、

「フロントの中岡さん」

と答えた。

「中岡さん、高校の先輩やねん」

「それだけやないやろ？　あの人、自分の高校の後輩に惚れてるな。しかもその美人の後輩は、ちゃんとそのことを知ってる。俺、ますますファイトが湧いて来た」

どうしてそんな心にもない甘言が、すっと口をついて出たのか、哲之は不思議だった。自分で自分を抜き差しならなくさせているのに気づいたが、あたかも天才的な女たらしのように、彼の口からはさらに追い打ちをかける言葉が滑り出た。

「これから映画を観て、なんて悠長なことしてられへん」

百合子の顔に、よほど目を凝らしていないとわからない程度の微笑がたゆとうた。哲之は、おそらく百合子は男を知っているなと感じた。それは哲之をいささか驚かせたが、妙な安心感も生じて、彼はいっときこの中江百合子という土臭さと奇妙な蠱惑《こわく》性を持つ女の体を、どうやったら最も早く陥落させられるだろうと頭を巡らせた。彼は立ちあがり、金を払って地下街に出た。その瞬間、なぜか哲之は、半年ほど前に鶴田が何気なく洩らした言葉を思い出した。

「あの中岡のアホンダラ。自分が夜勤のとき、俺にも夜勤をさせよるんや。それで俺にフロントの番をさせといて、二、三時間寝に行きよる。ことわったら、あいつ、しんどい仕事ばっかり押しつけよるからなァ……」

　哲之は、はっとして百合子に訊いた。

「物が盗まれるようになったのは一年前からやろ？」

「うん、そうらしいわ」

「そやけど、出勤簿はいつごろまでさかのぼって調べたんや？」

「さあ、そこまでは聞いてないから……」

　哲之が映画館の切符売り場に金を差し出したので、百合子は意外な顔つきをしたが、そのまま、館内の席に並んで坐った。大がかりな宣伝をしていたが、映画は結局はアメリカの子供たちの他愛のない恋愛ゴッコに過ぎなかった。哲之はトイレに行くふりをして暗がりから出ると、売店の横の赤電話でホテルのダイアルを廻し、鶴田を呼んでもらった。鶴田が出てくるなり、哲之は訊いた。

「きょう、夜勤でしょう？」

「うん、そうや」

「前に、鶴田さんは、中岡さんが夜勤のときは、俺にも夜勤をさせよるって言うたことがありましたねェ」

「うん、きょうは違うけどな」

「出勤予定を変更させて、夜勤させるぐらいやから、あとで飯をおごってくれたり、酒を飲みにつれて行ってくれたりしますか？」

「どないしたんや。なんかあったんか？　急に電話して来て、変なこと訊くんやなァ」

哲之は、理由はあした逢って説明するからと言い、返事を促した。

「二、三回、飲みにつれてってもろたなァ」

哲之は絶対に自分からこんな電話があったということを他言しないよう念を押したのち、

「今晩、中岡さんにどんな用事を言いつけられても、地下には行ったらあきませんよ」

と言った。鶴田はその訳を知りたがって、何度も不安そうに、

「なんでや、なんでや」

と訊いた。しかし哲之の真剣な口調から何かを感じ取った様子で、

「よしわかった。地下に行ったらあかんのやな。何や知らんけど、とにかくお前の言うとおりにするわ。その代わり、あした、理由を教えてくれよ」

そう言って電話を切った。鶴田の応対ぶりで、哲之は犯人が断じて鶴田ではないことを確信した。彼は喫煙所の長椅子に腰かけ、きっとこの事件は迷宮入りになるだろうと思った。中岡は二度と地下の舶来品専門店に忍び込んだりはしないだろう

し、ホテルも警察ざたにはせず、盗まれた品を弁償することで決着をつけるだろう。

しかし、昨晩のならず者の手口といい、中岡の、鶴田を犯人に仕立ててあげようとする計略といい、なんと稚拙なことだろう。人間は怯えが先立つと、途端に馬鹿になる。もしかりに今夜、鶴田が地下へ降り、待ち構えていたガードマンに取り押さえられたら、かえって自分の犯行がばれるということを、若手社員の中では切れ者と評判の中岡がわかっていないのが不思議だった。

最初は鶴田は頭から犯人扱いされるだろう。だが、鶴田の話を聞いて、もう一度社員の出勤簿を調べなおしたら、中岡の名もあがるはずなのだ。半年前ではなく一年前まで徹底的に調査したら、こんどは鶴田の名は消えて、中岡だけの名前が残るに違いない。

そんな考えにひたっているうちに、哲之は、あるいはすでに百合子と中岡は深い関係にあるのではないかと思った。しかも百合子は、犯人が中岡であることも知っている。いや、もしかしたらふたりの共謀の犯行かもしれない。だとすれば、百合子の俺に向ける視線は何だろう。ついさっきの、百合子の肉体への欲情は跡形もなく消し飛んでいた。

哲之は、やっと最近になってそのおおよそを知ったホテル内の派閥争いの構図を頭に描いてみた。社長はすでに七十九歳で、持病の坐骨神経痛が悪化してほとんど芦屋の自宅にこもりきりだった。そのため、来年の株主総会で社長の交代はまず間違いのないところと噂されていた。副社長がふたりいて、どちらも社長の息子だったが、社長は長男を事業家としてはあまり評価していなくて、実務に長けた弟のほうに後を継がせたい意向なのだが、長男を後押しする者と次男を後押しする者とが、この夏以来、裏で熾烈《しれつ》な攻防戦を開始した。そして、いまホテルの主要なポストを占めている者たちはほとんど次男側であった。支配人もフロント課長の井本も、人事部長も、その部下である島崎課長も、配膳部も調理部も……。それらは直接にホテルの実務にたずさわっている連中だった。反対に長男側は、営業本部長、総務部長などの連中がみこしをかついでいた。哲之はやはりこれも鶴田の口から聞いた、

「中岡はフロントにおるけど、営業本部長の飼い犬や」

という言葉を思い出し、溜息をついて立ちあがった。

「なるほどな。あの中岡が、ブレスレットやハンドバッグを盗むほどアホとは違うよな」

彼は思わず声に出してつぶやいた。さまざまな不祥事を起こし、直接ホテル内で働いている次男側の派閥の各部の責任者に失点を積み重ねさせて、それを錦の御旗に株主総会で大博打を打つ作戦か。まあ、それしか長男を社長にすえる手はないもんな。哲之は胸の中でそうつぶやいた。彼は、百合子の視線も、中岡の入れ知恵な

のだろうと考えた。正式な入社試験も受けず、島崎課長の推薦で入社してくる俺が、まだ入社式もすまないうちから、女子社員に手を出したとなれば、それは島崎課長やその上司の失態ということになる。ボーイが盗みを働いたり、ならず者に何度も金をゆすり取られたら、支配人も責任を取らざるを得ないだろう。

哲之は席に戻った。

「どうしたん？　遅かったねェ」

と百合子は小声で言った。哲之はスクリーンに目を向けたまま顔を百合子の耳元に寄せた。

「鶴田に、今晩、絶対に地下に行くなよて忠告の電話をかけてきたんや。中岡の罠《わな》にはまるぞォって。そしたら鶴田も忠告してくれた。お前も百合子にうっかり手を出すなよ。中岡の罠にはまるぞォって」

百合子の両目に、スクリーンの映像が歪んで映っていた。哲之は百合子の手首をつかみ、急ぎ足でまた喫煙所の長椅子まで行った。

「俺は、あのホテルへの就職がおじゃんになってもかめへん。いまから、君とどこかの安ホテルで寝たい気持はあるけど、そんな中岡が、君と結婚したりすると思てるのか？　悪い籤《くじ》を引いたな。中岡みたいなうらなりに、遊ばれて捨てられるんやからなァ」

気味悪いくらい長いあいだ、百合子は哲之を睨みつけていたが、やがて、

「中岡さんと結婚したいなんて思てないわ。遊んでやってるのは私のほうよ。そうでなかったら、今晩起こることを井領さんに話したりせんわ」

哲之は百合子をほったらかしにして映画館の廊下を歩いて行きかけた。百合子がうしろから言った。

「私は、井領さんのこと、ほんまに好きになったんよ」

彼はかまわず歩を進めた。

「私、いますぐホテルに帰って、みんなに言うてやる。井領さんに乱暴されたって」

哲之は立ち停まって振り返った。

「嘘でも、私がそう言うたら、みんなは女の言うことを信じるわ」

「はったりでも何でもないんやで。俺はほんまに、あのホテルへ就職出来んようになってもかめへんのや」

哲之は不思議なやるせなさに襲われたまま、そう言った。

「私は井領さんを好きやから、誘うてくれるのを待ってたんよ。それと中岡さんとは関係あらへん。あの人は、きょうのこと、知らへんのよ」

哲之は出かかった言葉を抑え、

「バイバイ」

と百合子に言って、映画館から出て行った。

小雨が降っていた。ひょっとしたら、百合子の言ったことは本当かもしれなかった。しかし、それが本当であると感じれば感じるほど、百合子に対する気持は萎えていった。陽子への復讐の道具にしかすぎないという気持も、そして一歩踏み違えれば、新しい愛の対象になるかもしれないと怖れていた気持も。

夜、哲之は阪急電車に乗り、武庫之荘駅で降りた。気がせいて、三回もダイアルを廻しそこねた。彼は陽子に言った。

「白旗をあげた。俺は陽子には勝たれへん」

「いま、どこ？」

「武庫之荘の駅」

五分もしないうちに、陽子の走ってくる姿が見えた。

「白旗をあげたって、どういうこと？」

陽子は息を弾ませて訊いた。

「ひとりで戦争をしとったんや」

「誰と？」

「自分と」

陽子は、両親にも内緒で借りた二階付きの家に哲之を伴った。風呂もトイレも、きれいに磨かれてあった。窓には陽子が縫ったカーテンが掛かり、小さな箪笥が二階の六畳に置かれていた。陽子はうしろからしがみつき、

「謝れ！」

と言った。

「何を？」

「あの夏のことをむし返したこと……」

「いやや」

「なんで？」

哲之は陽子を前に廻して抱いたまま畳の上に倒れ、

「あの夏の何週間かに起こったこと、全部、俺に説明してくれ」

と迫った。

「石浜とは何回逢うた？」

「二回か三回」

「たったの？」

陽子は頷いた。

「ほんまに、あいつとは何にもなかったんやな？」

陽子は突然烈しく首を振って哲之を押しのけ、部屋の隅まであとずさりして涙を薄く浮かべた。

「そんなことを訊く哲之なんか嫌いや」

「訊かれたくないことがあったからか？」

「アホ！」

「そしたら、ちゃんと俺が納得するように話をしてくれたらどうやねん」

「なんぼ言うても、なんぼ言うても、哲之はしつこいねんもん……」

「あいつとは、何にもなかったんやな？」

「なかった！」

「その言い方が気に入らんねや。なんや邪魔臭そうに。もうちょっと心をこめて言うたらどうやねん。陽子はこの件に関してだけは、思いやりがないんや」

「何にもありませんでした。手も握りませんでした」

哲之は四つん這いになって、あたかも仔犬のように陽子の胸に顔をすりつけた。

「結婚してからも、何遍も責められそうな気がするわ」

陽子はそうつぶやきながら、哲之の唇を嚙み始めた。

# 十

年が明けた。正月をホテルですごそうという家族が多く、正社員のボーイもアルバイトのボーイも、十二月三十日から正月の三が日まで仮眠室で寝泊まりさせられ、満員の客でごったがえすグリルやコーヒーショップやバーやルームサービス係に急遽振り分けられ、いつもより長い勤務時間をこなした。

一月三日の昼過ぎ、一斉にチェック・アウトする客たちの荷物を運び終え、ページ・ボーイに割りあてられた部屋に帰って来ると、哲之は、いかにも待ちわびていた様子を露わにさせたくわえ煙草の鶴田に手招きされた。

「中岡のやつ、馘《くび》になることが決まったでェ」

鶴田は哲之にだけ聞こえるように、耳元でささやき、目をぎらつかせた。哲之は驚いて鶴田を見つめ、ボーイ服の袖を引っ張ると、厨房とランドリーに挟まれた通路のところまで連れて行き、

「喋ったんですか？　内緒にしとくっていう約束やったでしょう」

と怒りを抑えつつ訊いた。地下の高級舶来品店から商品を盗んでいた犯人が、中岡ではなかろうかという推理は、あくまで哲之の個人的な推理だったから、鶴田に

事情を説明した際、決して口外しないよう念を押しておいたのである。

「そやけど、喋らんわけにはいかんやないか。お前はええよ。関係ないんやから。そやけど俺は、疑いをかけられてたんや。俺の潔白を証明するためには、勤務表を調べ直してもらうしかなかったんや。お前の推理が見事に当たったたんや。俺の名前は消えて、中岡の名前だけが残った。助かったよ。このままやったら、俺は疑いをかけられっぱなしで、会社を辞めなあかんはめになってたはずや。あの中岡のアホンダラ、ええ気味や」

確かに鶴田の言い分ももっともだと思うのだが、哲之は自分が何かしら大きな罪を犯したような心持ちになり、通路の熱したコンクリート壁に凭れ込んだ。額に汗をにじませ、鶴田は言葉をつづけた。

「中岡のやつ、最初は自信満々やったんや。人事部長と支配人に、徹夜で責められて、勤務表まで突きつけられても、平然としとったそうや。あいつにしたら、デブ派が助けてくれると思とったんやろ」

社長の息子であるふたりの副社長は、兄のほうが肥満体で、弟のほうが長身で痩せぎすだったので、陰で従業員たちはふたつの派閥を、デブ派、ノッポ派と呼んでいるのだった。

「ノッポ派は大芝居をうちよった。中岡がデブ派の連中に連絡をつけられへん状態にしてるあいだに、デブの家に電話をかけた。かけたのはノッポがじきじきにや。中岡がデブに頼まれてやったということを白状したけど、それはほんまかと詰め寄ったそうや。兄貴がそんなことをするはずはないと思うけど、もしほんまやったら、ホテルの恥を覚悟のうえで、警察に本格的な捜査を依頼して徹底的に調べあげるしかない。そない言うたらしいで。そしたらデブは、あっさりこう答えよった」

鶴田の額から幾筋もの汗が伝った。彼は手柄をあげた岡っ引きみたいな顔をして言った。

「そんな泥棒を置いとくわけにいかん。馘にしょう。なんでこの俺が、自分のホテルに入ってる店の品物を社員に盗ませないかんのや。中岡は盗っ人のうえに頭まで狂うてるみたいやな、っちゅうてな。それで、中岡は一巻の終わりというわけや」

「えらい詳しいんですね。会社のトップ同士のやりとりを、ボーイの鶴田さんがなんでそこまで知ってるんですか？」

しばらく上目遣いに哲之を見ていたが、鶴田はやがて唇を歪めて笑い、

「井領くんに助けてもろたから教えたるわ。誰にも言うなよ」

そう前置きしてから、おもむろに言った。

「俺にはびっくりするような情報源があるんや」

「誰ですか？」

「グリルにいてる百合子や」

「百合子……！」

「俺、あいつと何回も寝たんやでェ」

鶴田は得意そうに言い、さらにこうつけ足した。

「そやけど、あいつはデブ派の営業本部長のこれや」

目の前に突きつけられた鶴田の小指が何回も伸びたり曲がったりした。

「だいたい察しがつくやろ？」

「何がですか？」

哲之はもうどうでもよくなり、この熱した通路から早く立ち去りたかったので、うわの空で訊いた。

「営業本部長が、デブ派のふりをしながら、じつはノッポ派のまわし者《もん》やったということがや」

間抜け面してても、こいつ、なかなかしたたかじゃないか。哲之は鶴田に微笑を注ぎ、心の内でそう思った。この稚拙な陰謀の遂行をデブ派の馬鹿連中に承認させ、中岡を猿廻しの猿に仕立てあげる工作をし、次期社長の座をノッポ派の手中にほぼおさめさせた最大の功労者は、三宅稔という彫り深い顔立ちの営業本部長だったわけか。こいつにも、その程度の読みは出来るということだ。鶴田は、哲之の無言の

微笑を怪訝そうに見つめ、

「何がおかしいねん」

と言った。

「どっちにしても、鶴田さんの出世の望みは絶たれたわけですよ」

「なんでやねん」

「百合子は誰とでも寝る女や。中岡さんとも、鶴田さんとも、営業本部長とも。営業本部長は、百合子が中岡さんや鶴田さんと寝たことをとっくの昔に知ってたんです。そやから、中岡さんに泥棒をさせ、ついでにその嫌疑を鶴田さんにかぶせる細工をしたんですよ。たとえ百合子が自分の生理的排泄物の手頃な処理場でしかないにしても、あの娘《こ》、なかなか可愛らしい魅力的な処理場やからね。三宅さんも人間の男である以上、まったく中岡さんと鶴田さんに嫉妬心を抱かんはずがない。俺、これで筋書きが全部読めましたよ。ことしの株主総会でノッポが社長になったら、ある時期をおいて三宅さんはそれ相当の昇格をするでしょう。そやけど、鶴田さんは停年までボーイや」

徐々にこわばって来た鶴田の顔を見ているうちに、哲之は果たしてどこまで成功するかわからぬ策略を思いついた。

「三宅さんもアホや。女房と子供のある男が、自分の会社の従業員の、それもまだ嫁入り前の小娘と深い関係になって、あげく寝物語にノッポ派の大事な作戦をぺらぺら喋ってしまいよった。それがばれたら、なんぼ派閥争いの最大の功労者でも、会社におられへんようになるっちゅうことがわからんのかなァ。うっかりこれがデブ派にばれたら、勝ったつもりのノッポ派がどたん場でうっちゃりを食うがな」

理由不明の怒りが、目前の鶴田をも、作戦の成功に得々としているであろう三宅をも、このホテルから消し去ってやろうという悪意に変わって、哲之はそれだけ言うとあとも見ずロッカールームの薄暗い通路を歩いて行った。

怒りは、やがてうっすらと哀しみを帯びてきた。五日ぶりにボーイ服を脱ぎ、自分のズボンとセーターを身につけたとき、百合子という、一種病的としか思えない〝女の部分〟を持つ娘に、ある憐愍《れんびん》の情を抱いている自分に気づいたが、哲之は陽子の待つ大阪駅の改札口に、妙に晴れ晴れとした心で向かった。

「もうほんとに時間どおりに来たことないねんから」

陽子は珍しくいつまでもふくれて機嫌を直さなかった。環状線の車内で、陽子はハンドバッグから現金書留の封筒を出し、

「哲之の分も入ってるけど、もうあげへん」

と言った。

「それ何？　俺の分て何のこと？」

「知らん」

「十分ほど遅れただけやないか。そんなに怒るなよ」

「自分が十分ほど待たされたら、一時間くらいむすうっとしてるくせに」

哲之は陽子の機嫌をとるために、吊革を握っている腕の肘の部分で、彼女の乳房をコートの上から押し、

「きょうは泊まれるんやろ？」

といかにも嬉しそうな表情を作って覗き込んだ。

「公衆の面前で、いやらしいことせんといて下さい」

けれども、陽子の言葉の最後には笑いが混じっていた。彼女はもう一度ハンドバッグから現金書留の封筒を出し、哲之に手渡した。差出し人は沢村千代乃だった。

「お年玉をくれはったのよ、私と哲之に。けさ届いたからすぐにお礼の電話をかけたんやけど、何遍かけても話し中やったの。住道に着いたら、またかけ直すわ」

ふたつのお年玉袋には、それぞれ二万円ずつ入っていて、毛筆でしたためられた手紙がそえられていた。

〈このごろ、人と逢うのが面倒になり、お客様が来られても居留守を使ったりしております。若いおふたりはお元気でしょうか。人嫌いになったくせに、何か人にしてあげたくて、せっせと自分の大切な物を送ったりしています。どうかご遠慮なく

お受け取り下さい。おふたりには何がいいかしらと考えましたが、適当な物が思いつきませんでした。おふたりで、おいしい物でも召し上がれ。〉

「凄い。ふたり合わせて四万円か。なァ、あした大阪に出て来たら、ホテルのグリルで松阪牛のステーキを食べよう。上等のワインも註文して……」

「あかん」

陽子は素早く哲之の手から現金書留の封筒を奪い取り、

「このお金は預金するの」

と言った。

「ちょっとでも早ように、哲之のお父さんが遺した借金を払い終えてしまわんとあかんでしょう？」

それを言われると、哲之にはひとこともなかった。彼は口を尖らせて車窓からの風景を見ていたが、そのうちあることを思いついて、それを陽子に言ってみた。

「誰か法律に詳しい人に相談してみようかなァ。俺は親父から一銭の財産も貰《もろ》てないんやでェ。そやのに、俺が借りたわけでもない金を払う義務があるんやろか。なんぼ親子でも、間尺に合わんと思うんやけどなァ。財産贈与なしで、借金贈与だけ受けるなんて、そんなアホな話はないよ」

冬休みが終わったら、法学部の教授に訊いてみようということになった。住道駅に着くと、陽子はすぐに公衆電話のボックスに入って行った。その間、哲之はスーパーマーケットで、陽子がメモ用紙に走り書きした食料品を買った。ステーキ用の肉を二枚、サラダオイル、バター、じゃがいも、キャベツ、玉葱、マヨネーズ、人参、珈琲豆とドリップ式の珈琲たて……。それらを全部買って精算所で金を払い終えるのに相当時間がかかったのに、陽子は公衆電話のボックスから出てこなかった。哲之は大きな紙包みをかかえ、電話ボックスのほうに近づいて行った。陽子が出て来て立ち停まり、

「沢村のおばあさま、きのうの夜、死にはったんやて」

と虚ろな表情でつぶやいた。

「死んだ……！」

「今晩、お通夜をするそうよ」

ハンドバッグから現金書留の封筒を出し、ふたりは消印の日付を見た。十二月三十日のスタンプが捺されてあった。

「きのうの夕方から急に苦しみだして、救急車で病院に運んだんやけど、十時ごろ、息を引き取ったんやて」

ふたりは長いあいだ、陽光の満ちあふれた、だが寒風の吹きまくる駅前の路上に立ちつくしていた。どちらからともなく歩きだし、商店街を抜け、踏切を渡った。

「もう相当な歳やったもんなァ」

と哲之は言った。言ってから、彼は、沢村千代乃が、あの広い庭の中に建てられた茶室の中で死んだのではないことに、あるこだわりを持った。沢村千代乃が、あの茶室で死を迎えたかったことは、彼女の口振りから察しがついていたし、おそらくその希望は叶えられるであろうと予感していたからである。——茶は、生死を覗き見る儀式だと思ってるの——。哲之は、沢村千代乃が問わず語りに話しつづけた言葉をなぜか妙にはっきりと覚えていた。——茶室にいるときは、亭主も客も死。茶室から出たら生——。——私は茶室でお昼寝をするんです。そうするとますますよくわかってくるんです。眠っている私は死。目醒めたら生。どちらも同じ私。生死、生死、生死——。


アパートの部屋に入り、鍵をかけると、哲之と陽子は抱き合って、いつまでも唇を重ねていた。


「キンは？」

と陽子はかすれ声で訊いた。

「生きてる」

「もうあとちょっとね」

「四月の十二日に釘を抜くんや」

それは夕闇の忍び込むこの部屋で、まったく気づかぬまま、キンの背に釘を打ち込んだあくる日。春の光の中で、初めて陽子の裸体を抱いた日であった。

「なんで四月の十二日やのん？」

そう陽子に訊かれたが、哲之は答えなかった。なぜその日を選んだのか、彼は自分でもよくわからなかったのであった。

「やっぱり、きょうのお通夜には行かんとあかんやろなァ」

陽子は無言でコートを脱ぎ、台所で食事の支度を始めた。哲之は石油ストーブに火をつけ、身動きひとつしないキンに目をやった。その瞬間、突然思いも寄らぬ想念が、ひとつの言葉となって、彼の心に不思議な光彩の灯を宿した。

「俺は、きょ年の四月十一日と十二日の二日間に、ふたつの生き物に釘を打ち込んだ」

彼は振り返り、陽子のうしろ姿に見入った。陽子のうしろ姿は、ひどく小さく、よるべなく、そして鮮明な輪郭を帯びていた。哲之は、欲情や切ないまでの恋心を超えた、安らかな、しかしどこかに一抹の不安のちらつく深い愛情が湧いてくるのを感じた。

哲之はそっと陽子に近づき、彼女の腰から腹にかけて腕を巻きつけ、頬に自分のそれをすりつけた。

「お通夜に行こう。ここを六時前に出たら、ちょうどええやろ。それで沢村さんの家から出たら、あの間多喜太郎《まきたろう》さんのホテルに泊まろう。キンの釘は抜くけど、陽子からは抜けへんぞ」

陽子は首だけ廻し、目元を赤らめて、哲之の額を包丁の柄で軽く叩いた。哲之の言葉を卑猥なものとして受け取ったらしかった。

食事がすむと、哲之は陽子に促され、パジャマに着換えた。そして陽子が敷いてくれた蒲団の中にもぐり込んだ。暮から正月の三日間、彼は平均して一日に四時間程度しか睡眠をとっていなかったのであった。枕元に坐った陽子のスカートの奥に手を滑り込ませると、陽子は、

「またァ……」

と言ってその手を押さえつけ、

「そんなことしたら、寝られへんようになるでしょう?」

そうたしなめたが、絶対に指を変なふうに動かしたりしないからという哲之の誓いを半信半疑な顔つきで窺い、足の力をゆるめた。

「あの大きなお屋敷、誰の物になるのかなァ」

その陽子の言葉に応じるつもりで目を閉じたまま考えているうちに、哲之は眠った。

哲之が五時半近くまで眠ったので、京都の河原町に着いたのは九時前だった。修学院離宮に近い、決して住宅街とは言えぬ竹林の前に、確かに通夜が営まれていることを示す家紋入りの提灯が置かれ、川沿いの夜道には数台の車が停車していた。タクシーを降り、門のところに来て、ふたりは同時に数珠を忘れたのに気づいた。あした、哲之は卒業試験にそなえて、ある男子学生から幾つかの授業のノートを貸してもらう約束があったし、陽子は陽子で、正月休みを利用して関西に遊びに来ている伯父夫婦を神戸の街に案内する予定になっていた。だから、あしたの葬儀には、ふたりとも参列出来なかったから、大阪駅で香典袋を買って、ふたりの連名で一万円札を包んで持参したが、急いでいてうっかり数珠を買うのを忘れてしまったのだった。

「どないしょう。こんな格式ばったおうちに、お数珠なしで入られへんわ」

と陽子がささやいた。

「しょうがないよ。いまさら引っ返されへん。出先で沢村さんのご不幸を知って、慌ててそのまま直行したから、数珠を忘れたんやて言うたらええんや」

玄関の戸をあけると、ちょうど僧侶が帰るところだった。顔見知りの中年の女中は、僧侶を送ってからすぐ戻って来、遠路わざわざお越しいただきまして、と丁寧に頭を下げた。長い廊下を歩いているとき、女中は言った。

「ご親戚の方々は、みなさん遠いところにお住まいで、まだ着いてらっしゃらへんのです。いまお越しの方々は、ご友人と熊井さま御夫婦だけです」

沢村千代乃の遺体が安置された広い和室には、友人といってもほんの五人が黙して坐っているだけで、大邸宅の主《あるじ》の通夜にしては寂し過ぎるものだった。

哲之と陽子が焼香をすませてしばらくすると、その五人の友人たちのうちのひとりが、居合わせた唯一の縁者である熊井に、申し訳ないが、自分たちはみな年寄りで、夜を徹する体力がないから、このへんでいったん引き揚げさせてもらいたいと言った。熊井は参列の謝辞を述べ、深く頭を下げた。五人はそれぞれ、遺体の納められている棺に手を合わせ立ちあがった。その中の、ひとりの老婆が棺に近づき、顔の部分にあたるところが開閉されるようになっている小さな開き戸に手をかけた。その瞬間、熊井が穏やかな、しかしどこか威圧的な言い方で、

「誠に申し訳ありませんが、故人が息を引き取ります前に、自分の死に顔は誰にも見せてくれるなと言い残しましたので」

と説明して、老婆を制した。五人の参列者が帰ってしまうと、部屋には熊井夫妻と哲之と陽子の四人だけになった。

「いつぞやは、とてもご迷惑をおかけしてしまいまして」

そう陽子が言った。熊井は無表情に答えた。

「ラング夫妻にも、やっぱり伯母の死をしらせておこうと思います。あの息子には、他人事《ひとごと》ながら腹が立ちました。両親を迎えに来ることは来たんですが、じつに素っ気ないもので、伯母に対する挨拶も、礼を言ってるのか、余計なことをしてくれたと文句を言ってるのかわからないみたいなところがありましてねェ。どうもまっとうな精神の人間ではないなという気がしましたよ」

「私、沢村のおばあさまからお年玉を送っていただいたんです。けさ、受け取ったものですから、お礼のお電話をおかけしたら、きのうの夜に亡くなられたと聞いて、もうびっくりして」

と陽子は言った。すると熊井は、

「二十日ほど前から風邪気味で、咳ばっかりしてまして、医者に診てもらうよう言ったんですが、本人は熱もないし大丈夫よって笑ってたんです。きのうの夕方、伯母の部屋から何かが割れる音がしたんで、女中が見に行くと、畳にうずくまって苦しんでました。そのとき、もう唇は土色だったって女中が言ってました。救急車に運び込まれるまでは意識があったみたいですねェ。女中に何か言ったそうですから」

と話してくれた。

「何て仰言ったんですか？」

哲之の問いに、熊井は首を振った。

「聞き取りにくくて、何を言いたかったのかわからなかったみたいです。それからあとは、息を引き取るまで、一度も意識を回復しませんでした。心不全というのが医者の診断です」

哲之はさりげなく陽子を見た。陽子も不審な面持ちを哲之に向けた。いましがた熊井は、棺の中の沢村千代乃の顔を見ようとした老婆に言ったはずだった。故人が息を引き取る前に、自分の死に顔は誰にも見せてくれるなと言い残しました、と。哲之は理由を述べ、誠に申し訳ないが、あした葬儀には参列できないと伝えた。

「わざわざ通夜にお越しいただいたのですから、どうかお気遣いなさいませんように」

熊井はそう言って頭を下げた。美しいが、どことなく険のある顔つきをした熊井の妻は、終始無言で陽子の顔を見つめたり、哲之の古ぼけたジャケットや、河原町で買ったばかりの黒いネクタイに視線を注いだりしていた。親戚の者が到着したようで、女中が熊井に、

「金沢からお着きになりました」

と部屋の外から伝えた。熊井夫妻は立ちあがり、急ぎ足で部屋を出て行った。三人の足音が遠ざかった。哲之は棺に近づいて行った。

「哲之」

それを制しようとする陽子が声を殺して呼んだが、彼は棺の小さな開き戸をあけ、白い布をそっとめくった。鳥肌が立ち、思わず声をあげそうになった。そこに見たのは、色白で品位にあふれた泰然自若たる生前の沢村千代乃ではなく、肌の黒ずんだ、異様なほど苦悶に歪んだ、醜悪な死に顔であった。右の目はきつく閉じられ、左の目は大きく瞠《みひら》かれていた。しかしそれが別人ではない証拠に、唇の横に茶色いほくろと、若いころの美貌の名残りを伝える沢村千代乃独特の形の良い鼻梁があった。

「哲之」

陽子が再び小声で呼んだ。長い廊下の向こうから足音が聞こえた。哲之は慌てて白布をかぶせ、棺の開き戸を閉めると、元の位置に坐った。指先が震え、心臓が大きく打っていた。熊井夫妻と、親戚の者らしい三人の男が部屋に入って来た。それを汐に、哲之と陽子は沢村家を辞した。

「なんか、気持の悪いお通夜やったわ。あの沢村のおばあさまのお通夜が、あんなに人の少ない寂しいもんやなんて、ちょっと不思議な気がする……」

タクシーの中で、陽子はそう言ってから、哲之の手首を強く握った。そして、

「私、はらはらしたわ。あの広いお屋敷、どこから人が部屋に入ってくるかわから

へんのよ」

「そやけど、陽子もおかしいと思たやろ？　熊井さんの、あのおばあさんへの言い方。それに、話のつじつまの合わんこと」

「うん。そやから余計に胸がどきどきしたのよ。哲之がお棺の中を覗いてるあいだ中……」

「俺、身の毛がよだったよ」

いつぞやのホテルのネオンが見えたので、タクシーを停めた。暗がりの道を歩くうちに、哲之も陽子もまともに口がきけなくなった。寒風でたちまち顔の筋肉がこわばってしまったからだった。底冷えのする京都の冬の夜であった。〈空室あり〉と書かれた四角い電飾板が風に揺すられて軋《きし》み音をたてていた。ホテルの主人は、哲之と陽子を覚えていた。ラブホテルの経営者というより、八百屋の大将といったほうが適切な笑顔と物腰で、

「おこしやす。また来てくれはりましたなァ」

と言った。

「きょうは泊まります」

哲之の言葉で、主人は、

「お泊まりさん、ご案内」

と大声で威勢よく言った。いかにも案内係を呼んでいるように見えたが、前と同じように、部屋には主人が案内した。

「きょうはえらい寒《さむ》おまんなァ」

「そうですね」

「おふたりさんは、もう結婚する約束が出来てはりますんやろ？」

「なんでわかるんですか？」

「この商売も、長いことやってたら、だいたいわかりまんねや。そらいろんな取り合わせの客がいてまっせ。どっちもそれぞれ家庭があるなァっちゅうカップルもおれば、この娘、相手がやくざとは知らんと連れてこられたんやなァっちゅう、そんなカップルもいてま」

主人は風呂に湯を入れてくれながら、そう説明してから、

「お泊まりの場合は、朝食が付きまんねや。人手がないんで、珈琲とトースト、それに目玉焼きしか出せまへんけど、それでよろしおまっか？」

と訊いた。

「ええ、それで結構です」

「何時ぐらいに持って来まひょ」

「十時に」

せて微笑んだ。

「へい。十時にご朝食」

再び大声を張りあげると、主人は部屋から出て行った。哲之と陽子は顔を見合わせて微笑んだ。

「あのおっちゃんを見てたら、元気が出てくるなァ」

そういえば、このホテルに来るときは、人の生死に立ち会った日ばかりだな、と哲之は思った。前はラング夫妻の自殺未遂のあとで、きょうは沢村千代乃の通夜のあとだ。よれよれのコートを着て立ちつくしたまま、哲之はぼんやりそんなことを考えていた。陽子は哲之のコートのボタンを外してくれ、彼の胸に顔をすりつけた。そして深い溜息をついた。

「沢村のおばあさま、どんな顔をしてはったの？」

哲之は随分迷ったあげく、嘘をついた。

「きれいな死に顔やった。生きてるみたいで……」

「そんなら、なんで、身の毛がよだったの？」

「そらそうやろ？　いつ熊井さんが帰って来るかわからへんし、あの人、はっきりと、沢村さんの死に顔を見せとうないことを俺や陽子にも教えたはずやからな」

「なんで、見せとうなかったの？」

「そんなことまでわからんよ。どうでもええやないか」

ふたりは一緒に風呂につかり、タイル張りの湯舟の中でふざけ合って遊んだ。陽子の体の中で一番好きな部分である腰から尻にかけての曲線に掌を這わせながら、哲之はつとめて明るく無邪気に言った。

「なんや、欠伸なんかして。きょうは寝させへんぞォ」

「いやや。寝る……」

体をバスタオルで拭き合い、ふたりは全裸でベッドにうつぶせになって、しばらく火照りをさました。

「……痛い」

陽子が耳元で言った。

「どこが?」

「……お乳の先が」

求めてきたのは陽子のほうからだった。けれどもそれは歓びを求めているのではなく、子供のように甘えたがっているのだということを、哲之はすぐに気づいた。だから、明かりを消してやった。そして自分がどんなに陽子を愛しているかを、知っている限りの言葉を費やしてささやきつづけた。いつのまにか交合し、いつのまにか終わった。その終わり方はゆるやかな歓びと安寧に満ちていたので、哲之はそんなに時をおかずに、また始めることが出来た。

何時間か後、水の中から浮上したのに、誰かに頭を押さえつけられてまた沈み込んで行った夢に驚き、哲之は目を醒ました。

枕元のスタンドの豆電球をつけ、時計を見ると、まだ五時であった。起こさないようにして陽子の前髪を静かにかきあげ、寝顔を見ていた。陽子は哲之のほうに裸体を横向きにさせて眠っていたので、両腕に挟まれた乳房は窮屈そうで、彼はそっと上の腕を彼女の脇腹に移してやった。片方の、ひしゃげた乳首がもとの形に戻っていくのに随分時間がかかり、その何だか滑稽な動きは、哲之の笑いを誘った。陽子は、何の夢を見ているのか、まるで赤子が母親の乳を吸っているように唇を小刻みに震わせ、かすかな音までたてた。哲之は用心深く掛け蒲団の中に腕をもぐり込ませ、人差し指で陽子の合わせめをなぞった。陽子の唇の、ちゅうちゅうという音は高まり、突然止まった。

男と女の愛情というものがいったい何であるかを、哲之はわかりかけてきた。それがなぜ堅牢でもあり脆弱でもあるのかもわかりかけてきた。彼は、もう二度と、陽子が他の男に心を移したことを口にすまいと誓ったが、誓いながらも、その自分の決意がいかにおぼつかないものであるかを知っていた。それでも、自分と陽子は結婚して、結構いい夫婦になるだろうなと思った。このつややかさと弾力に満ちた陽子の肉体が、やがて必ずこの世から消えていくことに、哲之は口惜しさや恐ろしさを感じたが、そうであればこそ、自分はしあわせというものについて真摯《しんし》に思いを巡らせ、自分をも、自分の愛する者をも、しあわせに向かわしめる気力が生じるのだと思えてきたのだった。

彼の脳裏には、沢村千代乃の醜悪な死に顔がこびりついていた。沢村千代乃は、生死に対して、あんなにも冷静で、ある高度な宗教的悟りを語って聞かせたはずなのに、なぜ弔問客に決して見せるわけにはいかないほどの、身の毛もよだつ恐ろしい死に顔をしていたのだろう。彼女は、死ぬ間際、女中に何を言ったのだろう。彼女は己の死生観を、本当に信じていたのだろうか。それは悟りなどではなく、彼女の最後の誇り、最後の、他人向けの自負と装いとではなかったのか。哲之は、父の死に顔と沢村千代乃の死に顔とを比べてみた。父のそれは美しく、安寧でさえあった。

父は生前、人に騙されてばかりいたが騙したことはなかった。裏切られて多くの物を喪ったが、人の物を奪ったりしなかった。悪いことをしなかった。正直であったればこそ、事業に敗れたとも言えた。だが、人生には勝ったのではないだろうか。沢村千代乃がいかなる人生をおくったのか、哲之はまったく知らなかったが、彼女に晩年のあの豊かで穏やかな生活をもたらしたものは、無数の他者の不幸を基盤としていたのかもしれない。彼女がどんなにそれを隠し、過ぎ去ったこととして片づけようが、彼女のなした行為は、その死に顔を黒ずませ、歪め、片目を瞠かせたのだ。きっとそうに違いない。沢村千代乃はあの豪壮な邸も閑雅な庭園も名高い茶道具も持って行けず、おぞましい死に顔だけをたずさえてどこかへ旅立った。死に顔こそが、その人間の、隠しても隠しきれない究極の本性なのではあるまいか。哲之はひたすらそんな思いにひたっていたので、自分の人差し指の動きをうっかり忘れてしまった。陽子の全身がぴくんと痙攣《けいれん》した。陽子は寝呆けまなこで哲之を見、

「もう、この手は……。あかん、寝てるときにそんなことしたら」

と言った。哲之の手を自分の肩のところに移させ、また眠ったみたいだったが、やがて目を閉じたまま、

「寝られへんの？」

と訊いた。

「うん」

「ほんとに芯から疲れてるのよ」

「神経が疲れてるからや。ビールでも飲もうかな」

ホテルの部屋は暖房がきいて、哲之は実際に喉も渇いていた。彼は冷蔵庫から缶ビールを取り出し、ベッドの上で飲んだ。陽子はうつぶせになり頬杖をついて、哲

之を見つめた。二、三口飲むと、哲之は陽子をあお向けにさせ、

「また釘を打たせてくれよ」

と言った。

「そしたら寝られるから」

「もうちょっとロマンチックな言い方ないの？」

そう言いながらも、陽子は受け入れる体勢をとっていた。そしたら寝られるからと言ったのは口実だったが、終わってビールを飲み干すと、哲之は本当に心地良い眠りに落ちていった。

哲之と陽子が阪急電車で梅田駅に帰って来たのは十二時ごろだった。ふたりは駅前の高層ビルの五階にある珈琲専門店に入った。椅子に坐るなり、陽子は声をひそめて言った。

「私、子供が出来たらいいのになァって思ってるの」

陽子の言葉の意味しているものは、哲之にはすぐわかった。彼はいずれは陽子の父と逢って、結婚の承諾を得なければならず、相手にはまったくその気がなかったのである。

陽子の父とはこれまで四、五回顔を合わしたが、哲之を快《と》く思っていない素振りをあからさまに示した。それは、よくある父親の、娘を盗りに来た男への不愉快さ

というには少し不適当な口調や顔つきだった。哲之には、それはあきらかに軽蔑としか思えなかった。その哲之への軽蔑が何によってもたらされているかを、哲之はちゃんと察しがついたから、彼は彼でまた陽子の父を軽蔑していたのである。

母がキタ新地の小料理屋で働いていてなぜ悪い。俺が、ホテルのボーイのアルバイトをして大学へ行っているのがなぜ悪い。母と俺が、父の借財を背負わされていてなぜ悪い。哲之は、娘を嫁にやる父親の気持を、彼なりに理解したうえでなおそう思うのだった。陽子の父が、父として、そんな哲之に難色を示すのは当たり前だった。だが陽子の父は難色を示すだけでなく、哲之を、哲之の境遇を、さげすんでいたのである。哲之は、大学を卒業したらすぐにも、陽子の父に礼を尽くして明確な意思表示をするつもりだった。

「それでも俺に娘はやらんと言うたらどうする？」

「私に子供が出来ても？」

陽子はくすっと笑い、

「そうなったら、お父さんもお母さんもお手あげよ。それでもあかんなんて、親は絶対言われへんわ」

その陽子のどこか毅然とした顔つきと言い方に、哲之は苦笑した。かなわないものを感じた。陽子は話題を変え、

「卒業論文、もうそろそろ本気でかからんとあかんわよ。私、二十枚まで書いた」

と言った。

「俺はあしたからかかる」

「テーマは何？」

「キンちゃんはなぜ釘づけにされ、生きつづけているのか」

「やめてね。哲之はほんとにやりかねへんから。それで卒業でけへんかったら……」

「冗談や。そんな難しいテーマを俺が論文に出来るはずがないやろ。こんな手に負えんテーマなんて他にないよ」

「私、凄く疲れた」

陽子の笑みに恥じらいが混じっていた。

「何遍教えてやってもわからへんねんなァ。男は女の百倍も疲れるんやぞ。俺はあのとき、あらゆる精神と精力を駆使して、瞬間瞬間傷ついたり勝ち誇ったり、演技したりやけくそになったりしてるんやから。陽子は安心して、しがみついてるだけや」

「演技してるの？　うわァ、いやらしい。ねェ、どんな演技してるの？」

陽子はおかしくてたまらないといった表情で顔を近づけた。

「そんなこと、言えるか」

「ずっと演技してね。お爺さんになっても。哲之が演技してくれへんようになったときは、私に飽きたってことやから」

「お爺さんになったら、もうあかんよ」

そう答えたが、哲之はふたりの生活の中で、お互い演技なるものも必要なのだろうと考えた。ハンドバッグをあけ、沢村千代乃から郵送された現金書留の封筒を出し、陽子は何か物思いにふけっていたが、哲之のジャケットについた糸屑を取って灰皿に捨てるとこう言った。

「私も、演技してたの」

哲之は黙っていた。ふたりきりで裸になったとき、陽子もまた陽子なりに演技をしたのは不思議でも何でもないと思った。けれども、陽子は哲之の予想とは違う言葉を、区切り区切り言った。

「私、ほんとは、沢村千代乃って人、嫌いやったの」

「なんで……？」

「ずっと前に、何かのフランス映画で、あいつは人殺し以外ならなんでもやって来た女だっていうセリフがあったのを覚えてるの。沢村のおばあさまと初めて逢《お》うたとき、私、そのセリフを思い出したの。この人は、きっとそんな人やろなァって気がしたの。そやけどあの人は、それを何食わぬ顔で、それこそ演技して、一所懸命善人ぶったり、物事を超越して生きてるふりをしてはるような気がしたわ」

「へえ……。なんでそんな気がしたの？」

「目と顔の動きがちぐはぐやったもん。気味が悪いくらい。何て言うたらええのかなァ。ねえ、わかるでしょう？　ひとりの人が、何枚ものお面をかぶって、取っ換え引っ換えしてる感じ。顔は変わっても目ェだけは一緒。それ、凄く気味が悪いことでしょう？」

「陽子の演技て、何？」

「私、あの人を嫌いやのに、好きなふりしてたの。言葉遣いとか態度とかで、慕ってるふりをしたの」

「へえ……」

哲之は、陽子がそんな演技をしていたことに驚いたのではなかった。陽子の、沢村千代乃を見ていた目に驚いたのである。母が言ったように、こいつはお嬢さん育ちのくせして、あしたからでも借金取りの断わりが出来そうだ。そう思い、母の眼力にも感服したのであった。

「きのう、お棺の扉を開いたら、沢村さんはお面を全部外してた」

哲之の言葉の意味を、小首をかしげて考えていたが、陽子はそれに関しては何も訊いてはこなかった。ふたりはいつもどおり阪急電車の改札口で別れた。

哲之がアパートに帰り着くと、階段の途中に磯貝が坐っていた。寒さのせいなのか、心臓の具合が良くないのか、顔にはまったく血の気がなかった。ホテルではしばしば顔を合わせていたが、忙しくて話をする機会はなく、軽く声をかけ合う程度だった。

「いつからここに坐ってるの？」

「三時間前から」

「どうしたん？」

「あの蜥蜴、まだ生きてるか？」

「うん。いまは冬眠の季節やから、滅多に餌を食べへんけど、生きてるよ」

磯貝は鉄の階段に坐ったまま、

「きょう、泊めてくれよ」

と言った。

「それはかめへんけど、何かあったんか？」

大儀そうに立ちあがり、磯貝は路地を走って行く子供たちを目で追いながらつぶやいた。

「俺、もう死にたいねん」

哲之は磯貝を見つめた。遠くの空に、凧《たこ》が三つあがっていた。何か励ましの言葉はないかと考えているうちに、哲之はどうでもよくなってきて、無言で部屋の鍵をかけた。帰ってほしかった。死にたきゃ、死にやがれ。俺には何もしてやれないんだ。そう思った。

磯貝は、部屋の壁に凭れて坐り込んだ。そうやってキンに視線を注いでいた。キンのしっぽが、ゼンマイの切れかけた時計の振り子みたいに動いた。試しにクリムシを口元に持って行ったが、キンは食べなかった。哲之は押し入れから蒲団を出して敷いた。そしてパジャマに着換え、

「俺、眠たいから寝るで」

と言った。

「その蒲団、女の匂いがするな」

磯貝は薄く笑みを浮かべたが、目は柱のキンに向けていた。きのうの昼、確かに陽子はこの部屋には入ったが、哲之を寝かせて自分は台所を片づけたり、小型のノートに卒論に関する事項を書きつけたりして時を過ごしていた。だから、陽子の匂いが蒲団にしみついているはずはないのだが、磯貝の精神はぎりぎりのところまで過敏になっているのだろう。哲之はそう推測して、

「疲れたら、誰もみな虚無的になるよ。休んだら、また元気を取り戻すから」

と言った。

「俺の心臓は、人並に動くためだけで、人が何時間も重労働をするより労力を使うんや。じっとしててもそうなんや。働くことも、遊ぶこともでけへん。いっそ、もう停まってくれたらええんや」

哲之は蒲団を頭からかぶって目を閉じた。

「もう何もかもいやになった。ほんとに、いやになったよ」

陽子の前に、自分以外の男があらわれたとき、俺もキンにそう言って話しかけたな。哲之は何ヵ月か前の夜を思い出した。蒲団から顔を出し、ズボンのポケットにしまってある部屋の鍵をつかむと、哲之は磯貝の横に置いた。

「俺は寝るから、帰るときは鍵をかけていってくれ。鍵はドアの下の隙間から中へ突っ込んどいたらええよ」

陽子と交合している最中の光景やら感触やらを空想することが、いつしか哲之の、眠るための最も効果的な手段となっていた。哲之は眠った。

夕暮がカーテンの隙間でちらつき、それが母を思い出させ、脈絡のない不快な夢を何度も見て、彼はぐったりと目を醒ました。磯貝は帰ってはいなかった。

「よう寝てたな。いびきをかいとった。石油ストーブをつけてくれよ」

哲之はパジャマの上にセーターを着て、石油ストーブに火をつけ、手をかざして炎が大きくなるのを待った。

「俺が寝てるあいだ、ずっとキンを見とったんか？」

「うん」

「俺、四月に、こいつから釘を抜くんや」

「四月……？」

「いま抜いたら、死んでしまうような気がするんや。春になってからのほうがええと思て……」

「革命を起こそう」

と磯貝は突然穏やかな、だが妙に力強い口調で言った。

「革命？　何を言いだすねん」

鼻で笑い、哲之は磯貝のほうを向いた。

「俺を革命するんや。怖いけど、やってみるよ」

哲之は立ちあがり、部屋の明かりを灯した。

「よし、あした病院へ行こう。俺もついて行ったる」

と哲之は、手術を受けるのが自分であるかのような錯覚にひたって言った。

「千里に、心臓専門の大きな病院があるんや。一応紹介状だけはもろてある。毎日、ポケットに入れて持ち歩いてるんや」

　磯貝はふたつに折り畳んだ封筒を出し、それを掌に載せると、

「これを見るたびに、自殺用のピストルを持ち歩いてるような気がするよ」

　そうつぶやいて微笑んだ。

「日本の心臓外科は、世界でもトップクラスやからな。大丈夫、成功するよ」

「人のことやと思いやがって。ノコギリで肋骨を切り外して、人工心肺に血管をつないで……。想像するだけで、目の前が真っ暗になるぞォ。逃げだしたいけど、どこへも逃げる場所なんてないもんな」

　磯貝はキンを指差した。

「俺も生き物なら、こいつも生き物や。こいつが、こんな目に逢うても生きてるんやから、俺も生きられんはずはないやろ」

　きのう買った肉が少し残っていた。じゃがいももあったしキャベツもあった。哲之はそれらを適当に切って、その間に炊飯器のスウィッチをいれた。フライパンにバターをとかし、材料を炒め、塩と胡椒で味つけして皿に盛った。小さな食卓に置いて磯貝に言った。

「きょうは泊まっていけよ」

「うん。初めから帰る気はなかったんや」

「死ぬ気もなかったんやろ？　手術を受ける決心をつけに来たんや。キンに感謝や

な」

言ってしまってから、哲之は、俺はどうにかして、キンを死なさずに釘を抜いてみせるぞと思った。すると、涙が溢れて来た。哲之と磯貝は、食事をしながら、その方法を考えた。

「とにかく釘は、内臓の一部分になってしもてるやろから、一瞬のうちに抜いてしまうんやな。それで、木の箱を作って、傷が直るまで飼うんや。そやないと、外に出した途端に、蛇とか、肉食の鳥とかに食べられてしまうぞ」

そう磯貝は提案した。哲之も同じことを前々から考えていたのだが、心のどこかに絶えず、それとは別の思いもちらつくのだった。キンはいまちゃんと生きている。釘を抜いたら死ぬかもしれないが、釘を刺したままにして、餌を与え、水を与えてやったら生きつづけるだろう。哲之は、キンに再び苦痛をもたらしたくなかった。キンに生きつづけてもらいたかったし、なによりも、彼はキンと別れてしまいたくなかったのである。

彼は、ノコギリとノミを使って、釘が突き刺さったままの状態でキンの体を柱から外してしまおうとも思ったりするのである。しかし、そうすれば、柱の一部はえぐり取られ、アパートの持ち主は弁償を求めてくるだろう。襖が破れたとか、ガラス窓が割れたとかの程度なら、たかがしれているが、柱の一部がえぐり取られたとなったら、多額の弁償金が必要になる。哲之は磯貝に、その自分のもうひとつの案を話してみた。磯貝は、うーんと唸って考え込んだ。

「必然性のある事故をでっちあげるしかないやろな」

と磯貝は言った。

「柱の一部がえぐり取られるような、必然的事故て、どんなんや」

「わからん。しかし、何か思いつきそうな気もするんや」

「考えてくれよ。俺は四月にこのアパートを出て、お袋と一緒に暮らすことに決まった。キンをこのままにして出て行くわけにはいかん。釘を抜くか、柱ごと持って行くかしかないんや」

ふたりは幾つかの策を口にしたが、どれも非現実的で必然性もなかった。

「鼠がかじったっちゅうのはどうや」

「そんなアホな。誰が信じると思うねん」

哲之は磯貝を横目で睨んだ。ついに良案は浮かばぬまま、ふたりは蒲団に入った。蒲団は一組しかなかったから、同じ蒲団の中で互いに背を向け合って寝るしかなかった。隣室の、ひとり暮らしの婦人が窓をあけ、猫を呼んでいた。

「安普請やから、あのおばさんが猫と話をしてる声が筒抜けや。ときどき化け猫みたいな声を張りあげて、猫とケンカしたりしよる」

そう哲之が声を忍ばせて言うと、磯貝はふいに身を起こし、

「猫や」

とつぶやいた。

「猫……？」

「猫を使うんや」

「どうやって」

「この柱に、お前は魚の干物を吊るしといた。うっかり窓をあけたまま外出した。夜中に帰って来て、真っ暗闇の中で猫が飛びかかって来た。お前はびっくりして、隣の猫とは知らずに、身を守るためにたまたま傍にあった包丁を振り廻した。猫もびっくりして何遍も飛びかかって来た。包丁は柱に当たって傷だらけにして一部を削り取ってしもたっちゅうのはどうや」

「いまひとつやなァ。猫が大家の飼《こ》うてるやつやったら、相手も文句は言わんやろけど、隣のおばさんの猫やで。大家とは関係あらへん。どっちかに弁償さすやろ」

「大家は猫を飼うてないのか」

「飼うてない。一銭たりとも無駄金は使わんおばはんや。犬や猫にただめしを食わしたりするかいな」

磯貝は背を向けて横たわり、

「もう疲れた。頭が痛《いと》うなってきた」

と言って溜息をついた。

「やっぱり釘を抜くしかないよ。それで死んでも、キンちゃんはそのほうが嬉しいやろ。こんなむごい生かされ方はないもんな」

磯貝の言葉は、自分の心を代弁しているかのようだった。

「あしたになったら、気が変わってるてなことはないやろな。やっぱり手術はいややっちゅうて……」

と哲之は言った。

「手術はいやや。当たり前やないか。そやけど、もう決めた。決心するのに五年かかったんや」

哲之はふと、磯貝に、沢村千代乃のことを話してみたくなった。ラング夫妻の件、沢村千代乃の言々句々。そして彼女の死に顔について。

それは話し終えるのに、随分時間がかかった。なぜなら、一部始終を語るためには、どうしても陽子のことを出さないわけにいかなかったからだった。話は最初から脱線して、陽子とのなれそめを聞かせたり、将来のことも打ち明けたりしたから、本題に入るまでに四十分近くかかったのである。話を聞き終えると、磯貝はたったひとことこうつぶやいた。

「頭で考えているだけでは、何の役にも立たんということかなァ」

「どういう意味や？」

哲之の問いに、いっこうに答え返してこないので、彼は尻で磯貝の尻を突いて、

「寝たのか？」

と訊いた。それで、やっと磯貝は口を開いた。

「俺は、その人の言うたことは、正しいと思う。それが正しいかどうかは死んでみなわからんてなもんやけど、生きてるときに、ほんとに心の底から、骨の髄から、死んでもまた生まれ、また死に、また生まれるっちゅうことを信じられたら、世の中でどんな苦しみに逢うても、びくともせんやろと思う。しかし、それが死の恐怖に対する自衛のための思いつきやったら、何の役にも立たんやろ。観念を心から信じてるやつなんかおらんよ。京都や奈良の観光寺の坊主の説法を聞いてみい。アホらしいて、石投げたろかと思うで。難しい小説を書いてる作家も、自分のその思想とか哲学を肚《はら》の底から信じてるわけやないんや。どんなに御大層なことを書いたり言うたりしても、たったひとりの他人の不幸を救うこともでけへんどころか、自分の肉親の不幸すら解決でけへんやないか」

「そしたら、心の底から、信じきるにはどうしたらええんや」

「何かを実際の行動に移さなあかんのやという気がするなァ」

「何かて、何や。実際の行動て、どんな行動や」

「わからん。それがわかったら、手術を受けるのを五年も悩んだりするかよ」

哲之は蒲団から出て、部屋の明かりをつけた。そしてキンに顔を近づけ、びくとも動かない釘をつかんだ。その微動だにしない釘は、なぜか沢村千代乃の死に顔を、哲之の脳裏に甦らせた。彼はじっと自分を見つめている磯貝に言った。

「やっぱり、釘を抜くよ。四月に」

## 十一

磯貝が知り合いの医者から貰った紹介状を持って、千里にある循環器専門の病院に出むいたのは、哲之の卒業試験がすべて終わった翌日だった。どうしても従《つ》いて来てくれという磯貝の頼みで病院に同行した哲之は、最新の設備を誇る病院の待合所で三時間近く待たされた。やっと待合所に戻って来た磯貝は、哲之の横に坐り、

「午後から、まだ検査をするそうや」

と言った。

「手術は出来るのか？」

「それを調べるための検査らしいな。ただ、どっちにしても、手術する以外ないや

ろっちゅう言い方をしとった。出来たら、きょうにも入院したほうがええらしい」

「そやけど、入院の準備はして来てないやろ？」

磯貝は青い顔をうつむけて何か考えていたが、ジャケットの胸ポケットから手帳を出し、公衆電話の置いてある場所へ行った。

「どこに電話をするんや」

「妹の勤めてる会社や。あいつにパジャマとか着換えの下着とか洗面具を持って来てもらうよ」

「スリッパも要るぞ」

「……うん、そうやなあ」

磯貝の妹は、それから二時間もしないうちに病院の待合所にやって来た。磯貝が電話で哲之の着ているセーターの色とか顔立ちの特徴とかを教えてあったらしく、ほとんど迷うことなく哲之の前で立ち停まり、

「井領さんでしょうか」

と訊いた。哲之は立ちあがり、初対面の挨拶をした。いつか哲之の部屋で「俺の妹、美人やぞォ」と言った磯貝の言葉は嘘ではなかった。その美貌にとまどって、哲之は少しのあいだ、次の言葉が出てこなかった。

「兄の部屋はもう決まったんでしょうか」

哲之は慌てて看護婦の詰所に磯貝の妹を連れて行った。若い無愛想な看護婦が、ふたりを病室に案内し、窓ぎわのベッドを指差して、

「あそこです」

とだけ告げ、詰所に帰って行ってしまった。病室は四人部屋で、中学生らしい少年と目つきの鋭い中年の男、そして肥満した老人がベッドに臥していた。

磯貝の妹は、急遽買い込んできた真新しいパジャマをベッドの上に置き、まだほかにも下着や洗面具などの入っている大きな紙袋をどこに置こうか思案するように、落ち着きなく視線を走らせた。

「一応、そこに置いといたらええでしょう」

哲之は壁の隅を指差した。

「えーと、磯貝……」

「香織です」

「香織さんは、会社には帰らんでもええんですか？」

「はい。早退させてもらいましたから」

哲之と香織は再び待合所に戻り、長椅子に並んで坐った。

「他人のことやから簡単に言うわけと違います。いまは、心臓弁膜症の手術は百パーセントに近い成功率やそうですから……」

哲之がそんな言葉をかけたのは、磯貝香織の白目の部分が異様に青く、兄よりも重い病を持っているかのように見えたからであった。端整な横顔に薄幸な翳がはっきり映っているのを感じた。

「怖いことがいっぱいあるけど、それはたとえば、太平洋を泳いでアメリカへ行くような途方もないこととは違うと、ぼくは思うんです」

香織は顔をあげ、怪訝な表情で哲之を見た。

「そやけど、ええい、くそっ、行ってしまえって思って踏み出したら、なんやたったのひとまたぎやったやないか。ぼく、肚さえ決まったら、世の中のことて、全部そんなもんやって気がしてきたんです」

香織は何も応じ返してこなかった。しばらく間をおいてから、

「きょうは兄に付きそって下さってありがとうございました」

と言った。そして立ちあがって丁寧に頭を下げた。哲之は帰らざるを得なくなった。

阪急の梅田駅に着いて、哲之はどうやって時間をつぶそうかと考えながらエスカレーターで地下街に降り、目前のガラス張りの喫茶店をちらっと見やった。中沢雅見がガラスの壁に凭れ、ひとりで珈琲を飲んでいた。哲之は行き過ぎようとしたが、ただぶらぶら歩き廻るほうが億劫な気がし、喫茶店に入って行った。中沢の肩を軽

く叩き、

「ひとりか？」

と声をかけた。誰かと待ち合わせでもしているのなら退散するつもりだった。

「おう、久しぶりやなァ」

「ほんまやなァ。去年の夏に、借金を断わられて以来や」

中沢雅見は目だけ動かして哲之を見あげていたが、なげやりな口調で、

「まあ坐れや。珈琲代は自分で払えよ」

と言って、薄笑いを作った。

「お前には、いろいろ世話になったなァ。ただ飯をなんぼ食わしてもろたかわからんし、何日も部屋に泊めてもろた。返せるときが来たら、何かの形で返したいと思てるんや」

「えらい殊勝なこと言うやないか。俺には訣別宣言に聞こえるで」

確かに哲之は、そういう意味も含めて言ったのだった。けれども哲之はわざととぼけて笑ってみせた。

「訣別する相手に恩返しをする必要はないやろ。そんなにひがみっぽく取るなよ」

「ひがみっぽく……？　俺がなんでお前にひがまなあかんねん。アホなこと言うな」

中沢も笑い顔でそう言ったが、誇りを傷つけられたとき必ず彼の唇の端に生じるえくぼに似た皺が、金魚の口みたいに拡がったりせばまったりした。

歎異抄に関する議論は、中沢の内部に、想像以上の怒りとこだわりを与えたのだろうと哲之は推測した。自分の信奉する思想、とりわけ宗教を全否定されることへの怒りは、おそらく否定された当の本人でさえ理解出来ないほど大きく深いのかもしれない。そう哲之は思った。しかし哲之は再び議論をむしかえす気はなかった。それで、哲之は、中沢が大学を卒業したら、そのまま父の事業を継ぐのか、それともいったん別の会社に就職するのかを訊こうとして口を開きかけた。ところが先に中沢の口から言葉が吐き出された。

「お前の親鸞不存在説は、相変わらず変節してないか？」

哲之は珈琲をすすってから、

「もうあの話はやめようや。あのときの俺の精神状態はちょっと正常やなかったからな。他人がどんな宗教を信じようが、それはその人の自由や。俺はお前を否定したわけと違うよ」

そう穏やかに答え返した。

「答えになってないな。親鸞不存在説のことを訊いてるんや」

「実在したかどうかなんてどうでもええよ。お前がおったと思うんなら、おったんやろ」

「俺がどう思うかという問題と違う。親鸞は実在したんや。証拠は山ほどある。歴史の事実や」

「よし、わかった。そういうことにしとこう」

「それは認めたわけとは違う。ちゃんと認めてもらいたいなァ」

「俺に認めさせて何になるんや」

するとと中沢はほくそ笑み、身を乗り出して来た。

「お前、あの日、俺にこう言うたぞ。歎異抄は人間から生命力を奪う言葉の集積や。あれを読んでると、生きてることがいやになってくる。覚えてるか？」

「ああ、覚えてるで。そのあとでこうも言うた。いずれはこのビルが自分の物になる金持ちのボンボンが、とても地獄は一定《いちじょう》すみかぞかし、とは笑止千万や、て」

「ひとつの宗教に入って行くことと、その人間が金持ちか貧乏人かという問題とを同一線上に置くほうが、笑止千万や。そうは思わんか？」

「うん、思うな。資本主義の恩恵にひたっていながら、共産党員になった大会社の御曹司もいてるやろからなァ」

中沢は二本の指を立てて微笑んだ。

「これで、あのときの御託のうち、ふたつの非をお前は認めたわけや」

「もうええよ。俺はきょうは議論する気にならん。久しぶりにお前に逢《お》うたから、喫茶店に入って来たんや」

だが中沢雅見は執拗だった。彼は勝ち誇って言葉をつづけた。

「歎異抄が、どれだけの人間に光明を与えて来たか知ってるか。生きる勇気をもたらして来たか知ってるか。それがなんで地獄の書なんか、理論立てて教えてくれよ」

哲之は頬杖をついて、じっと中沢の目を見つめた。かすかに、中沢の胸元あたりからオーデコロンの匂いがこぼれ出た。なぜかそれが哲之に怒りをもたらした。哲之は言った。

「そしたら、俺が理論立てて言えるように、俺の質問に答えてくれ」

中沢は頷き、腕を組んだ。

「往生て何や」

「往《い》き、生まれることや」

「どこへ往くんや」

「浄土のことやないか」

「それはどこにあるねん」

「死んだらわかるやろ」

「死なんとわからんとこか。と言うことは、往生を願うのは、死を願うことか。死を願うことで得られる光明とか生きる勇気とは、いったい何や。身を捨ててこそ浮かぶ瀬もあれっちゅう言葉とは意味が違うぞ。極楽はどこにあるんや。見せてくれよ」

「ないかもしれんな。しかし、架空の浄土を民衆に夢見させるという手段を使うて、現実の苦しみを乗り越えさせた。浄土は自分の中にあるけど、あの時代の民衆にそれを教えて何になる。そう展開して行くという深さが歎異抄の本意や」

「しかし、歎異抄では、この世での執着は捨てようにも捨てようがないから、それはそれでええ、とうとうこの世の縁がつきて、仕方なく死ぬ。それでええんやと言いながらもただ往生を願えと繰り返してるやないか。それは、結局早く死ね、早く死ねと言うてるのとおんなじやないか。そう言われても、人間は死ねへんよ。やっぱり生きたい。親鸞自身がそうやったはずや。そうすると、念仏思想は、生きながら死んでる人間を作って行く。歎異抄の与える光明も歓びも、病人の苦痛をやわらげるモルヒネや。痛みが消えたら病気が直ったように錯覚する。ところがそのモルヒネは猛毒で、病人の死期を早めるんや。そやから俺は歎異抄を、地獄の書やと言うたんや。虚無は、ときに甘露な酒や。しかし念仏思想の樽の中で作られた虚無の酒は、それをたっぷり飲んだ人間に、あるときふっと首を吊らしたり、ビルの屋上から飛び降りさしたり、電車に飛び込んだりさせるんや。精神の底に染まった諦観を突然誘い出す酒やからな」

「井領は歎異抄のうわべしか読まれへん。まあ、無理もないけどな。親鸞の心の葛藤がどれほど深く烈しいもんやったかさえ、わからんのやから。歎異抄を読んで、それすら理解出来ん感性と議論したって無駄やな」

そう蔑みの笑みを向け、煙草をくわえた中沢は、ふいにそれまでの作り笑いを消して、哲之を睨んだ。

「お前みたいなやつが、この地下街で何万人もうろうろしとるで」

「お前みたいなやつて、どういうやつや」

「無宗教主義の観念論者や」

哲之の顔から自然な微笑が湧いた。彼は中沢に訊いた。

「お前は、毎日、南無阿弥陀仏と唱えてるのか？」

「唱えはせんけど、心の中にはちゃんと存在してるな」

「宗教いうのは実践やろ？　心の中にあって唱えへんお前のほうが、よっぽど観念論者やないか」

中沢の顔が紅潮した。哲之は珈琲代をテーブルに置きながら言った。

「俺は無神論者でも無宗教主義者でもないよ。ただ俺は、仏とか神とかをたとえ方便にせよ自分の外にあるとする宗教を信じられへんだけや。それはきっと絶対に自分の中にあると言い切る宗教にならば耳を傾けようと考えてるからな。一匹の蜥蜴が、俺にそのことを教えてくれたんや」

「蜥蜴……？」

哲之は立ちあがり、中沢を見降ろした。

「俺はお前よりもはるかに宗教に対して敬虔《けいけん》や。天国とか浄土とかは、おそらく譬《ひ》喩《ゆ》やったはずや。その譬喩が弁証法的に現実に存在するものとしてすり代わった。インテリは、それを裏の思想とか何とか言うてる。裏の思想て何や。結局、わからんからひらきなおっただけのことやないか。そやから俺は、親鸞を敗北者と言うたんや。女犯《にょぼん》に苦しむこと自体、アホな話や。セックスなんて、自然の摂理やないか。坊主が、それを犯したことを、偽善ぶって悟りに転化してるのを感動するのが、インテリという連中や。誰がどんな理論と弁舌でパラドックスを駆使しても、俺はやっぱり、親鸞を敗北者やと言いつづけるぞ」

中沢は言い返そうとして哲之の手首をつかんだ。けれども、哲之が、

「元気でな。さっき言うた恩返し、何かの形で必ずさせてもらうよ」

と屈託のない笑顔を向けると、その手の力をゆるめた。

哲之は、雑踏を歩きつつ考えた。中沢雅見が自分に金を貸してくれたり、何日も

部屋に泊めてくれたりしたのは決して友情によってではなく、ひとつは退屈しのぎであり、ひとつは人に何かしてやることで自分を満足させていたのだろう。けれども、おかげで助かったことが何度もある。中沢は拒否するに違いないが、いつの日か、俺は誠意をこめてお返しをしよう。早くそんな日が来ればいいのに……。

さらに哲之は、激した心で言ったのではないが、かと言って沈着な思考から発せられたわけでもない自分のひとつの言葉を思い浮かべた。——俺はお前よりもはるかに宗教に対して敬虔や——。本当にそうなのだろうか。哲之は新聞紙やチラシの散乱する階段をゆっくり昇った。二月の風に身を縮めた。神と仏とはどう違うのだろう。聖書はひとつなのに、仏典はなぜ厖大な経に分かれているのだろう。キンを見ていると、確かに生命力とか蘇生力とかの巨大なエネルギーを、ノミもシラミもタンポポも、犬や虎も、そして人間も、すべて自分の中に有していることを知る。俺の体の中には、ゼンマイも乾電池も入っていない。それなのに自由に手足が動く。心臓も動いている。血液が絶え間なく流れている。そして自分でもいかんともしがたい心というものが一瞬一瞬とどまることなく変化しながら生まれつづけている。それはじつに不思議な現実ではないか。しかも生き物はみんな死ぬのだ。なぜ死ぬのだろう。

大都会の夕暮の中で、さまざまなイルミネーションが動いていた。キンの釘を抜くときが近づいていた。哲之の視界いっぱいに、キンが見えた。それは蜥蜴ではなかった。蜥蜴の姿に身をやつした光り輝く生命というものの塊に思えた。清浄で、力強く、無限なるものを感じて歩を停めた。けれども、その至福の光景はまばたきひとつしただけで忽然と消えた。哲之はもう一度同じ歓びを呼び戻そうとして、空を見やったが、キンはもはやただの蜥蜴にすぎなかった。

その夜ホテルは空室が多く暇だったので、哲之は仕事中に二回も陽子と電話で話をした。一回目の電話で、陽子は父のコネで中堅の商社に就職が決まったと伝えた。二回目の電話は、初任給は幾らなのかを聞き忘れた哲之が、はしゃいで公衆電話まで走って行ったのだった。

「俺より三千円も多いやないか。四年制の女子大生は就職難やというのに……」

「そやけど、ボーナスは哲之のほうが多いはずよ。基本給は私のほうが少ないもん」

「気に入らんなァ。なにかにつけて、陽子のほうが俺より運がええみたいな気がして来た」

「夫婦になったら、運命共同体でしょう？」

陽子は哲之の卒業試験の結果を案じていた。

「一課目だけ、ちょっと危ないのがあるけど、それは追試をしてくれるそうやから」

「もうじきね」

と陽子が声を落として言った。

「うん」

そう答えて電話を切ったあと、哲之は陽子が何をさして「もうじきね」と言ったのかを考えた。だが哲之は何もかもが「もうじき」なのだと思い嬉しくなった。大学を卒業するのも、住道のアパートを引き払うのも、キンの背から釘を抜くのも、陽子と母と三人で暮らせるのも。

生駒おろしの寒風をついてアパートに帰り着くと、哲之はすぐに蒲団を敷いた。それから湯を沸かし、ホット・ウィスキーを作った。アンカが温《ぬく》もるのを待ちながら、熱いウィスキーを飲み始めたとき、突然、男の声がドアの向こう側から聞こえた。

「電気メーターのことで、ちょっと訊きたいんですが」

哲之はドアのところに行き、

「こんな遅うにですか？」

と訊いた。

「昼間、お留守なもんでっさかいに」

ドアをあけた途端、哲之は屈強な腕で胸ぐらをつかまれ、壁に押しつけられた。

「大きな声を出すなよ」

男はそうささやいて顎をしゃくり、哲之を階段から引きずり降ろした。哲之の全身に奇妙なうずきが生じ、足がもつれた。道の曲がり角に車が一台停まっていた。哲之は車に乗せられた。車が走り出しても、男は哲之の胸ぐらをつかんだままであった。

運転している男の顔にも見覚えはなかったが、あの小堀という取り立て屋の仲間であることは間違いがなかった。このまま生駒の山中に連れて行かれて殺されるのかもしれない、と思い、哲之は震えた。だが車は国道を右に折れ、川のほとりで停まった。あたりは街路灯ひとつなく、人家もない原っぱだった。

「なめた真似してくれたなァ」

胸ぐらをつかんでいる男が言った。運転をしている男は見張り役らしく、周囲の闇をさぐるだけでひとことも発しなかった。

「お前のおかげで、俺のダチは五年もくらいこんだんや。それだけの覚悟があってのことやろ」

「ぼくをどうするんですか」

「殺すんや」

「どうしたら、殺されんですみますか」

「五年もムショに入るのとおんなじ思いをするんやなァ」

と男は言った。

「それに、こっちはお前の親父の手形をまだ金に換えてないんや」

「金は払います」

「利子がついてるでェ」

「利子も払います」

哲之は哀願するように言った。

「よし、利子がついて、百五十万や」

「百五十万……」

「小堀がムショから出て来たときに、それぐらいのお詫びはしてもらわんとなァ。五年やぞォ。五年も臭い飯を食わされるんや。お前のおかげで」

「そんな、百五十万なんて金、逆立ちしたってぼくにはありません」

「そしたら、ここで死ぬんやなァ」

哲之の体から力が抜けた。逃げても逃げても追って来るのなら、こっちから噛みついてやる。そう思った。男は車の中で自分を殺すつもりだろうか。それとも通る人もいない闇の原っぱにつれ出して殺すだろうか。もし、車から引きずり出された

ら、逃げるチャンスはある。もうそれしかない。哲之は、

「殺して下さい」

とつぶやいた。運転席の男が初めて顔を向け、

「本気か？」

と言った。

「働いても働いても、みんな親父の借金で消えていくんです。もう疲れた。生きてても、しょうがない。殺して下さい」

哲之の死ぬか生きるかの演技だった。ふたりは顔を見合わせていた。

「よし、殺したろ。小堀がムショに入る五年の三倍や。十五発、殴ってこましたる。平手と違うでェ。まあ、俺に十五発殴られて生きてられるやつはおらんけどな」

運転席の男が外に出た。そして後部のドアをあけ、哲之の腕をつかんだ。外に出されたが、ふたりの大男に腕と胸ぐらをつかまれて、逃げることは出来なかった。

哲之は最初の殴打で顔がつぶれたような気がした。逃げようとしたが、足が痺れてしまって、立ちあがれなかった。風の音も聞こえなかった。吐き気がした。衿首をつかまれて立たされた。二発目にはもっと烈しい力が加わった。三発目は男が目測をあやまったらしく、頬の先端をかすった。四発目を顔面に受けたとき、鼻の骨の折れる音が聞こえた。顔中がぬるぬるしていた。どこから血が出ているかもわか

らなかった。彼は必死で立ちあがった。何とか逃げようとしたのであった。男は誤解したようだった。

「このガキ、ほんまに十五発殴られるつもりらしいで」

しばらく考えてから、男は、

「おい、もうそろそろくたばれよ」

と言った。哲之は半分意識を喪っていたので、逃げようと右に走ったつもりだったが、男の体に当たって行った。男の五発目の殴打がそれまでの力と比べて弱まっていることも感じないまま、哲之はまた立ちあがり、男にしがみつき、そして何もわからなくなった。ただ、首から上の骨という骨に網の目みたいな亀裂が出来て、そこから血が噴き出ている幻覚を見、死の恐怖が哲之の奥深い部分で燃え盛った。


クレーンの音に似た空虚な響きが、大きくなったり小さくなったりしたあと、ときおり人間の声が聞こえた。それがふたりの男のものだと気づくのに随分時間がかかった。

「こいつ、死ぬぞ。いつまでおる気や。早いことずらかろうや」

大伽藍の中でのひそひそ話みたいに、男の言葉は哲之を一瞬醒めさせた。自分が土手の土の上ではなく、蒲団に倒れていると知った。

「アホンダラ、こっちは子供の使いとは違うんや。けじめをつけとかんと、この手形を手放すわけにはいかんのじゃ」

哲之を殴ったほうの男がそう言ってから、顔を近づけてきた。

「おい、何か金目のもんはないんかい。何でもええがな。それと引き換えに、この手形、お前に返したろやないけ」

金目の物など何もなかった。哲之は顔面の激痛に呻き声を洩らしながら、やっとの思いで首を横に振った。病院に運んでほしかった。このまま放っておかれたら、自分は死ぬ。そう思ったのだった。けれども声が出なかった。哲之は男の太い肩をつかもうと腕を伸ばした。その腕には、陽子から借りたままの古いロレックスの時計がはめられてあった。男は、哲之が金目の物として時計を示したと誤解したようだった。男は時計を奪った。

「古いけど、ロレックスか……」

抗う力は、哲之にはなかった。やがて、クレーンの音に似た響きが遠ざかり、物音ひとつ聞こえなくなった。

右足が痺れていた。彼は右手で畳を叩いた。誰でもいい、助けてほしい。アパートに住む誰かが、畳を叩く音を不審に思って、部屋を覗いてくれはしないものか。そう考えたのである。しかし、その音は哲之の脳髄には耐えられぬほどの震動であったが、実際は四つに折った新聞紙を落とすよりも小さな音しかたててはいなかった。彼はまた光も音も温度も感じなくなった。

彼は灯の消えた商店街の真ん中で野球をやっていた。野球といってもバットは竹《たけ》箒《ぼうき》の柄で、ボールは新聞紙を丸めて、それをセロテープでぐるぐる巻きにしたものだった。ミノルがボールを投げた。哲之は打った。バウンドしない球は転がって、わずか二十センチばかり開いていた戸の隙間から〈満月〉というお好み焼き屋の中に入ってしまった。哲之はそっと〈満月〉の中を窺った。三人の老人が、店の女主人を相手に花札をやっていた。その三人の老人は、いつも夜になると〈満月〉に集まって花札をし、いつも女主人にカモられている。

「ガラス、割らんとってや」

と、あるときは三十そこそこに見え、あるときは六十過ぎに見える女主人が言った。足元の、新聞紙で出来たボールを拾い、老人のひとりが、

「このボールでガラスが割れるかいな。なァ、テッチン」

と言った。哲之を幼いころから知っている人たちは、みんな彼をテッチンと呼んだ。鉄板の上では、一枚のお好み焼きが焼きあがって、まぶされたかつお節がくねっていた。

「早よう食べな、こげるがな」

哲之は、それをもう三人の老人が註文しただけで口にしないのを知っていたが、大声で教えた。老人たちはそれどころではなかった。手の中で扇状に並べた札を目の高さにかかげ、

「坊主は誰が持っとんねや。どうせこの女狐やろ」

とか、

「誰か松を出せよ。そやないと赤タンをやられるでェ」

とか言いながら、煙草の灰をまき散らしていた。

「ほな、ぼくとミノルとで食べてええか？」

哲之は老人に訊いた。

「さっき、食べたやないか」

「まあ、十五、六いうたら食い盛りや。なんぼでも食いよるで」

「食べてもええんやな？」

哲之はミノルを呼び、かってにステンレスのコテをふたつ持って来て椅子に坐り、ガスの火を消すと、お好み焼きを半分に切った。ふいに、女主人が老人たちを見つめながら、口紅のついた歯をむき出して笑った。

「あんたら、あと一時間後に死ぬんやで」

三人の老人は一様に持っていた札をテーブルに置いた。哲之はコテを動かす手を

止め、灰色に変わった老人たちの顔を見た。店の戸が開き、一匹、また一匹と蜥蜴が入って来た。それはいつのまにか足の踏み場もないほど〈満月〉の中に押し寄せた。壁も天井も、一点の隙間もないくらいびっしりと、蜥蜴がへばりついた。やがて蜥蜴たちは、三人の老人の足首をその光沢の中に埋めた。蜥蜴たちは、満潮時の海面のように、とめどなく数を増して店内の底から膨れあがった。哲之はお好み焼きをたちまち食べ尽くした蜥蜴の何匹かを掌に載せた。老人のひとりは泣いていた。彼は言った。

「俺は、やり残したことがいっぱいあるんや。そんな、一時間てな殺生なことやめてくれ」

次から次へと店内に入ってきて、重なり合っていく蜥蜴は、老人たちの腰のあたりにまで達した。蜥蜴は天井からも際限なく落ちてきた。

「やり残したことて、何やねん」

もうひとりの老人が、彼だけは覚悟を定めたといった顔つきで訊いた。

「陽子や。それに、俺と陽子とのあいだに出来た子供や。あいつらに逢うて、謝りたいんや」

「その女と子供は、いまどこにおるねん」

「近くや。近くに住んでることはわかってるんやけど、なんぼ捜してもみつかれへんのや」

「なんで離ればなれになったんや。お前が、貧乏さしたからやないか。そのうえお前は、陽子が男と喋っただけで、どつきまわしよった」

「そうや。それも謝りたいんや」

すると、ずっと無言だった別の老人が、

「人生が五十センチの長さのもんやとしたら、男と女のことなんて、たったの一センチくらいのもんやで。そやけど、その一センチがないと五十センチにはなりよれへん」

そうつぶやいてから大声で笑い、蜥蜴の海の中に沈んでしまった。哲之は立ちあがり、ミノルを捜した。ミノルはどこにも見あたらなかった。

「ぼく、その陽子いう女の人と子供をここに連れてきたるわ」

「テッチン、陽子の居場所、知ってるんか」

「知ってるでェ」

「どこや。どこにいとんねん」

その言葉を最後に、ふたりの老人も蜥蜴の波にさらわれ、それっきり浮かんでこなかった。

哲之は蜥蜴たちをかきわけて〈満月〉を出た。彼は商店街を抜け、灰色の道を走った。公衆電話のボックスに駈け込み、陽子の家のダイアルを廻した。意志と指先とが合致しなかった。ダイアルの二を廻そうとすると六を廻してしまい、慌ててやり直した。何度やっても自分の思った番号を廻せなかった。

　知らぬ間に、公衆電話のボックスにも蜥蜴が入って来て、哲之の足を腹を胸を、うごめきながら埋めていった。彼は爪先立った。蜥蜴たちは、哲之の鼻の穴のところまでせりあがって、そこで停まった。公衆電話が鳴った。陽子からに違いなかった。けれども、哲之は少しでも身を動かすと、蜥蜴の群れの中に沈んでしまうので、陽子からの電話をとることは出来なかった。

　彼はどこかにキンはいないものかと思った。彼は「キンちゃん、キンちゃん」と呼んだ。

　哲之の視界に、冬の朝陽と、柱に釘づけされたキンの姿が見えた。体は冷えきって、小刻みに震えた。右足の痺れは直っていたが、鼻の痛みは夢を見ているあいだに、いっそう強くなっていた。顔のあちこちがつっぱった。哲之はそっと顔に手をやってみた。何か固い膜のようなものが鼻の下や顎、それに耳の穴の中までへばりついていた。殴られたとき、筋をちがえたらしく首が動かせなかった。彼は顔にへばりついているものを爪の先で掻いてめくった。それは乾いてしまった血であった。

　鼻筋の真ん中は腫れあがり、医者に診てもらわなくとも骨が折れていることがわかった。痛みをこらえて指先で押すと、確かに鼻骨の一部が動くのである。左の目はほとんどふさがっている状態で、両方の頬骨も疼いた。頬骨にもひびが入っているかもしれないと彼は思った。しかし頭痛は消えていた。哲之は体を転がして押し入れのところまで行き、やっとの思いで毛布と掛け蒲団をひきずり降ろした。首から上しか殴られた記憶はなかったが、右の肋骨の何本かに痛みを感じた。おそらく、殴られて、凍てついた原っぱに倒れた際、石か何かで打ったのだろうと思った。顔面は熱く火照って、哲之は冷たいタオルで冷やしたかったが、起きられなかった。

隣の部屋から、ひとり住まいの女の足音が伝わってきた。哲之は壁を拳で叩いた。何回も叩いた。いま、助けを求めるとしたら、さしあたって隣室の病弱な女しかいなかった。彼は途中で一度あきらめたが、思い直し、こんどは足の甲を壁にぶつけた。足音は、薄い壁の向こうで停まった。哲之は足の甲で懸命に壁を蹴りつづけた。隣室のドアのあく音がした。

「井領さん」

女がかぼそい声で呼んだ。彼はそれに応じ返そうとして、口を開きかけたが、キンを隠さねばならぬと思った。ズボンのうしろのポケットからハンカチを出し、柱のへりにつかまって上体を起こした。眩暈《めまい》と吐き気に襲われた。哲之はハンカチを、キンの背に突き立っている釘にかけた。それと同時に、大きな音を立てて倒れた。

「どないかしはったんですか？　井領さん」

ドアには鍵はかかっていなかった。哲之はドアのほうに顔を向けた。隣室の女は、哲之の顔を見た途端、その場にしゃがみ込み、それから、かすれた長い悲鳴をあげた。ちょうど家を出たばかりの、近所に住む会社員が、オーバーコートを着たまま哲之の部屋に入って来た。同じ路地の一角に住んでいても、一度も顔を合わせたことのない三十前後の男が三人、口々に哲之に訊いた。

「どうしたんや。強盗か？」

「こら救急車を呼ばんとあかん」

「けんかでもしたんか？」

「目は見えるか？」

哲之は頷いてみせた。

「意識はあるんやな？」

哲之はもう一度頷いた。

彼等が血相を変え、慌てふためいたのは、哲之の顔の腫れのせいではなかった。哲之の鼻血がセーターの前面と敷き蒲団に赤黒い大きな円を作っていて、てっきり胸か腹かを刃物で刺されたものと思い込んだからであった。

哲之は救急車で、国道に面した病院へ運ばれた。医者はすぐに、哲之の頭部のレントゲン写真を撮った。やはり鼻の骨が折れていた。医者は言った。

「もう一センチ上が折れてたら、死んでたで」

「折れたのは鼻の骨だけですか？」

医者はそうだと答え、治療を終えてから、脳波の検査をしようと言った。

「ひとり住まいか？」

「はい」

「親や兄弟は？」

哲之は母に知られたくなかった。もうすんだのだ。やつらは、父の遺した手形も置いていった。もうこないだろう。二度と姿をあらわさないだろう。だから母には内緒にしておこう。哲之は陽子の家の電話番号を言った。

こびりついた血が拭きとられ、個室に運ばれると、看護婦が氷嚢《ひょうのう》を哲之の顔に載せた。看護婦が去ると、入れ換わりに若い刑事がやって来て、ベッドの横に坐った。

「以前に、取り立て屋に脅されて、殴られたことがあったねェ」

「はい」

「その仲間やな？」

「はい」

「君に、お父さんの手形の始末をつける法的義務はないんや。えげつないことしやがって……」

もっといろいろと訊かれるだろうと予想していたが、刑事はそれだけ言うと病室から出て行こうとした。

「もう、あいつらをつかまえたりせんといて下さい」

哲之は言った。

「別の仲間がまた仕返しに来ます。もうすんだんです。あいつら、ぼくの時計と引き換えに手形を返してくれました」

刑事は黙っていた。

「どうせ、つかまえても、五、六年で刑務所から出てくるんでしょう？　そしたらぼくは、またびくびくして暮らさなあかん。ぼくは訴えませんから……」

すると、それまで無表情だった刑事の顔がほころんだ。

「あの、柱の蜥蜴にはびっくりしたなァ。あれ、何のおまじないや？」

哲之は目をつむった。病室のドアは閉められ、覇気に満ちた刑事の靴音が遠のいていった。刑事が自分の部屋に入ったということは、アパートの持ち主もそれに立ち会ったに違いない。そして、刑事と一緒にキンを見たに違いない。哲之はそう考え、四月になる前に、アパートを追い出されるはめになりそうだなと思った。

あの吝嗇なアパートの持ち主は、柱の弁償を要求してくるに決まっている。弁償金を受け取っても、柱の修理などしないまま、新しい住人に部屋を貸すのだ。哲之は、俺は絶対に弁償なんかしないぞと思った。蜥蜴を柱に釘づけにしてしまったのは、持ち主が電気の元スウィッチをいれていなかったからで、そのために住人である自分は、蜥蜴と同居しなければならないはめになった。その精神的苦痛を、いったいどうしてくれるつもりだ。そう息まいて出端《でばな》をくじいてやろう。

哲之は少しずつ元気が出て来た。彼は夢の断片を思い出した。彼は、三人の老人を呑み込んだ蜥蜴の海が、いったい何であったのかが、おぼろげにわかってきた。人間の作った法などは、それがどんなに重いものであれ、真に罪人を罰したことにはならないのだ。だが、人間を作った法からは、どうやっても逃げおおせることは出来ない。人間を作った法がある。数限りない生き物を、花を、樹木を作った法がある。目に見えない厳然たる法がある。四季を巡らせ、潮を干満させ、人間を幸福にさせ、あるいは不幸にさせ、生滅させる法がある。そうでなくてどうして、あの何の価値もない一匹の蜥蜴であるキンが、生きつづけている理由があろうか。

ひょっとして死んでいたかもしれないきのうの夜、やり残したことがいっぱいあると嘆く老人が蜥蜴の海に沈んでいく夢を見たのには、深い意味があったのだろう。きっと、多くの人は、あのようにして死んでいくのだ。それは、法を犯したからだ。

人間の作った法規には該当しない、けれども大いなる罪を犯した人間を呑み込む海は、蜥蜴や蛇や、その他ありとあらゆるおぞましさの表徴である無限の暗闇に、彼等を導くのだ。沢村千代乃もそのひとりだったのだろう。哲之の思考は、半分眠っている状態の中で、次から次へと拡がっていった。

哲之は、はっと耳を澄ました。はるか彼方から、せわしげな足音が聞こえたからである。断じて聞き間違えたりしない。陽子の足音は、哲之を涙ぐませた。彼はまだ夢から醒めていないのか、あるいは頭がおかしくなったのかわからなくなった。陽子はノックもせず、ドアをあけた。陽子と目が合った瞬間、哲之はベッドに臥したまま、まるで宣誓するように片手をかかげ、

「俺は一生涯、陽子を殴らへんぞ。俺以外の男とダンスをしても、焼きもち焼けへんぞ」

と言った。

陽子は恐る恐る近づいて来て、大きな氷嚢でほとんど隠れている哲之の顔を覗き込み、深い溜息をついた。そして泣き始めた。

「陽子、俺は悪運が強いな。あのプロレスラーみたいなやつに、力まかせに殴られても死ねへんかったもんな」

「アホ……」

「親父の手形を返してくれた。俺を殺すと言うたくせに、気絶してる俺をアパートまで連れて帰ってくれよった。親切なやつやったなァ」

「そんな人、死んだらええ」

「そんなこと思たら、自分が死ぬぞ」

「なんで？」

「さっきからずっと、夢うつつで、いろんなこと考えてるうちに、俺は哲学者になったんや。机上の空論とは違う偉大なる悟りを開いた」

陽子は氷嚢をそっと持ちあげた。

「自分の顔がどんなふうになってるか知ってる？」

「だいたい想像がつくなァ。鼻から上はのっぺらぼう、鼻から下は……」

「想像以上よ。自分の顔がどんなふうになってるかもわからへん人が偉大なる悟りなんて開けるはずがないでしょう？」

陽子は泣きながら笑った。そして哲之の顔中に唇を弱く押し当てた。

「お袋には内緒やぞ」

何も言わず、陽子は氷嚢を元に戻した。

「金の代わりに、陽子の時計を持って行きよった。あの、ロレックスを。ごめんな」

午後の検査で、脳波には異常はなかったが、右の肋骨の二本にひびが入っていることがわかった。全治三週間という診断だった。夕刻、陽子の両親が訪れた。哲之はふたりの表情から、これを機に娘との関係を清算させようとしているのではないかと推測した。

「世の中、青写真どおりには行かんなァ」

と、陽子の父は娘を見つめて言った。陽子の顔つきが、常よりもいっそうふくよかであるのに、また泣きだしたので、哲之は、自分の推測が誤っていたことに気づいた。彼は自分で氷嚢を持ちあげ、

「こんな顔で申し訳ないんですが」

と前置きし、いつかは言わなければならなかった言葉を口にしようとした。陽子の両親は、哲之の言い方がおかしかったらしく、微笑んで居ずまいをただした。

哲之は、陽子と結婚したいこと、父の借金の一つは、きのうの事件で片がついたこと、就職も決まって、大学もほぼ卒業出来る見込みであることを述べた。陽子の父は、すでに心を決めていた。

「ひとり娘とひとり息子なんで、その点で多少、私の希望も聞いてもらいたいんですよ」

「はあ……」

「スープの冷めん距離っちゅう言い方があるけど、つまりそういうところで暮らしてもらいたいんです」

「そのつもりです。ありがとうございます」

「しかし、えげつない顔やねェ。哲之くんとは、長いこと顔を合わしてないから、病室に入って来たときは、うちの娘、なんでこんな醜男《ぶおとこ》に惚れたんかと思うた」

「きのうの夜までは、男前やったんですけど」

陽子の両親が帰って行き、ふたりきりになった。

「きょう、泊まってくれるのん?」

「お母さんが、付き添ってあげなさいって」

哲之と陽子は抱き合おうとした。ノックの音で、陽子は慌てて椅子に坐り、哲之は氷嚢を両手で支えた。

病室に入って来たのは、アパートの持ち主だった。厚化粧の、本業は美容師である小肥りの大家は、いちおう見舞いの言葉を儀礼的に述べたあと、あの蜥蜴は何かと詰め寄ってきた。

「刑事さんもびっくりしてたけど、私は腰が抜けそうになりましたでェ。あれは借家でっせ。あんたの家やあらへん。契約書にも、ちゃんと明記してありますねん。怪我が直ったら、出て行ってもらいたいんです。あの柱も修繕してもらいまっせ」

哲之は承諾し、四月の第一日曜日に引っ越すと約束したが、柱の修理代は払わないと答えた。そして、あらかじめ用意してあった言葉を筋道立てて語った。

「蜥蜴を部屋の中に入れたのは、大家さんの責任です。しかも、ぼくが何月何日の何時に荷物を運んで来るということは、部屋を借りる三日前からわかってたことです。そやのに、電気の元スウィッチを切ったままにしてた。これは、部屋を貸す側の、当然遂行すべき義務を怠ってるわけです。ぼくは、しょうがないから、暗闇の中で釘を捜した。手さぐりで釘を打った。そこに蜥蜴がいてるなんて、思いも寄らんかった。ぼくがあの蜥蜴のおかげで、どんなに不愉快な毎日を辛抱してきたと思いますか。ぼくはあの蜥蜴、そのまま置いて行きますよ。あとで大家さんが始末して下さい」

「な、なんで、あの蜥蜴、一年間も生きてたんや？」

「それはこっちが訊きたいくらいです。とにかく隙間だらけの部屋やから、あの蜥蜴の亭主か奥さんかが、ぼくのいないあいだに餌を運んどったんでしょう」

「蜥蜴に、亭主や女房がいてるなんて、そんなアホな……」

「それ以外、考えられへんでしょう」

大家が憤然と去って行ったあと、陽子は、哲之の手を握りしめ、

「そうよ。奥さんが、可愛い奥さんが、せっせと餌を運んでたのよ」

とささやいた。

## 十二

母には、二、三人の見知らぬ酔っぱらいに絡まれて殴られたことにしようと決め、哲之は陽子に口裏を合わせてくれるよう頼んだ。翌日の昼過ぎに、陽子から知らせを受けた母が、三日間の休暇を貰ってやって来た。

「ようも、こんだけ、ひどいめにあわせられるもんや。人間やあらへん」

嘘のいきさつを聞き終えると、表情ひとつ変えず、母は言った。哲之は、こんな場合、母はいつも泣く女だったはずなのに、と思った。

「どんなことでも、時間というもんが大きな役目をするんやなァ……」

そうつぶやいて、母は病室の窓から遠くを見つめ、あとは、陽子が買って来たオレンジの皮をむきつづけた。この約一年間、哲之と母とのふたりだけの時間はかぞえるほどしかなかった。それを知っている陽子は、一日に二回病院に電話をかけてくるだけで、姿を見せなかった。

哲之は磯貝の精密検査の結果が気になって仕方なかった。彼は陽子に、磯貝の入院している病院に行って、検査の結果を聞いてくるよう頼んであった。

「まだ結果は、出ないって……。いろんな検査はこれからで、手術をすると決まっても、一ヵ月ぐらい先になるそうよ」

と陽子は伝えた。電話の置いてある看護婦詰所から帰って来ると、母が、アパートの部屋の鍵はどこかと訊いた。蒲団の血を洗わなければいけないし、着換えも必要だから。それに、お前がこの一年間どんなアパートに住んでいたのか見ておきたいから、と母は言った。鍵は大家が預かっていた。しかし、哲之はさもうっかりしていたという表情を作り、

「陽子に渡したままや。あいつも、自分がハンドバッグに入れたこと、忘れてるのと違うかな」

と言った。

「大家さんが、合鍵を持ってはるやろ？」

「いや、合鍵はないんや。前に住んでた人が失くして、そのままになってる、そやから絶対落としたりせんようにって、大家さんが言うとった」

そう嘘をついた。哲之は、母にキンを見られたくなかったのだった。

「それに、着換えになるようなもんはないんや。汚れ物ばっかりで」

「まあ、だいたい想像はつくけど」

いったん立ちあがりかけた母は、ベッドの横に坐り直し、オレンジの果肉を哲之

の口に入れながら、途切れ途切れに、自分がいかなる一年間をすごしてきたかを話し始めた。

「小料理屋にしても、スナックやクラブにしても、そんな商売をしてる女て、なんであないにお天気屋さんが多いんやろ。きょうは親切で思いやりがあるなァと思てると、次の日は、とりつくしまもないくらい無愛想で、ねちねちいやみを言うたりするんやで。ああいう商売をしてると、自然にそんな女になるんやろと思てたけど、そうとは違《ちご》うたわ」

「それ、どういう意味や？」

「そんな女が、いつのまにか、水商売にせよ、もっと別の事業にせよ、家庭に入らんと、自分で何かをやろうとするんや。お母ちゃん、そのことがようわかったわ」

「そんなら、女を大統領とか総理大臣なんかにさせたらあかんなァ」

「あかんあかん。えらいこっちゃ」

仕事に、らくなものは何ひとつない。母が一呼吸おいて、そう話しだしたとき、お説教が始まるのかと、哲之はいささかうんざりしたが、そうではなかった。母は辛かった出来事はすべて腹の中にしまって、面白い客たちのエピソードや、使用人がたった三人きりの小料理屋にも厳として存在する権力闘争の、滑稽なかけひきを、微笑交じりに語って聞かせるだけだった。ただ最後にひとこと、

「夜、寝るとき、ああ、しあわせ、と思いながら蒲団に入れるようになりたいなァ……」

と言った。

午後の三時過ぎに、島崎課長と鶴田が見舞いに訪れた。ふたりは哲之の、半分以上ガーゼと絆創膏に覆われた顔を見るなり、驚きの声を発した。母はふたりに長々と礼を述べ、買物をするために病室から出て行った。島崎課長は、病室に入る前に医者から怪我の状態を聞いたらしく、顔をしかめて、

「もう一センチ上の骨が折れてたら、命にかかわってたそうやで」

と押し殺した声で言った。哲之は絆創膏の上から、折れた鼻骨を撫で、無理に笑顔を作った。

「男前、台無しや」

すると鶴田が、

「世の中、よう前を見て歩かんと、危のうてしょうがないなァ」

そう意味ありげに笑った。島崎が余計なことを言うなという意味あいを含んだ目で鶴田を睨みつけたが、鶴田はそれに気づかず、はしゃいだ口調でつづけた。

「急な人事異動があったんや、島崎さんは部長に昇格しはったんやぞォ。三宅さんは博多の支配人に島流しや」

ホテルは大阪が本店だったが、それぞれその地名を冠したチェーン店を、京都、奈良、岡山、博多と、さらに二ヵ所のリゾート地に持っていた。その中で、博多は最も規模が小さく、思い切って大改築をするか、それとも閉店してしまうかを早急に決定しなければならず、どうやら閉店の線が濃厚だと噂されていたのだった。

その博多のチェーン店に、三宅営業本部長は支配人として赴任する。どんな方法を使ったのかはわからないが、この鶴田が、妻子ある三宅とグリル係の百合子との関係を、どうにも抑えようがないくらい、社内に喧伝したのだろう。哲之は野卑な、しかし想像以上に頭の巡りも早く、策略家でもある鶴田の脂ぎった顔を見つめて、そう思った。

哲之は鶴田に訊きたいことがあった。その訊きたいことを、鶴田もまた哲之に話したがっているのに気づいた。そのためには島崎が邪魔であった。島崎がポケットから煙草を出した。

「病室で煙草を吸うたら、鬼みたいな看護婦に怒鳴られますよ」

そう言って、哲之は喫煙室の場所を教えた。

「ちょっと、一服してくるわ」

島崎が出て行くと同時に、

「お前は悪人やなァ。酔っぱらいに絡まれたなんて嘘やろ。誰かに恨みを買うこと、いっぱいやってきたんやろ」

と鶴田が笑い顔で言った。

「なんで、ぼくが悪人なんかなァ？　悪人は鶴田さんのほうや。まさか三宅さんも、自分を博多に左遷させた張本人がページ・ボーイの鶴田さんやとは想像もでけんやろなァ」

「ええ気味や。百合子をおもちゃにしやがって……」

「百合子は、どうなったんです？」

「大阪には、他になんぼでも働き口があるがな。どうなろうと、俺の知ったことやないわ。お前が俺に知恵をつけたんや。鶴田さんは停年までボーイや……。あのひとことは、凄みがあったでェ。ぞっとして、いてもたってもおれんようになったよ」

島崎が戻って来、ゆっくり養生するように、入社式は四月の二日に決まったから、と伝え、鶴田を促して帰って行った。

ノッポ派の圧勝か……。哲之はそう考え、大阪の街のどこかで、もう新しい男と寝ているかもしれない百合子のことを思った。

「井領さん、きょう一日は、氷嚢を外しちゃいけないって言ってあったでしょう」

甲高い婦長の声で、哲之は慌てて氷嚢を顔面にあてがった。

腫れが完全にひいてから、折れて曲がった鼻骨の整形手術をしようと医者は言ったが、哲之は退院してアパートに帰っても、それきり病院へは行かなかった。そんなものはいつでも出来る。それよりも先にやらなくてはならないことがある。

哲之は、三月の半ばになっても、いっこうに温かくならないのがもどかしくて、桜の木が目につくたびに、蕾《つぼみ》の膨れ具合を確かめた。大家との約束の期日が迫っていた。彼はふと〈啓蟄《けいちつ》〉という言葉があったことを思い出し、辞典を開いた。〈蟄虫、すなわち冬ごもりの虫がはい出る意。二十四気の一。太陽の黄経が三百四十五度のときで、陰暦二月の節。太陽暦の三月六日前後〉と説明されてあった。

哲之は、石油ストーブを柱に近づけ、キンの目醒めを早めようと試みたり、いや、自然に逆らうことは、かえってキンを弱らせる結果になると思い直して、自分の寒さをこらえ、ストーブに火をつけず、一日を過ごしたりした。

〈啓蟄〉という時は、もう一週間も前に過ぎたことになる。春の兆しは見えないけれど、それは人間の目に見えないだけで、虫も他の動物も人間も、ある律動を開始したのに違いない。そう思って立ちあがりかけ、そのたびに哲之は、両膝のあいだに顔を埋めて、キンから目をそむけた。

一通の航空便が届いた。ラング夫妻からであった。どうやって、自分の住所を調べたのかと思いながら、哲之は封を切った。手紙は二枚で、一枚はラング氏がドイツ語をタイプで打ったものだった。もう一枚は、それを日本語に訳した手書きの細かい文字が並んでいた。

——親愛なるテツユキ・イリョウへ

私たちはいま、ミュンヘンの、老夫婦ふたりには少し広過ぎるくらいのアパートで、元気に暮らしております。妻は小さな菜園で種をまくことに歓びをみつけだしました。私は、ふと浮かんだ詩のようなものを書き記すことに、ささやかな生きがいをみつけました。まるで、自分がホメーロスになったみたいな気分は、これまでの夢のような幾つかの出来事が、決して夢ではなかったことを気づかせてくれます。あなたと、あなたの美しい可憐な恋人に、私の拙い詩をお贈りしたいと考え、手紙を差し上げた次第です。どうか、私の詩を読んで笑わないで下さい。私は印刷工でしたが、言葉は少ししか知らないのですから。

〝空を飛ぶものは、みなふたつの翼を持っている。そして、ひとつの鏡を持っている。けれども、翼はひとつだと思い、鏡は二枚だと思うものたちは、やがて地の底に落ちる。翼はふたつでひとつになり、鏡には表と裏があるのだ。それに気づいたら、いったい誰が、自分以外のものを不幸への道連れにしようなどと企てたりするだろう〟

まったくホメーロスの真似事ですが、この詩らしきものを作るのに、私はなんと十日間も頭を悩ましたのです。なお、この手紙は、近くに住む日本人の留学生に訳してもらいました。あなたとあなたの恋人に口づけを。

一九××年三月四日

フリードリッヒ・ラング

哲之は、最初、ラング氏の詩よりも、〈これまでの夢のような幾つかの出来事が、決して夢ではなかったことを気づかせてくれます〉という一節に、多くのものを感じた。しかし、何回も読み返しているうちに、うまいとも下手とも評価しかねる詩の中へひたり込んでいった。彼は、夕暮どきに髭を剃り、ラング氏からの封書をポケットに入れて出掛けた。途中、母に電話をかけ、磯貝の病院に電話をかけた。

「鼻の骨が折れて、入院しとったんや」

哲之は、磯貝には事情を正直に説明した。磯貝は、哲之の話を聞き終えると、

「そのやくざ、なんで途中でやめよったんかなァ」

と言った。

「わからん。俺の運のほうが強かったんやろ」

「俺の手術、四月二十五日に決まった」

磯貝はただそれだけ言って、検査の詳しい結果は語らなかった。

「大家に、キンのことがばれてしもた。かんかんに怒りよってなァ、四月の第一日曜日までにアパートから出て行ってくれて言われた。勿論、キンも一緒にや。お前には麻酔がかかるし、腕のええ外科医が傷口をすぐに縫うてくれるけど、キンは、そういうわけにはいかん」

気を悪くするかと思いながら哲之は言ったのだが、磯貝は笑った。

「心臓の手術を受ける者《もん》の身になってみィ。恐ろしいて、夜も寝られへんぞォ」

もし、釘を抜いたときキンが死んでも、磯貝には、嘘をつこう。哲之は電話を切った瞬間、そう思った。

武庫之荘駅に着いたのは、八時前だった。彼は、予告なしに、陽子の家を訪れてみたかった。けれども、家が近づくにつれ、結婚を許されたからといって、調子に乗ってはいけないと思い直し、公衆電話のボックスに走った。陽子の母が出て来た。

「いま、どこにいらっしゃるの？」

と訊かれ、つい「梅田です」と答えたので、哲之は陽子の家が見えているのに、時間をつぶさなければならないはめになった。母から受話器を受け取った陽子は、

「きょうは何をしてたの？　ずっと電話を待ってたのに。私は待つしかないのよ。引っ越しの日をちゃんと決めんとあかんでしょう？」

と怒った。

「ほんまは、陽子の家の近くにいてるんや。そやけど、お母さんに、うっかり梅田にいてるって言うてしもた。どうしたらええ？」

「なんで？」

「やっぱり、まだまだ敷居が高いんやろなァ」

何か理由を作って出て行くから、と言って電話を切った陽子は二分もたたないうちに家から出て来た。

「喜んで娘を俺にくれるわけやないし、こないだまで陰でこそこそ逢《お》うとった男が、いま近くに来てますなんて、ちょっとあつかましいやろ？」

公園のブランコに腰を降ろし、哲之は風呂あがりの、石鹼の匂いを漂わせた陽子を見あげた。陽子が手を伸ばし、哲之の左の頰をそっと撫でた。

「まだ、ここだけちょっと腫れてるみたい」

哲之は、ラング氏の手紙を黙って陽子に渡した。

「いつ届いたの？」

「きょう」

湯冷めをしてはいけないから、どこか喫茶店に入ろうと誘ったが、陽子は、裏毛皮のコートを着て来たから大丈夫だと言って、隣のブランコに坐った。水銀灯の明かりの下で、陽子はラング氏の手紙を読んだ。

「沢村千代乃の勘は外れたな。あの人、茶室で、こう言うたんや。おふたかたは、ここでは死ねなかったけど、きっとどこかで目的を遂げるでしょう。お別れのお茶ね……」

陽子はそれには答えず、

「髪を洗わなくてよかった。なんとなく、ふらっと哲之が来そうな気がしたの」

そうかぼそい声で言ってから、

「夢みたい……」

とつぶやいた。陽子の手から手紙を取り、

「夢ではなかったと気づかせてくれますって、ラングさんは書いてる」

哲之は突然、幽妙な気持が湧いて来たのを自覚しつつ言った。決して夢ではなかったが、夢のようであった……。彼は、自分の巣が、ひとときにせよ、電車を乗り継ぎ、うら寂しいいなか道を三十分も歩いた先の、鉄の階段を昇った息苦しい箱みたいな場所にあったことさえ、信じがたかった。自分と陽子とのあいだに起こった出来事も、およそ想像のつく母の生活も、取り立て屋に怯えた日々も、まだまだつづくであろうデブ派とノッポ派の権力闘争も、磯貝がまもなく迎える大手術も、キンという一匹の蜥蜴の体内におさまってしまう。彼は自分の曲がった鼻を人差し指でさわりながら、そんな感懐を抱いたのである。

「キンは、釘を抜いたら死ぬやろなァ」

するとと、陽子は、

「私、キンの家を作ったの」

と言った。キンを貫いたままの状態で、とりあえず釘を柱から抜く。そして、時期を待って、こんどはキンの体から釘を抜き、小さな木箱の中で傷が癒えるのを待ち、元気になったのを見届けて放してやるのだ。これが一番いい方法だと思う。そう陽子は説明した。

「自分で作ったのよ。中に丸い石を何個も入れてあるの」

「いつ、そんな箱を作ったんや」

哲之は驚いて訊いた。

「きょう。ノコギリで木を切って、釘を打って……。何遍、カナヅチで指を叩いたかわかれへん。ねっ、血豆が出来てるでしょう？　物置で板きれを捜したから、顔も首も埃だらけになったの、そやからお風呂に入ったの」

「なんで？　なんで陽子がそんなことしたんや？」

「哲之の引っ越し、あさってに決めたから……」

「あさって？」

「従兄が電気工事屋さんをしてるの知ってるでしょう？　大きな工事の仕事があって、あさってしかトラックを貸してもらわれへんの。そやから、急いでキンの家を作ったの」

哲之は立ちあがった。彼は陽子の手を引っ張って走った。陽子の両親への挨拶もそこそこに、二十センチ四方程度の、いかにも陽子が苦心惨憺して作ったことを物語るいびつな木箱を受け取ると、武庫之荘駅へ戻った。改札口のところで、陽子は、

「アホ」

と言ってあかんべえをした。

「俺、なんか涙が出そうや」

「あさっての十時にトラックが着くのよ。そのとき、まだ寝てたら、顔を蹴ってやるから」

哲之は、何か素晴らしい愛情の言葉を陽子に言いたいのだが、心は昂揚するばかりで、まともな返事さえ出来なかった。

住道駅に帰り着いたあたりから、彼の昂揚は、あるおごそかな静まりに変わって、丸い石の入った木箱をかかえ、向かい風を押しのけるようにしながら、うなだれて夜道を突き進んだ。部屋の鍵をかけ、キンの鼻先を指で撫でた。かすかにしっぽが震えた。釘を抜く前に、哲之はキンにも、多くのことを語らなければならないと思

った。だが、

「キンちゃん」

と言ったとき、彼は二重の恐怖を与えるよりも、いっそひと思いに、キンの体から釘を抜いてしまえという考えがよぎってたじろいだ。彼は釘抜きを右手に持ち、左手の指でそっとキンの体を押さえた。

「死ねへんぞ。死ねへんぞ」

キンが手足をばたつかせ、しっぽをくねらせた。一瞬の軋み音のあと、抜けた釘は、釘抜きの溝から天井へと弾け飛んだ。内臓の一部が、キンを押さえている哲之の指に小さな赤と黄緑色の斑点を作った。彼は木箱を持ちあげ、指を離した。しかし、キンの体は柱にへばりついたままだった。

キンはボウフラのように全身をくねらせたが、木箱の中に落ちてこなかった。釘で射抜かれたとき腹部からはみ出た肉とか体液とかが固まって、キンと柱とを接着していたのである。哲之は抜いた釘を捜した。それは部屋の隅に落ちていた。彼は釘の先で、固まっているものを削り取ろうとした。キンの、のたうつさまは烈しく、下手をすると、腹部の穴を大きく拡げてしまいかねなかった。長いあいだキンを貫いていた釘は、抜けたあとも、なおキンの腹部に傷を与えた。

やがて、キンは畳の上に落ちた。哲之は四つん這いになって、キンを恐る恐る掌に載せ、木箱の中に入れた。キンは口をあけ、首と背の部分をかすかに痙攣させながら、石と石との隙間に隠れた。

明け方、雨が降り始めた。それは昼過ぎにやみ、眩ゆい光が畳やキンのいる木箱を照らした。哲之は腹這いになって、木箱に耳を当て、

「死ねへんぞ。死ねへんぞ」

と言った。

「俺、夢を見たんや。もう、だいぶ前のことになるなァ。蜥蜴になって何回も生まれたり死んだりしてた」

木箱の中からは、何の物音も聞こえなかった。彼は石を取り除いて、キンが生きているか死んだのか、確かめてみたい衝動に駆られたが、かろうじてそんな自分を抑えた。

「これは絶対に春の光や。キンちゃん、釘を抜いたら春が来たなァ」

彼はその日一日、心に浮かぶ言葉を、木箱の中のキンに向かって語りつづけた。何年か先、自分が母と別れ別れの生活を余儀なくされた時代を思い出すときがあっても、それはすべてキンという不思議な使者を透かして眺めた映像でしかないに違いなかろう。哲之は、まだ何も始まっていないのに気づいた。彼は酒を飲み、喋りつづけ、ときおり石と石との隙間を覗き込んだりして、あしたを待った。あした

……。あした、陽子が、従兄の運転するトラックに乗ってやって来る。彼は、あしたを思うと不安になり、同時に、あしたを、心たかぶらせて待ち望んでいることが、真の至福ということなのだと考えたりした。

その待ち望んでいた日の朝、彼は八時に目を醒ました。まぎれもない春光が、哲之の首筋や腋《わき》の下に汗を滲ませた。彼は木箱を持って、何度も道の曲がり角まで行った。トラックの助手席に坐っている陽子を、アパートの部屋ではなく、道に出て、手を振って迎えたかったのだった。そうしているうちに、哲之は、とうとう我慢しきれなくなって、木箱の石をひとつひとつ出していった。卵大の石もあれば、煉瓦のかけらもあった。

「キンちゃん、生きててくれよ」

哲之は胸をどきどきさせて、そうつぶやいた。哲之は石を全部取り除いた木箱に長いこと視線を投じていた。ときおり、操り人形のように首をもたげ、春の光に満ちた空《くう》を見つめた。キンはいなかったのである。

## 新装版あとがき

「春の夢」は私が三十四歳のときに書き始めて三十七歳で書き終えた作品である。文庫化されてからはすでに二十二年がたっている。

そんなに長い年月を経たのに、このたび新装版として新たな生命を吹き込まれて書店に置かれることになったのは、いまなおこの「春の夢」を手に取って読んで下さる人々と、さらに、この小説を書店から消さないでおこうという出版社の方々の意志のお陰である。作者冥利に尽きることで、とりわけ読者のみなさまには感謝の言葉もない。心より御礼申し上げる。

この新装版のために、私は二十六年前に書き終えた「春の夢」を読み直した。

あちこちに未熟な箇所をみつけたし、この一行は要らない、とか、あるいは、ここにもう一行必要だとか、手を入れ始めたら際限がなくなりそうで途方に暮れた。

しかし、私はどこも直さなかった。そのままの姿で、新しい読者に差し出すべきだと思ったからだ。

嘘偽りなく、これが三十四歳から三十七歳にかけての私の力量なのだ。あの当時、私はこのようにしか書けなかったのだから、それをそのままのかたちで読んでいただくのが正しい。そう思ったのである。

読み終えて、現代のように、若者のすべてが便利な携帯電話を持っている時代には、この「春の夢」の青春の恋は生まれなかったであろうという感慨にしみじみとひたった。

「待つ」という時間が、若者たちの心を鍛えていた時代を、私はなにかしらとてもありがたいものとして思い出している。

二〇一〇年春

宮本　輝

# 解説　或る青春の影と光

菅野　昭正

この小説は一九八二年一月号から一九八四年六月号まで、「棲息」という標題で、「文學界」誌に掲載されたあと、一九八四年十二月、「春の夢」という現行の標題に改められて、単行本として刊行された。作者が初出稿を書きすすめながら雑誌に発表してゆくときと、多少とも手直しを加えて単行本にまとめたあとで、標題が変えられる例は皆無ではないとしても、それほど頻繁に見られることではない。雑誌に掲載している途中で、「棲息」はかならずしも最もふさわしい題名でないと気づいたのか、それとも単行本にまとめる段階で「春の夢」のほうが内容に即していると思いあたったのか、作者がいつ変更を決めたのかは分らない。が、どういう経緯《けいい》によるにせよ、作者があまり例のない改題に踏みきったということは、この青春小説にとって幸福な選択だったと言ってよい。

この小説を私が最初に通読したのは、雑誌掲載が完結した直後のことだから、一九八四年の夏か秋の頃だったはずだが、なぜ「棲息」という暗い色調を思わせる題名をつけねばならないのか、いささか腑《ふ》に落ちない気がしたのを覚えている。といっても、「棲息」が内容と掛けはなれているというのではない。それどころか、人間が生きていることよりも、普通は生物の生存に結びつきやすいこの言葉は、この小説のひとつの側面をよく表わしている。素気なく乾いた生物的な語感が、息のつまるような苦しい状態に追いこまれている主人公の生活感覚と即応していることは、誰の眼から見てもひとまず認められるにちがいない。

死んだ父親の残した借金のせいで母親と別居、手形の決済をしつこく迫るやくざの追及から逃れるために、場末の安アパートにこっそり移る羽目に陥った大学生が、日々これ鬱屈《うっくつ》して暮らさなければならぬなかで、この状態は生きているのではなく、虫のように辛《かろ》うじて棲息しているにすぎないと、自嘲の溜息も洩《も》らさずにいられないのに不思議はない。ホテルのボーイのアルバイトで出会うさまざまな屈辱、結婚を約束した恋人の気持が、あらゆる点で自分より優れている他の男のほうに動いているのではないかという不安など、鬱屈の種は主人公のまわりをたえず取りまいている。棲息という一語の暗示する暗い色調を持続させるべく、作者があれこれと挿《そう》話《わ》を繰りだしてゆく手際は鮮やかである。艱難辛苦《かんなんしんく》などという言葉を持ちだすと、ひどく古めかしく聞えるかもしれないが、このアルバイト大学生が、誰しも手軽に欲望を充《み》たそうとする現代の風潮のなかで、それなりに艱難辛苦に耐えながら棲息している状態は、見誤りようなく読者の眼に映ってくる。

とりわけ、内臓を貫かれたまま柱に釘づけにされ、一年間生きつづける蜥蜴《とかげ》の話が興味ふかい。興味ふかいというよりまず先に、この小説を支える象徴としてたいへん効果的であると、強調すべきであるかもしれない。身動きならぬ状態のまま、生命の最後の一線で辛うじて生きている哀れな蜥蜴は、主人公の逼迫《ひっぱく》した生活を象《かたど》る代理物として、小説が進むにつれてしだいに重みをましてくる。いま興味ふかいと言ったのは、この蜥蜴にいわば感情移入し、自分自身の投影をそこに感じとるようになった主人公が、蜥蜴のキンちゃんを相手に不安を洩らしたり、忿懣《ふんまん》や悩みをぶつけたり、夢や希望をそっと打ちあけたりする心の動きが、そこにおいて最もふかく辿ることができるからである。哲之《てつゆき》の棲息状態は、そのとき読者の前に底の底まですっかり開かれたように見える。

そういう側面を見てくると、これはまさしく或るアルバイト学生の棲息状態を語ろうとする小説であり、したがってそれに密着した即物的な題名を訝《いぶか》しがったり、難癖をつけたりするのはお門違いということになるかもしれない。作者にしても、そういう景気の悪い落ちこんだ側面をあれこれ語らなければならないばかりでなく、それを前面に押したてる形をどうしても取らなければならないからこそ、まず「棲息」という題名を採用したのであろう。そう考えれば最初の選択は次善ではあったかもしれないが、命名を間違えたのではなかったと納得はできる。にもかかわらず、私がいささか腑に落ちない気がしたのは、暗色のほうへ傾く側面を超えて、別の方向へひろがってゆくもうひとつの側面が、この小説には最初からはっきり彫りこまれているからである。

それは筆を進めているうちに気づいたものでもなければ、中途であわただしく呼びこまれたものでもなく、この小説の構想が芽ばえた最初の瞬間から、作者のなかでは標的は定められていた。ただこの標的は、それ自体で安定して据《す》えつけられる性質のものではなく、さまざまな障害にぶつかる主人公が悩み、惑い、鬱屈する暗い側面を重ねあわせたかたちでしか、視野に現われようとしないのだ。

最初の章に、「哲之はたとえようもない幸福感に包まれて、陽子と見つめ合っていた」という一節があるが、標的はすでにそこにはっきり露頭を見せている。また、たとえば第五の章には、「いっそう幸福というものの正体が姿をあらわしてきた」という個所が見つかるが、辛い貧乏暮らしのなかで、この主人公は「幸福」になろうとしている。あえて古めかしい諺《ことわざ》をもじって言えば、〝艱難汝を幸福にす〟と思いながら彼は悪戦苦闘しているのだ。恋人が心変りしたのではないかと疑ったり、ホテルの内紛に捲《ま》きこまれそうになったり、やくざに重傷を負わされたりしながら、彼はいつも「幸福」に近づこうとしている。作者はそもそもの最初から、その「幸福」への接近の過程を追うことに標的を置いていた。恋人の名を陽子として、ふくよかな優しさや明るい色彩をただよわせる配慮をしていることとひとつ取っても、作者の狙いのありかは見当がつけられる。

いいかえれば、これは或る青春の影と光の物語である。影のなかに包まれているままに終るのでなく、主人公は光をめざして歩いているのであるから、作者が暗ではなく明を際立たせる題名に改めたのは、十分に理解できる。光をめざす主人公の夢と希望が、弱々しい表現しか得られなかったというならばいざ知らず、それはいたるところで閃光《せんこう》のように燦《きらめ》いており、その出来ばえからしても、この改題は妥当《だとう》であったと言わなければなるまい。

影と光がこんなふうに緊密に織り合わされた青春小説が生まれたのは、主人公の行手にさまざまな障害を配置したり、それを超えてゆく若い生のエネルギーを対置したりしながら、物語を動かしてゆく推進力が、活発に働きつづけるからである。宮本氏のストーリー・テリングの巧妙さについては、すでに折紙がつけられている。艱難から幸福への筋道を弛《たる》みを見せずに語りつづけてゆくこの小説においても、その面での作者の資質と力量は十分に発揮されているのである。

（文芸評論家）

この文庫は一九八八年に文春文庫から刊行された『春の夢』の新装版です。

表記、改行などは『宮本輝全集』第四巻（新潮社刊）所収「春の夢」を元に改めました。

文春文庫

春《はる》の夢《ゆめ》

定価はカバーに
表示してあります

2010年5月10日　新装版第1刷
2023年11月25日　第4刷

著者　宮《みや》本《もと》輝《てる》
発行者　大沼貴之
発行所　株式会社　文藝春秋

東京都千代田区紀尾井町 3-23　〒102-8008
TEL　03・3265・1211(代)
文藝春秋ホームページ　http://www.bunshun.co.jp

落丁、乱丁本は、お手数ですが小社製作部宛お送り下さい。送料小社負担でお取替致します。

印刷製本・TOPPAN

Printed in Japan
ISBN978-4-16-734825-0

（　）内は解説者。品切の節はご容赦下さい。

**彗星物語**
宮本　輝

城田家にハンガリーから留学生がやってきた。総勢十三人と犬一匹。ただでさえ騒動続きの家庭に新たな波瀾が巻き起る。泣き、笑い、時に衝突しながら、人と人の絆とは何かを問う長篇。

み-3-13

**胸の香り**
宮本　輝

男と女、母と子、人それぞれの愛憎と喜び悲しみ、人生の陰翳を三十枚の原稿に結晶させた短篇七篇。表題作の他「月に浮かぶ」「舟を焼く」「しぐれ屋の歴史」「道に舞う」など。（池内　紀）

み-3-14

**約束の冬**（上下）
宮本　輝

少年の手紙には「十年後、あなたに結婚を申し込むつもりです」とあった。出会いと別れ、運命の転変の中で、はたして約束は果たされるのか？　人が生きる拠り所を問う傑作。（桶谷秀昭）

み-3-20

**青が散る**（上下）
宮本　輝

燎平は大学のテニス部創立に参加する。部員同士の友情と敵意、そして運命的な出会い――。青春の鮮やかさ、野心、そして切なさを、白球を追う若者群像に描いた宮本輝の代表作。（森　絵都）

み-3-22

**星々の悲しみ**
宮本　輝

受験に失敗したぼくは、友人と喫茶店に飾ってある油絵を盗む。絵の作者は二十歳で死んだという。表題作ほか「西瓜《すいか》トラック」「火」など、青春の輝きと悲しみを描く傑作全七篇。（田中和生）

み-3-24

**春の夢**
宮本　輝

亡き父親の借財を抱えた大学生、哲之。彼の部屋の柱に釘づけにされた蜥蜴《とかげ》のキン。アルバイトに精を出しつつ必死に生きる若者の人生の苦悩と情熱を描いた青春文学の金字塔。（菅野昭正）

み-3-25

**真夏の犬**
宮本　輝

中学2年生の〈ぼく〉が夏休みに与えられた仕事は、一日中廃車置き場の見張り番をすること。荒涼とした原っぱで野犬と戦う少年のひと夏を描いた表題作を含む9つの物語。（森　絵都）

み-3-28

（　）内は解説者。品切の節はご容赦下さい。

赤川次郎
赤川次郎クラシックス
**幽霊列車**
山間の温泉町へ向う列車から八人の乗客が蒸発。中年警部・宇野は推理マニアの女子大生・永井夕子と謎を追う——。オール讀物推理小説新人賞受賞作を含む記念碑的作品集。（山前　譲）
あ-1-39

有吉佐和子
**青い壺**
無名の陶芸家が生んだ青磁の壺が売られ贈られ盗まれ、十余年後に作者と再会した時——。壺が映し出した人間の有為転変を鮮やかに描き出した有吉文学の名作、復刊！（平松洋子）
あ-3-5

芥川龍之介
**羅生門《らしょうもん》 蜘蛛《くも》の糸《いと》 杜子春《とししゅん》 外十八篇**
昭和、平成とあまたの作家が登場したが、この天才を越えた者がいただろうか？　近代知性の極に荒廃を見た作家の、光芒を放つ珠玉集。日本人の心の遺産「現代日本文学館」その二。
あ-29-1

浅田次郎 編
**見上げれば 星は天に満ちて**
心に残る物語——日本文学秀作選
鷗外、谷崎、八雲、井上靖、梅崎春生、山本周五郎……。物語はあらゆる日常の苦しみを忘れさせるほど、面白くなければならないという浅田次郎氏が厳選した十三篇。輝く物語をお届けする。
あ-39-5

朝井リョウ
**武道館**
【正しい選択】なんて、この世にない。「武道館ライブ」という合言葉のもとに活動する少女たちが最終的に〝自分の頭で〟選んだ道とは——。大きな夢に向かう姿を描く。（つんく♂）
あ-68-2

朝井リョウ
**ままならないから私とあなた**
平凡だが心優しい雪子の友人、薫は天才少女と呼ばれる。成長に従い、二人の価値観は次第に離れていき、決定的な対立が訪れるが……。一章分加筆の表題作ほか一篇収録。（小出祐介）
あ-68-3

阿部和重
**オーガ（ニ）ズム**（上下）
ある夜、瀕死の男が阿部和重の自宅に転がり込んだ。その男の正体はCIAケースオフィサー。核テロの陰謀を阻止すべく、作家たちは新都・神町へ。破格のロードノベル！（柳楽　馨）
あ-72-2

（　）内は解説者。品切の節はご容赦下さい。

彩瀬まる
**くちなし**
別れた男の片腕と暮らす女。運命で結ばれた恋人同士に見える花。幻想的な世界がリアルに浮かび上がる繊細で鮮烈な短篇集。直木賞候補作・第五回高校生直木賞受賞作。（千早　茜）
あ-82-1

朝比奈あすか
**人間タワー**
毎年6年生が挑んできた運動会の花形「人間タワー」。その是非をめぐり、教師・児童・親が繰り広げるノンストップ群像劇。無数の思惑が交錯し、胸を打つ結末が訪れる！（宮崎吾朗）
あ-84-1

五木寛之
**蒼ざめた馬を見よ**
ソ連の作家が書いた体制批判の小説を巡る恐るべき陰謀。直木賞受賞の表題作を初め、「赤い広場の女」「バルカンの星の下に」「夜の斧」など初期の傑作全五篇を収録した短篇集。（山内亮史）
い-1-33

井上　靖
**おろしや国酔夢譚**
船が難破し、アリューシャン列島に漂着した光太夫ら。厳寒のシベリアを渡り、ロシア皇帝に謁見、十年の月日の後に帰国できたのは、ただのふたりだけ。映画化された傑作。（江藤　淳）
い-2-31

井上ひさし
**四十一番の少年**
辛い境遇から這い上がろうと焦る少年が恐ろしい事件を招く表題作ほか、養護施設で暮らす子供の切ない夢と残酷な現実が胸に迫る珠玉の三篇。自伝的名作。（百目鬼恭三郎・長部日出雄）
い-3-30

色川武大
**怪しい来客簿**
日常生活の狭間にかいま見る妖しの世界——独自の感性と性癖、幻想が醸しだす類いなき宇宙を清冽な文体で描きだした、泉鏡花文学賞受賞の世評高き連作短篇集。（長部日出雄）
い-9-4

色川武大
**離婚**
納得ずくで離婚したのに、なぜか元女房のアパートに住み着いてしまって。男と女の不思議な愛と倦怠の世界を、味わい深い筆致とほろ苦いユーモアで描く第79回直木賞受賞作。（尾崎秀樹）
い-9-7

伊集院　静
**受け月**
願いごとがこぼれずに叶う月か……。高校野球で鬼監督と呼ばれた男が、引退の日、空を見上げていた。表題作他、選考委員に絶賛された「切子皿」など全七篇。直木賞受賞作。（長部日出雄）
い-26-4

伊集院　静
**羊の目**
男の名はサイレントマン。神に祈りを捧げる殺人者――。戦後の闇社会を震撼させたヤクザの、哀しくも一途な生涯を描き、なお清々しい余韻を残す長篇大河小説。（西木正明）
い-26-15

池澤夏樹
**南の島のティオ　増補版**
ときどき不思議なことが起きる南の島で、つつましくも心豊かに成長する少年ティオ。小学館文学賞を受賞した連作短篇集に「海の向こうに帰った兵士たち」を加えた増補版。（神沢利子）
い-30-2

絲山《いとやま》秋子
**沖で待つ**
同期入社の太っちゃんが死んだ。私は約束を果たすべく、彼の部屋にしのびこむ。恋愛ではない男女の友情と信頼を描く芥川賞受賞の表題作。「勤労感謝の日」ほか一篇を併録。（夏川けい子）
い-62-2

井上荒野
**あなたならどうする**
「ジョニィへの伝言」「時の過ぎゆくままに」「東京砂漠」――昭和の歌謡曲の詞にインスパイアされた、視点の鋭さが冴える九篇。恋も愛も裏切りも、全てがここにある。（江國香織）
い-67-6

伊坂幸太郎
**死神の精度**
俺が仕事をするといつも降るんだ――七日間の調査の後その人間の生死を決める死神たちは音楽を愛し大抵は死を選ぶ。クールでちょっとズレてる死神が見た六つの人生。（沼野充義）
い-70-1

伊坂幸太郎
**死神の浮力**
娘を殺された山野辺夫妻は、無罪判決を受けた犯人への復讐を計画していた。そこへ人間の死の可否を判定する〝死神〟の千葉がやってきて、彼らと共に犯人を追うが――。（円堂都司昭）
い-70-2